KB234264

푸른 이구아나를 찾습니다.

조영아 장편소설

한겨레출판

차례 —

당신의 턱을
조심하세요

처음부터 아버지를 팔 생각은 없었다. 아버지를 밑천으로 장사를 할 마음은 아니었다. 그것은 순전히 빠진 턱 때문이다. 그때 턱이 빠지지 않았다면 지금쯤 시장 모퉁이에서 막걸리를 팔거나 공사장에서 벽돌을 나르고 있을지도 모른다. 물론 둘 다 내키는 일은 아니지만 그 당시 나는 무슨 일이든 할 마음의 준비가 되어 있었다. 그보다 더한 일도 마다하지 않았을 것이다. 그래도 그렇지 꽁치도 아니고 배추도 아닌 아버지를 팔 생각을 하다니. 내가 생각해도 좀 어이가 없긴 하다.

하지만 어쩌랴. 살다 보면 이보다 더한 일에도 인생의 전부를 걸 때가 있는데. 늘 그렇듯이 나는 자조하지 않았다. 어느 순간 나는 그런 어이없음에 길들여져 있었다. 그리고 그 어이없음과 황당무계함이 내주는 길을 따라 말 잘 듣는 어린아이처럼 충실하게 발걸음을 옮겼다. 그 길이 설령 뒤가 막힌 막다른 골목이나 뒤가 무지하게 뻥 뚫린 천 길 낭떠러지로 향한다 해도 상황은 크게 달라지지 않았을 것이다.

아버지를 파는 일도 같은 맥락이었다. 내 앞에 펼쳐진 길을 따라 무심히 걷다가 만난 24시 편의점 같은 것이다. 새로울 것도 반가울 것도 없는 무덤덤한 일상 속에서 조우하는 설렘, 그 곁을 지나던 나는 마침 몹시 목이 마르거나 배가 고팠다. 냉장고에서 꺼내든 생수 한 병 혹은 김이 모락모락 나는 컵라면 한 그릇에 영혼을 팔듯 덜컥, 예고도 없이 빠져버린 턱에 나를 맡겼다. 아버지를 파는 일은 그렇게 턱이 빠지지 않았다면 꿈에도 떠올리지 못했을 일이다.

오른쪽 어금니에 통증이 언제부터 시작되었는지는 정확히 모르겠다. 어느 날부터인가 커피를 마시거나 양치질을 할 때 나도 모르게 머뭇거리게 되었다. 처음에는 알게 모르게 스쳐 지나가는 정도의 통증이었다. 그건 통증이라고도 할 수 없는 미묘한 느낌이었다. 발원지가 정확히 어디인지조차도 감지하기 어려웠다. 윗니 같기도 하다가 어느 땐 아랫니 같기도 했다. 그 종잡을 수 없는 불확실성에 은근히 짜증이 났다. 그래도 이만한 게 어디야. 당장 뽑기라도 해봐. 목돈이 들 텐데. 윗니인지 아랫니인지 그런 것은 중요하지 않았다. 그 정도 통증에서 머물러주기만을 바랄 뿐이었다.

얼마 후 통증이 정확히 오른쪽 아래 끝에서 두 번째 어금니에서 시작된다는 걸 알게 되었다. 거울 앞에 서서 입을 쩍 벌렸다. 사십사 년을 나와 함께 동고동락한 치아가 고스란히 드러났다. 오랫동안 핀 담배 덕에 치아는 제 나름대로의 고색창연한 빛깔들을 간직하고 있었다. 마모된 잇몸은 뿌리를 여지없이 드러냈다. 잇새에는 누렇게 치석이 끼었고 오래전 치료한 충치는 시멘트를 발라놓은 듯 보기 흉했다. 통증의 발원지인 오른쪽 아래 끝에서 두 번째 어금니는 겉으로 보기엔 멀쩡했다. 크기나 치아 상태로 봐선 오히려 그 앞니가 더 부실해 보였다. 손가락으로 어금니를 지그시 눌렀다. 기분 나쁜 통증이 잇몸을 타고 퍼졌다. 얼굴이 저절로 일그러졌다.

치과는 새로 지은 건물 오층에 있었다. 네 개의 진료대에는 제각각의 사람들이 똑같은 포즈로 누워 진찰을 받거나 차례를 기다리고 있었다. 푸른색 가운에 흰 마스크를 쓴 의사는 부산하게 진료대를 오갔다. 나는 누운 채로 눈을 껌벅거렸다. 시원하게 트인 유리벽 너머로 밖의 풍경이 들어왔다. 바로 옆 고층 건물에서는 공사가 한창이었다. 어지럽게 엮여 있는 철근 구조물 사이로 노란 안전모를 쓴 인부들이 보였다. 인부들은 철근 구조물 사이를 왔다 갔다 했다. 내가 보기에 그들은 하릴없이 그곳을 서성대고 있는 것처럼 보였다.

"아, 해보세요."

인기척이 나더니 의사가 머리맡에 다가앉았다. 마스크로 반쯤 가려진 얼굴은 기름기가 돌아 번질번질했다. 나는 천천히 입을 벌렸다. 의사가 끝이 뾰족한 도구로 이 여기저기를 건드렸다.

"잇몸이 부실합니다. 이것 보십시오. 잇몸 때문에 이가 전부 흔들리고 있습니다."

의사는 통증 있는 어금니는 보지도 않고 의료용 고무장갑을 낀 손으로 멀쩡한 이들을 흔들어댔다.

"한 번 흔들어보십시오."

의사가 내 손을 앞니에 대주었다. 의사가 하라는 대로 이를 흔들었다. 멀쩡한 이가 설렁설렁 흔들렸다. 이럴 수가. 그 옆의 이도 마찬가지였다. 대부분의 이들이 흔들렸다. 겉으로 보기에는 아무 이상 없어 보이는 것들이었다.

"모르셨습니까?"

의사가 한심하다는 듯 목소리를 높였다.

"이대로 놔두면 얼마 못 가 전부 발치해야 합니다."

발치라니. 그것도 몽땅? 뺨을 세게 얻어맞은 것 마냥 얼굴이 화끈거렸다.

"그럼, 어떻게 해야 되지요?"

조심스럽게 물었다.

"관리를 해야죠. 주기적으로 잇몸 관리를 꾸준히 해주셔야 됩니다."

풋, 웃음이 나왔다. 내게 있어서 주기적으로 관리해야 되는 사항에 잇몸 같은 게 있을 리 없다. 매달 빠져나가는 돈의 액수와 그 나머지, 그러니까 내가 주기적으로 관리해야 되는 사항은 오로지 통장뿐이었다. 이 년 전 목돈으로 받은 퇴직금은 언제 바닥이 드러날지 모른다. 지금 그것을 관리하기도 벅차다. 미국에 있는 아내는 요즘 생활비와 학비 외에도 이것저것 요구하는 게 늘었다. 오 년 끌고 다닌 중고차는 고장이 잦아 수리비가 더 들어간다는 둥 전세금을 올려주었다는 둥 아내는 이 모든 걸 한데 뭉뚱그려 생활비라고 했지만 내 입장에서 보면 그렇지 않았다. 차는 없어도 되는 거고 세 식구 사는 집은 좀 더 싼 곳으로 줄여가면 된다. 하지만 아내에게 그렇게 말하지는 못했다.

아내는 내가 아직도 새벽 여섯시면 일어나 두 개의 신문을 탐독하고 스물다섯 가지 유기농 곡물을 갈아 만든 선식에, 장에 좋다는 고급 요구르트와 매일 배달해오는 야채즙을 곁들여 먹고 잘 다려진 와이셔츠에 넥타이를 반듯하게 매고 출근하는 줄 믿고 있다. 아내와 나를 이어주는 것은 잔고가 얼마 남지 않은 통장뿐이었다. 그것을 관리하기도 힘에 부치는데 사소한 잇몸까지 관리하라니. 괜히 치과에 왔나 보다. 어떻게 좀 더 버텨볼 것을.

어금니는 뿌리 속까지 상해 있었다. 선택의 여지가 없었다. 잇몸에 마취 주사가 꽂혔다. 약 기운이 퍼질 때까지 잠시 앉아서 기다리라며 간호사가 나갔다. 공사 현장에서는 노란 안전모를 쓴 인부가 철근 구조물을 딛고 작업을 하고 있었다. 저 사람도 한 집안의 가장이고 누군가의 아버지겠지. 공사장의 인부를 한참 바라보았다. 입안이 점점 얼얼해지며 감각이 무뎌졌다. 잠시 후 의사와 간호사가 들어오고 의자가 침대처럼 젖혀졌다. 내 몸은 온전하게 수평으로 눕혀졌고 머리 부분만 살짝 들린 상태였다. 눈동자를 아무리 돌려도 창밖 풍경은 들어오지 않았다. 짙푸른 하늘만 보였다.

"입을 크게 벌리세요. 아, 더 크게, 좀 더 크게."

의사는 좀 더 크게, 를 연속해서 외쳤다. 내 평생 이렇게 입을 크게 벌려본 적은 처음이다, 라는 생각이 들 정도로 입을 벌릴 수 있는 대로 크게 벌렸다.

"좋습니다."

그제야 의사가 만족스런 목소리를 냈다. 눈 깜짝할 새에 발치가 이루어졌다.

"꽉 물고 계세요."

간호사가 솜뭉치를 입에 물려주었다. 그런데 뭔가 이상했다. 입이 다물어지지 않았다. 아무리 애를 써도 꿈쩍도 하지 않았다. 사태를 눈치 챈 간호사가 의사를 불렀다. 옆 진료대로 옮겨가려던 의사가 다가왔다. 젖혀졌던 의자가 움직이면서 다시 앉은 자세가 되었다. 입안에서는 침과 피가 범벅이 되어 고였다. 삼키려 했지만 허사였다. 다급한 의사가 투박한 양손을 입에 넣고 턱을 끌어 올렸다. 힘이 어찌나 센지 얼굴 전체가 뽑혀 나가는 듯했다. 그래도 빠진 턱은 꿈쩍도 하지 않았다. 내 의지와 무관하게 입을 있는 대로 벌리고 한참을 앉아 있었다. 마치 아랫도리를 내리고 길 한가운데 앉아 있는 기분이었다. 아내가 보지 않아서 다행이다. 아직도 아내에게 추한 모습은 보이고 싶지 않았다. 다른 게 추한 게 아니라 내 의지대로 할 수 없는 상황 자체가 추하게 느껴졌다. 회사를 그만두게 된 것도 그랬다. 내 의지와 무관한, 마치 지금처럼 입을 있는 대로 벌리고 꼼짝없이 앉아 있어야 하는 경우 같은 거였다. 누군가 등을 떠밀면 입을 한껏 벌린 채로 거리를 활보하고 지하철을 타야 할 상황이었다.

턱을 끌어 올리느라고 힘을 뺀 의사는 힘을 비축하느라 자리를 비웠다가 돌아오기를 반복했다. 감고 있던 눈을 떴다. 입안에 양손을 집어넣고 애를 쓰는 의사와 걱정스런 눈빛으로 나를 둘러싸고 있는 간호사들 틈으로 공사 현장이 보였다. 노란 안전모를 쓴 인부들이 의사와 간호사 사이로 사라졌다 나타났다 했다. 입안에 침이 점점 불어났다. 침을 삼키고 싶었으나 벌어진 입은 꼼짝도 하지 않았다. 숨을 쉬기조차 힘들었다. 크고 억센 손이 목을 조르는 것 같았다. 그 하찮은 침 삼키는 일이 이렇게 무서운 복병이 될 줄은.

아버지를 팔아야겠다는 생각이 고개를 쳐들기 시작한 것은 그
때였다. 내 안위를 위협하는 것은 누군가의 억센 손도, 입안 가득
고여 있는 침도 아니었다. 그것은 '아버지'라는 자리였다. 아버지
는 침보다 더 하찮은 존재일지도 모른다. 그 하찮음이 또 어떤 복
병을 숨기고 있을지는 아무도 모르는 일이었다. 지금보다 더한 일
이 언제 벌어질지 모른다. 숨이 막혔다. 금방이라도 질식해 죽을
지경이었다.

다시 의사와 간호사 사이로 공사장 인부가 보였다. 인부는 연장
을 내려놓고 난간에 바싹 붙어 담배를 피웠다. 그의 시선은 허공에
박혀 있었다. 그것은 점차 바닥을 드러내는 통장의 잔고만큼 나를
까마득한 아래로 끌어내리는 그 무엇이 느껴질 때 내가 취하던 몸
짓과 닮아 있었다. 무엇을 어떻게 해야 하나. 허공에 박혀 있던 그
의 시선이 흔들리기 시작했다. 그는 천천히 담뱃불을 발로 눌러 껐
다. 그때 몇 차례 반복을 하던 의사가 안간힘을 써 턱을 끌어 올렸
다. 그와 동시에 인부가 철근 구조물 위에서 두 발을 사뿐히 뗐다.
짙푸른 허공에 대고 힘찬 도약을 하는 것처럼 보였다. 인부는 순간
적으로 눈앞에서 사라졌다. 그 순간 머릿속에서 맴돌고 있던 막연
한 생각이 표면으로 떠올랐다. 아버지를 팔면 괜찮을 것 같았다.
아버지를 팔면 장사가 될 것 같은 생각이 들었다.

"입 다물어보세요."

인부가 사라져버린 자리를 응시하면서 천천히 입을 다물었다.
철커덕. 턱이 언제 그랬느냐 싶게 감쪽같이 제자리로 돌아왔다.

"이제 됐습니다. 괜찮을 겁니다."

의사는 안도의 한숨을 내쉬며 내 어깨를 토닥였다. 나는 멍하니

창밖을 바라보았다.

"걱정 안 하셔도 됩니다. 종종 일어나는 일입니다."

턱 빠지는 일이 종종 일어난다는 이야기인지, 고층 건물에서 일하던 인부가 순식간에 눈앞에서 사라지는 일이 종종 일어난다는 이야기인지. 한 손으로 턱을 쓸어내렸다. 아버지, 아버지를 팔아야겠어. 의외로 재미가 쏠쏠할지도 몰라. 솜뭉치를 물고 있는 이에 질끈 힘을 주었다. 찝찌름한 맛이 목을 타고 넘어갔다.

마지막 로망

왜 하필이면 아버지일까. 그 순간 왜 '아버지'라는 석 자가 떠올랐을까. 치과에서 돌아오는 동안 그리고 솜뭉치를 물고 있는 내내 머릿속은 짙푸른 바탕 속에서 철근 구조물을 아슬아슬하게 딛고 있던, 일순간 사라져버린 노란 안전모로 가득 차 있었다. 그럼에도 불구하고 그 남자의 안위보다는, 침을 흘리며 턱을 무한정 벌리고 앉아 있던 그 기막히고 어처구니없는 상황에 왜 '아버지'라는 석 자가 떠올랐는지가 더 의문스러웠다. 아버지라도 팔지 않으면 노란 안전모처럼 허공에 대고 힘찬 도약을 해버릴 것만 같아서였을까. 관성처럼 자연스럽게 아버지가 떠오른 건 이상한 일이 아닌지도 모른다. 그 누구든 그런 상황이면 그럴 수 있을 거라는 생각까지 들었다. 그렇게 나는 꽁치도 배추도 아닌 아버지를 팔기로 했다.

그런데 과연 잘 팔릴까. 아버지의 상품 가치를 따지자면 요즘 요

앞 마트에서 쌓아놓고 파는 철 지난 딸기 정도도 안 될 것 같았다. 막상 아버지를 팔기로 했지만 은근히 걱정이 앞섰다. 내가 생각해도 아버지로서의 내 자신은 철 지난 딸기보다도 못했다. 다른 걸 팔까. 잠시 망설였다. 아버지 말고 뭐가 있을까. 지금 내다 팔 수 있는 것은 아버지 말고는 아무것도 없다. 물론 살고 있는 집이나 아내가 기르다가 두고 간 이구아나 혹은 값나가는 가구, 전자제품을 하나씩 내다 팔 수도 있다. 하지만 아내 몰래 할 수 있는 일은 아니다. 들고 난 자리가 표시나지 않는 건 아무리 생각해도 아버지만한 게 없다. 나는 곧 결심을 굳혔다. 딸기가 안 팔리면 딸기를 이용한 여러 가지 가공식품을 만들면 되지 않는가. 딸기 주스, 딸기 잼, 딸기 케익, 딸기 시럽 같은. 기꺼이 여러 가지 가공품이 되기로 한다. 팔리기만 한다면 뭔들 못 될까. 오랜만에 가슴이 벅찼다.

아내와 아이들을 위해 할 수 있는 일이 남아 있다는 사실이 나를 감격시킨 건 아니다. 그런 일 따위로 감격할 거면 애초에 아버지를 팔 생각도 하지 못했을 것이다. 가슴이 벅차오른 건 뭔가 새로운 일을 준비하고 있다는 확신 때문이었다. 이제껏 살아오면서 뭔가 결정적인 순간에 지금처럼 자신 있게 나선 적이 거의 없었다. 나는 로망을 꿈꾸고 있었다. 아내와 아이들을 위해서가 아니라 나 자신을 위한 로망을 꿈꾸고 있었다. 마지막 남은 로망. 그것 말고는 할 수 있는 게 없었다. 실은 그게 내가 로망을 꿈꾸는 진짜 이유였다. 불행하게도 나는 아버지였다.

발치를 한 지 한 시간이 다 되었다. 물고 있던 솜뭉치를 휴지통에 뱉었다. 피로 물든 솜뭉치가 휴지통 바닥으로 떨어졌다. 거울 앞에 서서 입을 벌려 안을 살폈다. 이가 빠진 자리에 검붉은 피가 배 있었다. 우묵하게 패인 자리가 흉물스러웠다. 잇몸이 다 아물려면 이 주 정도 걸린다고 했다. 그때 새 이를 해 넣으면 된다면서 의사는 모처럼 활짝 웃었다.

배가 고팠다. 마취가 덜 풀린 턱이 얼얼하다. 아파트 상가에 새로 개업한 죽집이 떠올랐다. 몇 번 퇴근길에 들려 먹어본 죽 맛이 괜찮았다. 전화기를 들었다. 죽 한 그릇이 돈 만 원이다. 돈 만 원이면 점심 두 끼를 먹는다. 들었던 전화기를 도로 내려놓았다. 찬물에 밥을 말아 몇 숟가락 퍼먹었다. 밥알이 자꾸 구멍 속으로 들어가 박혔다. 혓바닥으로 구멍 속에 박힌 밥알을 빼내느라고 씹는 일을 자주 중단해야 했다. 입안에 구멍 따위를 지니고 사는 일은 생각보다 번거로운 일이다. 밥을 씹을 때마다 덜 풀린 마취 때문에 벌어진 입술 사이로 물이 흘렀다. 턱에 흐른 물을 닦다가 허공에서 사라진 노란 안전모를 떠올렸다. 그 남자의 마지막 로망은 까마득한 철골 구조물 위에서 멋지게 날아보는 것이었을지도 모른다. 불행하게도 그 남자가 한 가정의 아버지였다면. 퉁퉁 분 밥알을 후루룩 삼킨다. 검은 깨죽이 눈앞에서 어른거렸다.

잠자리에 막 누우려는데 아내에게 전화가 왔다. 거의 열흘 만이다.

"별일 없지?"

"으응. 이구아나는?"

"잘 있어."

아내는 내 안부보다 이구아나 안부를 먼저 물어왔다.

"당신은?"

오늘 어금니를 뺐어, 그러다가 턱이 빠졌어, 입을 헤벌리고 이십여 분을 앉아 있는 동안 공사장 인부가 추락하는 걸 목격했어, 그리고 아버지를 팔기로 했어. 별일이 많은 하루였지만 시치미를 뗐다.

"만날 그렇지, 뭐."

심드렁한 아내 목소리가 별로 반갑지 않았다. 아내가 들뜬 목소리를 낸다 해도 반갑지 않기는 마찬가지일 것이다. 전화벨 소리만 울려도 심장이 덜컥거렸다. 수화기 저 너머에서 아내의 미세한 숨소리가 스며 나온다. 한동안 침묵이 흘렀다.

"아이들은?"

"잘 있어."

언제나 똑같은 물음과 대답이다.

"인창이 시험은 어떻게 됐어?"

지난번 전화에 큰 녀석이 무슨 중요한 시험을 본다고 하던 게 떠올랐다. 아내가 영어를 섞어가며 열심히 설명을 했지만 아이에게 중요한 시험이라는 사실 외에는 그냥 그런 게 있는가 보다 정도로 다가왔다. 열 내서 이야기하는 아내와 달리 나는 숨이 막혔다. 초등학생인 두 아들을 데리고 이곳을 떠날 때만 해도 그곳에서 고등학교까지만 마치고 대학은 들어와서 다니게 하겠다고 했었다. 아이들 스스로 눌러앉은 건지 아내가 부추겼는지 내 입에서는 한숨만 나왔다. 이도 저도 내가 관여할 문제가 아니라는 사실만 명백하게 다가왔다.

"그거 때문에 전화했는데."

올 것이 오고야 마는구나. 정말 아버지를 파는 수밖에 도리가 없겠구나. 나는 낮은 한숨을 내쉬었다. 아내는 돈이 필요하다고 했

다. 몇 마디를 더 하고는 서둘러 전화를 끊었다. 잠자리에 누워서
천장을 올려다봤다. 내가 꿈꾸는 로망이 예상보다 빨리 이루어지
겠는걸. 아릿한 설렘 때문에 오랫동안 잠을 이루지 못하고 뒤척
였다.

잘 쓰고
돌려주세요

내가 아버지를 판다고 함은 나의 아버지가 아니라 나 스스로를 지칭함을 뜻하거니와, '판다'는 동사는 '대여' 혹은 '빌려줌'의 또 다른 표현이다. 그러니까 아버지를 파는 일은 아버지를 빌려주는 일과 일맥상통하게 쓰인다. 파는 것과 빌려주는 것은 엄연히 다르다고 혹자는 열을 낼지도 모르겠다. 아버지를 빌려주는 일은 자전거 혹은 장난감을 대여하는 일과 다르다. 자전거나 장난감은 "잘 쓰고 돌려주세요"가 성립한다. '아버지'는 "잘 쓰고 돌려주세요"가 안 된다. 상대방이 아무리 '잘 써'도 자존심이 상하거나 기분이 더러워질 수 있다. 다시 말해 인격적으로 상해를 입을 소지가 다분하다. 그것은 누가 봐도 파는 거에 가깝다. 그야말로 아버지를 '팔아먹는 것'이다. 그러므로 내가 아버지를 대여하는 일은 아버지를 파는 행위와 다를 바 없다. 게다가 나는 아버지다. 지금부터 나는 나를 팔 작정이다.

아버지를 팔더라도 제대로 팔아보자. 우선 시장조사에 착수했다. 장사를 잘하려면 먼저 시장조사를 철저하게 해야 된다는 것쯤은 상식이다. 어떤 업종을 선택하느냐에 따라 시장조사의 향방이 결정된다. 먹는장사를 할 것이냐, 입는 장사를 할 것이냐 혹은 서비스업을 할 것이냐. 연령층을 어디에 맞추어야 하며 이들의 기호는 어떠한가. 이에 따른 유동 인구를 조사하고 적합한 부지 선정을 해야 한다. 이 모든 것을 고려하여 가게를 오픈해야 한다는 것 정도는 알고 있었다. 그러나 내가 하려는 장사에는 이 모든 걸 고려할 필요가 없다. 업종 선택도 연령층 기호도 유동 인구 조사도 부지 선정도 별 의미가 없다. 아버지는 누구에게나 있게 마련이었고 그만큼 부재도 많았다. 아버지를 선택하는 데 기호 따위가 적용될 리도 없었다. 가게가 필요한 게 아니므로 유동 인구나 부지 조사도 필요 없었다. 하지만 나는 시장조사를 시작했다. 실은 팔려고 하는 상품에 대해 확신이 서지 않았다. 그래도 내다 팔 수 있는 게 그것밖에 없으므로 이왕 하는 거 최대한의 이윤을 위해서는 할 수 있는 데까지 다해볼 작정이다.

시장조사는 간단하게 이루어졌다. 매일 밤 뉴스와 신문의 사회면 그리고 인터넷 검색창에서 아버지에 대한 기사를 조합했다. 그 결과는 참담했다. 세상에 아버지는 많았지만 정작 아버지를 필요로 하는 곳은 그리 많지 않았다. 그나마 있는 아버지도 거추장스러워했다. 한마디로 수요가 적었다. 수요가 없는 장사는 하나마나다. 이거로는 안 되겠군. 마음이 흔들렸다. 베란다에 서서 담배를 피워 물었다. 아내에게 사실대로 이야기하고 집을 팔까. 내 나이와 맞먹는 평수의 아파트를 팔면 꽤 오랫동안 통장의 잔고를 걱정하지 않아도 될 것이다. 그동안 슬슬 다른 일거리를 찾아보든가. 그러다가 아주 가끔 좋아하는 낚시도 한 번 가고. 그렇게 나이를 먹고 세월이 가고 통장의 잔고가 바닥나는 날 이 세상을 하직하면 될텐데. 담배를 힘껏 빨았다가 내뱉었다. 아내가 고개를 끄덕여줄 리 없었다.

언젠가 한 번 한국에 들어온 아내는 며칠 동안 청소만 했다. 구석구석 돌아가며 쓸고 닦고 잎이 파릇파릇한 화분들을 사들였다. 계절에 맞지 않는 커튼을 갈고 식탁보를 바꾸었다. 아이들 방도 다시 꾸몄다. 금세라도 아이들이 돌아올 듯했다.

"이렇게 해놔야지 외지에 나가 고생하는 아이들이 잘된데."

하지만 내가 보기에 아내에게 집은 그냥 집이 아니었다. 오랜만에 들러 쉬어가는, 양수리 어디쯤 강이 내려다보이는 별장 같은 것이었다. 집을 파느니 차라리 아버지를 팔아. 아내도 분명 그렇게 말할 것이다. 나는 담배가 다 타들어가는 것도 잊은 채 멍하니 서 있었다. 아내 몰래 그냥 저질러버릴까.

사이프러스

집이 집이 아니긴 내게도 마찬가지다. 사실 벌써
부터 집을 처분하고 싶었다. 아내와 아이들이 떠난 후 집은 갑자기
광활해졌다. 정확히 말하면 갑자기는 아니었다. 서서히 아주 조금
씩 조금씩 자랐다. 퇴근하고 돌아오면 거실이 눈에 띄지 않을 만큼
자라 있었다. 이상한 것은 눈에 띄지 않을 만큼이었지만 비밀번호
를 눌러 현관문을 열고 어두운 실내를 맞닥뜨리는 순간 단박에 알
아차릴 수 있다는 점이다. 불을 켜고 실내를 아무리 둘러봐도 어디
가 얼마큼 자라났는지는 통 알 수 없었다. 마찬가지로 아침에 눈을
뜨면 방이 알아차리지 못할 만큼 자라 있었다.

일요일 낮 혼자 라면 냄비를 끼고 야구 중계를 보다 보면 집이
자라는 느낌이 났다. 그것은 아내가 새로 마련해놓고 간 베란다의
화초나 지나다니다가 어느 날 우연히 올려다본 아파트 공터의 이
름 모를 꽃나무가 자라는 것과는 다른 차원이었다. 살고 있는 공간

이 위아래로 혹은 양옆으로 단순히 확장되는 것과도 분명히 달랐다. 시공간을 알 수 없는 그 무엇의 늘어남, 그것이 집의 부피일지도 모른다. 삼성 라이온즈와 엘지의 경기였다. 그날은 삼성을 응원하고 있었다. 삼성에 좋아하는 선수가 있는 것은 아니었다. 열렬한 야구광이 아닌 나는 그때 기분에 따라 이 팀을 응원했다가 저 팀을 응원했다가 했다. 구회 말까지 삼성은 이렇다 한 홈런 하나 못 치고 엘지에 이 점이나 뒤지고 있었다. 재미가 없어진 나는 연속으로 라면 가닥을 건져 올렸다. 와우, 함성이 쏟아졌다. 불은 라면을 입 안 가득 넣고 텔레비전을 바라보았다. 삼 점짜리 장외 홈런이었다. 점수는 역전이 되었다. 삼성의 승리였다. 운동장에 꽃가루가 뿌려지고 자막이 올라갔다.

텔레비전을 껐다. 냄비를 기울여 남은 라면 국물을 다 마셨다. 냄비를 바닥에 내려놓는 그 순간 집이 살짝 팽창하는 것을 느꼈다. 지구상에서 가장 크다는 페르시아 거목 사이프러스가 떠올랐다. 키가 삼십 미터나 되고 그늘 지름이 이십 미터에 이른다는 사이프러스. 그 속에 들어앉아 있으면 이런 느낌이 나지 않을까. 살아 있는데 숨 쉬고 있지 않은 것 같은, 혹은 죽어 있는데 숨 쉬고 있는 것 같은. 집이 두려워지기 시작했다. 사이프러스처럼 집에도 생장점이 있는 게 아닐까. 문제는 그 생장점이 어디에 자리하고 있느냐는 것이다. 생장점만 도려내면, 그것만 없애면 집은 더 이상 자라지 않을 텐데. 빈 냄비를 들고 주춤주춤 일어나 느리게 거실을 돌아다녔다. 오랫동안 변하지 않은 가구와 먼지 낀 액자와 그 속에서 웃고 있는 아내와 아이들. 냄비를 든 채로 한참동안 그것들을 들여다봤다. 가구도 액자도 사진 속의 아내와 아이들도 자란 흔적은 보이지 않았다. 자라기는커녕 오히려 머물러 있었다. 생장점은 도대체 어디에 있단 말인가. 돌아서서 주방으로 향했다. 바로 그때 거대한 사이프러스의 가느다란 가지 끝이 미세하게 흔들렸다. 재빨리 홱 뒤를 돌아보았다. 꺼진 텔레비전과 라면을 먹던 자리가 흐트러진 채 그대로 있었다. 집이 무서웠다.

집 밖으로 나갔다. 무엇에 쫓기는 사람처럼 아파트를 벗어나서야 안도의 한숨이 나왔다. 집을 피해 밖으로 나오긴 했지만 딱히 갈 곳이 없었다. 아파트 정문 앞에서 잠시 머뭇거렸다. 바로 앞은 마트와 학원들이 밀집한 상가다. 빠른 걸음으로 상가를 지나쳤다. 부득이한 경우가 아니면 아파트 내 상가를 잘 이용하지 않는다. 남자 혼자 살아 안됐다는 투로 가끔 말을 걸어오는 마트 주인 여자의 눈초리가 부담스러웠다. 그 대신 큰길가에 있는 편의점을 주로 이용했다. 그곳에서는 알은체를 하는 사람도 말을 걸어오는 사람도 없었다. 게다가 아르바이트생들은 오래 붙어 있지 않았다. 자주 바뀌는 탓에 내가 어디 사는 누구인지 뭐 하는 사람인지 알 리 없었다. 그곳에서 새로 나온 햇반 열 개와 치자단무지와 김치와 담배를 사고 가끔 퍼먹는 요구르트와 팬티도 샀다.

담배가 어느새 필터 있는 데까지 타들어갔다. 그때서야 오늘 하루는 담배를 피우지 말라는 의사 말이 생각났다. 얼른 담배를 비벼 끄고 화장실로 갔다. 양치질을 하고 약국에서 사온 파란색 구강청결제로 입안을 행구었다. 비위 상하는 약 냄새가 입안 가득 풍겼다. 거울 앞에서 입을 벌리고 안을 살폈다. 입안 저쪽 구석에 붉게 패인 홈이 보였다. 아직 핏기가 어려 있는 구멍은 금방 아물 것 같지 않았다. 한 손으로 턱을 더듬었다. 어떻게든 참아볼걸. 괜히 치과에 갔어. 치과에 가지 않았다면 턱도 빠지지 않았을 테고 인부가 추락하는 것도 보지 않았을 테고 아버지를 팔 생각도 안 들었을 테고. 일을 돌이켜보려 했으나 이미 구멍은 나버렸다. 그러니 이렇든 저렇든 아버지를 팔긴 팔아야 한다. 집도 안 되고 아버지라도 팔아야지. 나는 자꾸 자신이 없어지는 마음을 다독였다. 붉게 패인 구멍은 영원히 아물 것 같아 보이지 않았다.

푸른 이구아나,
라몬

라몬은 자고 있는지 미동도 하지 않는다. 엊저녁 자기 전에 들여놓는다는 걸 또 깜빡했다. 아내가 알면 난리가 날 텐데. 기온에 민감한 이구아나는 낮 동안은 베란다에서, 아침저녁으로는 실내에서 지낸다. 아내가 있을 때는 거의 실내에서 지냈다. 사육장 안에 가두지도 않았다. 온 집 안을 제 집처럼 휘젓고 다녔다. 소파에 비스듬히 누워 텔레비전을 보다 보면 녀석은 어느새 테이블 한가운데 자리를 차지하고 있었고 샤워를 하다가 무심코 고개를 돌리다가도 녀석의 퉁명한 눈초리와 마주쳐야 했다. 아내에게 라몬은 내가 모르는 자식이었다. 미국으로 떠날 때 가장 고민한 것도 이구아나였다. 데리고 가고 싶은 눈치였지만 그럴 수 없는 노릇이었다.

"얘를 어떻게 하지?"

아내는 이구아나를 손등에 태우고 연신 중얼거렸다.

"호주머니에 넣어서 데리고 갈 수는 없을까."

저걸 가지고 왜 고민을 하는지. 이참에 처분을 해버리면 될 것을. 아내의 뇌 구조를 분석해보면 남편인 나보다 이구아나가 차지하는 용량이 훨씬 클 것이다. 아내에게 이구아나를 팔아버리자는 말을 선뜻 하지 못했다. 푸른빛이 도는 이구아나는 아내의 손등에서 팔뚝을 타고 기어갔다. 이구아나가 아내 오른쪽 어깨 위로 올라갔다. 한쪽 어깨에 이구아나를 얹은 아내는 기괴한 견장을 단 판타지 소설의 여전사 같았다.

"당신을 믿는 수밖에. 책임지고 봐줄 수 있지?"

나는 들고 있던 신문으로 시선을 돌렸다. 못 들은 척 신문을 넘겼다. 처음에 아내가 이구아나를 사 가지고 왔을 때 호기심이겠거니 했다. 그 흔한 개와 고양이도 키워본 적이 없는 아내가 보기만 해도 흉측한 이구아나를 키우겠다고 했을 때 설마 했다. 내가 모르는 기이한 동물 편력이 있었나 싶었다. 아이들도 처음에는 징그럽고 무섭다며 기겁을 했다.

"괜찮아. 알고 보면 애처럼 깨끗한 애도 없어. 털도 날리지 않고 시끄럽게 소리를 내지도 않잖아. 아파트에서 키우기에는 안성맞춤이야."

아프리카 거북이나 비단뱀을 들이지 않은 것만으로도 고마워해야 할 지경이었다.

"한 번 만져봐."

아내가 이구아나를 내 손등에 올려놓았다. 차갑고 뭉클한, 뭐라 표현할 수 없는 기분 나쁜 느낌. 아, 정말 이 여자가 미쳤나 싶었다. 기겁을 하며 힘껏 손등을 털어버렸다. 이구아나가 바닥으로 내동댕이쳐졌다.

"어머머."

아내가 넘어진 아기를 일으켜 세우듯 얼른 이구아나를 바로 했다. 나는 신문을 접고 방을 나와버렸다. 그 후로 아내는 나보다 이구아나를 들여다보는 날이 늘었다. 그렇지 않아도 데면데면 살고 있는데 아내와의 사이가 더 소원해지는 것 같았다. 어느 때는 잠자리에서까지 이구아나를 끼고 있었다. 아무리 가까이하려고 애를 써도 툭 불거진 눈에 기괴한 푸른빛이 도는 몸통, 오들오들 돋아난 돌기들을 보면 고개가 절로 돌아갔다. 짧은 다리로 뒤룩뒤룩 움직일 때마다 바닥을 스치는 긴 꼬리는 꿈자리까지 사납게 했다.

"라몬 어때? 신화에 나오는 여신 이름 같지 않아? 왠지 신비스럽고 신성한 느낌이 나잖아. 안 그래?"

이구아나가 오고 며칠 안 돼 저녁 설거지를 하던 아내가 갑자기 돌아서서 내게 동의를 구했다. 고무장갑에서 바닥으로 물이 뚝뚝 떨어졌다. 텔레비전을 보던 나는 느닷없는 물음에 질문의 의도도 미처 파악하지 못하고 바닥으로 떨어지는 물을 근심스럽게 바라보았다.

"쟤 이름 말이야."

아내가 고무장갑 낀 손으로 이구아나 사육장을 가리켰다. 그제야 무슨 소리를 하는지 파악이 되었다.

"괜찮지?"

"라몬?"

"응. 라몬."

라몬이든 레몬이든 어차피 아내는 내 의견 따위에 좌지우지될 인물이 아니다. 내가 "좋은데" 하면 "그렇지? 정말 괜찮지?" 하며 입이 더 벌어질 것이고 "별로야" 혹은 "이상해"라고 해도 "이상하긴 뭐가 이상해" 하며 자신의 주장을 관철시킬 것이다. 어차피 그럴 거라면 가만히 있는 게 나았다. 나는 별다른 반응을 보이지 않고 텔레비전으로 시선을 돌렸다. 그날부터 이구아나는 라몬이 되었다. 아내가 라몬, 라몬 하고 부르는 소리를 듣고 있으면 마치 외국 아기를 양자로 들여 키우는 것 같은 착각이 들었다. 하얀 피부에 파란 눈을 가진 금발의 곱슬머리 아기가 방 안에서 뒤뚱뒤뚱 걸어 나올 것만 같았다.

아내는 떠나기 직전까지 당부를 잊지 않았다.

"밤에는 꼭 안에다가 들여놔야 해. 알았지?"

"이틀에 한 번 정도는 미지근한 물로 씻겨주는 거 잊지 마."

"먹이는 반드시 싱싱한 야채를 줘. 상추는 먹이지 마. 설사하거든. 귀찮다고 사료를 먹이면 안 돼."

"집을 비울 때는 사육장에 넣어둬. 안 그러면 어디에 들어가 박혔는지 나중에 찾기 힘들어."

"몸에 이상한 변화가 생기면 즉시 동물 병원에 데리고 가. 피부병은 치명적이거든. 특히 꼬리가 갈라지지 않도록 물 뿌려주는 거 잊지 말고."

마치 젖먹이라도 떼어놓고 가는 엄마 같았다. 저러고 어떻게 발길이 떨어질까 싶을 정도였다. 남편 걱정보다 이구아나에 목을 매는 아내에게 섭섭한 마음도 들었지만 내색은 하지 않았다. 전화를 걸어와도 이구아나부터 챙겼다.

"먹이는 잘 먹어?"

"목욕은?"

"잘 땐 들여놓지?"

이구아나 안부를 다 물은 후에야 별일 없지, 하고 내 안부를 물었다. 나보다 두고 온 이구아나가 궁금해서 전화를 거는 게 아닐까 의구심이 들 정도였다. 다행히 이구아나는 별일이 없다. 사육장을 조심스럽게 들어 올렸다. 푸른 이구아나는 꼼짝도 하지 않은 채 바닥에 붙어 있었다.

아버지를
빌려드립니다

'아버지를 빌려드립니다' 웹사이트를 오픈했다. 오프라인이 아니라 실감이 덜했지만 그래도 마음이 들떴다. 머리고기와 떡이라도 한 접시씩 돌려야 될 것 같았다. 그러나 흥분도 잠시다. 막상 일을 벌려놓고 보니 걱정이 앞섰다. 잘될 거야. 이보다 더 안 좋을 순 없잖아. 우울해지려는 마음을 애써 다독였다. 나 혼자 좋자고 하는 일도 아닌데 왠지 찜찜하고 개운치 않았다. 아내 몰래 나쁜 일이라도 저지르는 기분이다. 최선이었어. 방법이 없었다고. 이 모든 사실이 행여 아내에게 들통 난다 하더라도 떳떳하게 말하리라.

뱃속에서 심한 요동 소리가 났다. 끼니도 거른 채 계속 컴퓨터 앞을 지키고 있다. 사이트는 고요하다 못해 적막하기까지 하다. 채팅창을 열어놓은 지 두 시간이 지났지만 개미 한 마리 얼씬거리지 않는다. 토스트라도 한 조각 해 먹을 요량으로 자리에서 일어났다.

그때 사이트에 누군가가 들어왔다. 얼른 다시 자리에 앉아 컴퓨터
를 주시했다.

　　─정말, 빌려줘요?

　그 순간 뭐라 대답을 해야 하는지 망설여졌다. 그럼, 장난인지
알았어요? 아니면 그렇고말고요? 머릿속으로 이런저런 문구들을
떠올렸다. 그 사이 저쪽에서 또 뭐라 물어왔다.

　　─진짜 그런 걸 빌려주냐구요?

　어차피 시작한 일인데. 심호흡을 한 다음 천천히 그리고 또박또
박 자판을 두드렸다.

　　─네.
　　─헐～.

　내가 뭐라 말하려는 사이 방문자는 그대로 나가버렸다. 낭패다.
어느 정도 감수는 하고 있었지만 이렇게 직격탄이 빨리 날아올 줄
은 몰랐다. 느리게 주방으로 걸어갔다. 식탁에 뒹구는 빵 봉지에서
식빵 하나를 꺼내 물었다. 빵 조각이 이 빠진 구멍으로 자꾸 들어
가 박혔다. 혓바닥으로 구멍에 박힌 빵 조각을 빼내느라 턱이 얼얼
했다. 뭐가 두려운데. 더 이상 추락할 곳이 남았다고 생각해? 마른
빵을 꾸역꾸역 쑤셔 넣었다. 입안에 구멍 따위를 품고 사느니 욕

좀 얻어먹는 게 낫지 않아? 목이 메어왔다. 냉장고에서 찬물을 꺼내 병째로 들이켰다. 물이 목을 타고 흘렀다. 이 세상에 아버지는 없어. 그냥, 마트에 쌓인, 세일로 해치우는 철 지난 딸기라고 생각하자. 물 한 병을 다 비웠다.

마음을 다시 추스르고 컴퓨터 앞에 앉았다. 그래도 아버지를 필요로 하는 어떤 놈은 좋아라 춤을 출지도 몰라. 무르고 빛깔이 변한 딸기라도 사가는 사람이 있듯이. 마음이 조마조마했지만 태연하려 애를 썼다. 어차피 엎질러진 물이다. 두 번째 방문자가 들어온 것은 십여 분 후였다.

— 어머, 아버지를 빌려준다구요? 재밌고 신선해요. 어떻게 이런 아이템을 생각하셨나요?

— 아, 네. 어쩌다 보니까. 필요하신가요?

— 아뇨. 그냥 신기해서 들렀어요. 근데 아버지세요?

— 글쎄요. 뭐 그렇기도 하고 아니기도 하고 뭐라 말씀드리기가 애매하네요.

— 아, 네에. 좀 이상하네요.

— 뭐가요?

— 아버지를 빌려준다면서 정작 본인이 아버지가 아니라면. 그럼 다른 상품이 비치돼 있나요? 대여해줄 아버지들이요.

— 그건 염려하지 마십시오. 원하시는 아버지는 다 구해드립니다.

— 아, 네에. 그럼 많이 파세요, 아니 번창하세요.

— 필요하시면 언제든지 들러주십시오.

두 번째 방문객이 나가자마자 또 다른 방문객이 들어왔다.

　— 아버지한테 어울리는 선물을 검색하다가 들어왔어요. 도대체 뭐
　　하는 데죠?
　— 말 그대로 아버지를 빌려드리는 곳입니다.
　— 아버지를요? 혹시 아버지한테 어울리는 옷이나 액세서리를 빌
　　려주는 게 아니고요?
　— 옷이나 액세서리를 옵션으로 선택하실 수 있습니다.
　— 근데 왜 아버지를 빌리지요?
　— 그거야 뭐 고객님들의 사생활이라 뭐라 말씀드릴 수 없네요.
　— 그럼, 한 번 빌리는 데 얼만데요?
　— 그것도 대여 기간, 용도에 따라 각기 다릅니다. 빌리실 의향이 있
　　습니까?
　— 아, 아니요. 그냥 궁금하고 신기해서요. 그럼 안녕히 계세요.

　미처 인사도 하기 전에 세 번째 방문자는 황급히 나가버렸다. 자
판을 두드리는 손가락에 땀이 뱄다. 내가 지금 뭐라 지껄이고 있는
지 뭐라 두들겨댔는지 정신이 없었다. 이렇게 금방 반응이 올 줄은
몰랐다. 시장조사와는 다른 호응도였다. 정말 하나마나한 시장조
사다. 이 정도의 반응이라면 나쁘진 않을 것이다. 그러나 낙관하
기는 이르다. 아직 실수요자는 한 명도 없었다.

　— 뭐 하는 놈이야? 지 애비를 빌려준다니. 고려장이 따로 없군. 말
　　세군 말세야.

— 그게 아니라 아버지가 필요한 분께 아버지 역할을 대신해드린다
는 겁니다. 위에 있는 안내문을 안 보셨군요.
— 음, 그렇군. 난 또 지 애비를 내다 파는 줄 알았네. 거 복 받겠수.
좋은 일 많이 하슈.

이건 또 뭐람. 이마에 솟은 땀을 닦고 숨을 돌리려는 찰나 또 다
른 방문객이 들어왔다.

— 아버지를 빌리고 싶네요.

드디어 첫 고객이 나오려나 보다. 침을 삼키고 얼른 자판을 두드
렸다.

— 아, 그러세요. 용도를 여쭤봐도 될까요?
— 그게 아니고요. 여기 들어오니까 얼마 전에 돌아가신 아버지 생
각이 나서요.
— 네에. 그러셨군요. 필요하시면 언제든지 찾아주십시오.
— 좋은 곳이네요. 아버지도 빌려준다니. 또 들를게요.

김이 샜지만 그래도 기분은 나쁘지 않았다. 좋은 곳이라고 하지
않더냐. 자신감이 생겼다. 그러나 그도 잠시였다.

— 완전 봉이 김선달이군. 팔 게 없어서 아버지를 파냐. 이 썩을 놈
아! 차라리 공사판에 가서 벽돌을 나르지. 할 짓이 그렇게 없냐!

차마 자판을 누르지 못하고 모니터만 바라봤다. 이쪽에서 잠잠하자 방문객은 곧바로 나가버렸다. 속을 들킨 것 같아 불쾌했다. 내가 진짜 아버지인지 아닌지조차도 헷갈렸다. 아버지인 것 같기도 아닌 것 같기도 했다. 그보다는 철 지난 딸기가 더 먼저 떠올랐다. 가까스로 다져놓은 마음이 또다시 흔들렸다. 아버지를 팔기로 해놓고서 이러면 안 되지. 앞으로 이보다 더한 일들이 얼마나 많을 텐데. 사사로운 감정에 사로잡히지 말자. 마음을 다잡았다. 자리에서 일어나 화장실로 갔다.

찬물을 여러 번 얼굴에 끼얹었다. 프로가 되자. 프로가 되지 않고는 죽도 밥도 안 된다. 이왕 이 길로 나선 거 확실하게 하자. 거울을 들여다봤다. 물이 흐르는 얼굴이 낯설어 보였다. 죄책감을 느낄 필요도, 더듬거릴 이유도 없었다. 떳떳한 사업이다. 낯선 얼굴을 노려봤다. 넌 새로운 CEO야.

청바지 혹은
명품 가방처럼

확실한 사이트를 구축하는 게 급선무다. 힘으로 밀어 붙여야 한다. 아직은 그게 먹히는 사회다. 힘센 놈 앞에서는 주눅 드는 게 사실이다. 크고 단단하다, 함부로 흔들어서는 안 될 것 같은 분위기를 조성할 필요가 있었다. 적어도 잔챙이는 아니라는 인상을 심어줘야 한다. 그러려면 사이트 보완 정비는 필수 불가결한 요소다.

우선 다양한 매뉴얼을 떠올렸다. 청바지를 파는 가게에 가면 여러 타입의 청바지로 분류되어 있듯이 아버지도 여러 타입으로 구분할 수 없을까. 변형 불가한 외모를 고려한다면 신체 조건은 분류 기준에서 제외시키는 게 나았다. 키 정도야 키높이 구두로 어느 정도 융통성을 줄 수 있지만 뚱뚱하거나 마르거나 한 체형은 어쩔 수 없었다. 그런 면에서는 다행이다. 내 키와 체형은 대한민국 남성, 그중에서도 사십 대 아버지들 세대의 표준 이상이면 이상이지 그

이하는 아니다. 요즘 들어 허리둘레가 조금씩 늘어나는 것 빼고는 그런대로 괜찮은 외모다. 나는 키 176센티미터, 몸무게 68킬로그램의 표준 체형을 유지하고 있었다.

신체 조건은 그렇다 치고 어떤 분류 기준이 있을까. 나만의 특별하고 기발한 분류법은 없을까. 일단 떠오르는 분류법을 적어보았다. 똑같이 주어진 상황에서 아버지가 보이는 각기 다른 반응을 가지고 분류를 하는 법이다.

* 상황 1

가족들이 식탁에 둘러앉아 있다. 아직 수저를 들기 전이다. 이때 아버지의 행동 유형. 모 방송사의 개그 프로에 나오는 상황과 비슷한 점이 없지 않지만 식탁 앞이라는 전형적인 공간 설정에 의의가 있음.

a. "밥 먹자" : 무뚝뚝하지만 아직까지 자신의 자리를 고수하고 있는 형. 겉으로 보기에 집안의 질서를 장악하고 있는 것처럼 보이나 사실은 그렇지 않은 경우가 허다함. 내부 분란의 요소가 다분함.

b. "……" : 말없이 수저를 든다. 그냥 산다 형. 자신의 위치를 의도적으로 살짝 망각하려 함. 밥을 먹을 수 있는 것만으로도 감사하게 생각함.

c. "우와, 맛있겠는걸" : 아부아첨 형. 자신이 어떻게 처신해야 이득이 되는지를 철저히 따지는 계산적인 형. 절대로 자신의 자리를 내줄 염려가 없음.

d. "반찬이 이게 뭐야?" : 자신의 위치를 아예 망각한 배짱 형. 본인 스스로 또는 내분에 의해 전복될 위험성이 많음.

e. "우리 저녁때는 외식할까?" : 자신의 위치를 최대한 극소화시키면서 지능적으로 자리 굳히기를 하는 형. 위장 전술이 뛰어남. 그런대로 전복의 위기는 감지되지 않음.

*상황 2

가족들이 텔레비전을 보고 있다. 텔레비전에서는 아내가 좋아하는 드라마가 방영되고 있다. 오 분 후면 다른 채널에서 아버지가 좋아하는 축구를 한다. 단, 아이들은 드라마나 축구 어느 것을 봐도 상관이 없다. 리모컨은 아내와 아버지, 즉 남편 사이에 놓여 있다.

a. 리모컨을 들어 채널을 돌린다 : 상황 1의 d에 해당하는 형. 지금 당장은 가장 강한 리더십을 발휘하고 있는 것처럼 보이나 조만간 균열될 조짐이 보임. 내부 분란을 끝까지 철저히 단속하지 않으면 그 위치를 보장할 수 없음.

b. 아내 눈치를 살핀 후 슬그머니 리모컨을 가져온다 : 상황 1의 c에 해당하는 유형. 힘의 원리를 제대로 파악하고 있으므로 무모하게 무리수를 던지지 않음. 따라서 상황에 맞는 유연한 대처로 자신의 위치를 현명하게 고수, 확보하나 그 진위에는 의문이 따름.

c. 리모컨에 손도 대지 않는다 : 상황 1의 e에 해당하는 유형. 눈으로는 드라마를 보면서 머릿속으로는 축구를 상상함. 비굴하지만 그래도 그나마 자신의 위치를 가짐. 타의에 의한 전복의 위기는 전혀 감지되지 않지만 스스로 전복할 우려가 있음.

d. 자리에서 일어나 나온다 : 상황 1의 b에 해당하는 유형. 축구 소식은 나중에 뉴스로 보면 됨. 아내가 즐거우면 다행임. 가끔 성 역할이 헷갈림. 의도적으로 그럴 수도 있음. 그러다가 영영 미아가

될 소지가 다분함.

*물론 위의 상황들은 주변의 여건에 따라 달라질 수 있음.

고작 두 가지밖에 생각해내지 않았는데 맥이 풀렸다. 그 많은 아버지들을 청바지나 명품 가방처럼 분류하는 일은 아무래도 무리다. a와 d에 모두 해당하는 경우도 있을 테고, a와 c를 왔다 갔다 하는 유형도 존재할 것이다. 그렇다 하더라도 이 중에서 나는 어느 유형에 속하는지 슬쩍 궁금해졌다. 내가 생각하기에 상황 1의 b 타입에 가까운 것 같았다. 그냥 산다 형. 아니다. 그냥 사는 건 맞지만 내 위치를 의도적으로 망각해본 적은 없었다. a형은 절대 아니고 그럼 c형? 그것도 아닌 것 같은데. 발상의 전환이 필요하다. 그래도 아버지인데.

다시 원점으로 돌아왔다. 지금 시대에 밥상 앞에서 아버지의 권위 유무를 따지는 것은 의미가 없다. 한마디로 식상하다. 이래 가지고 장사가 되겠는가. 하릴없이 거실을 서성이다가 소파에 벌렁 누웠다가 벌떡 일어났다. 뭔가 새롭고 감각적인 것이 필요하다. 청바지도 아니고 명품 가방도 아니고 구닥다리 아버지를 파는데. 화장실에서 오줌을 누고 거울 앞에 섰다. 아 하고 입을 벌렸다. 움푹 파인 구멍이 보였다. 저 구멍 같은 거로는 게임이 안 돼. 반짝이는 금니나 아니면 감쪽같은 임플란트 시술이 필요해. 가능하면 빨리 새 이를 해 넣고 싶었다.

기발한 방법이 떠오르지 않았다. 아버지를 파는 일 자체가 딜레마였다. 그 사실을 인정하기로 했다. 그렇다고 기죽을 것까진 없다. 어차피 인생이 그런 것 아닌가. 딜레마의 연속. 이 세상의 아버지는 무수히 존재한다. 또한 무수히 존재하지 않는다. 아버지를 청바지나 혹은 명품 가방쯤으로 인식하는 데 어느 정도의 시일이 필요할 듯했다. 구멍이 아물려면 적어도 이 주일의 시간이 걸리듯이.

결국 사이트 정비는 수포로 돌아갔다. 따라서 사이트 구축도 할 수 없었다. 대신 마음을 재정비 재구축했다. 어떠한 비난에도 흔들리지 않는. 비난이 무슨 말, 나는 칭찬을 받아 마땅하다. 아버지를 대여해준다는데. 청바지나 명품 가방도 아닌 아버지를. 마음을 그렇게 바꾸니 그 어떤 힘도 두렵지 않았다.

사이트를 다시 가동하자마자 방문객이 들이닥쳤다. 예상치 못한 반응에 어안이 벙벙했다. 생각보다 '아버지'는 인기가 많았다. 주로 신기하다는 식의 말들을 했다. 그리고 필요하면 아버지를 빌리러 오겠다는 인사도 눈에 띄었다. 아버지는 아직 죽지 않았구나. 나는 회심의 미소를 지었다. 처음으로 치과에 가길 잘했다는 생각이 들었다. 그렇지 않았다면 턱이 빠지는 일이 일어나지도 않았을 테고, 공사장에서 추락하는 인부를 목격하지 못했을 테고, 따라서 아버지를 팔 생각도 하지 못했을 테다. 오랜만에 가슴이 뿌듯했다. 사이트를 구축하지 않아도 이미 어깨에 힘이 잔뜩 실렸다. 그 무엇도 그 누구도 두려울 게 없었다. 아버지만 있다면.

이상한 초대

처음으로 받은 의뢰는 초대다. 출산을 앞둔 예비 엄마라고 자신을 소개한 그녀는 나를 아버지의 자격으로 자신의 저녁 식사에 초대하고 싶다고 했다. 그러니까 아버지를 빌리는 목적이 아버지에게 밥 한 끼 먹이는 데 있었다. 그녀식으로 좀 더 폼 나게 말하면 아버지에게 잘 차린 식사를 한 끼 대접하고 싶다는 거였다. 처음에 나는 이것도 의뢰로 받아들여야 하는지 잠시 헷갈렸다. 밥을 얻어먹고 돈까지 받는다는 게 사십사 년 내 인생 경험으로 봐서는 어째 앞뒤가 맞지 않는 느낌이 팍팍 왔다. 하지만 앞뒤가 맞지 않는 일이 어디 그뿐이랴. 곧 그녀의 의뢰를 수락해버렸다. 장사로 치면 마수걸이에 해당했다. 저녁 식사에의 초대. 마수걸이치고는 나름 괜찮은 경우다. 기대 반 떨림 반, 그녀의 아버지가 되기 위한 준비에 착수했다.

출산을 앞둔 예비 엄마의 아버지라면 적어도 나보다는 나이가 한참 많을 것이다. 처음부터 오십 대 중년 아버지를 연기해야 한다. 어떻게 하면 그녀의 아버지처럼 보일까. 그만한 나이로 보일까. 거울 앞에 선 채로 앞으로 십 년 후의 내 모습을 떠올렸다. 머리가 희끗하고 얼굴에 주름도 늘겠지. 외모는 그렇다 치고. 십 년 후에 나는 무슨 생각을 하며 살고 있을까. 며느리가 차려주는 밥상을 받을 때 기분이 어떨까. 장성한 딸, 곧 아기 엄마가 되는 딸이 차려주는 밥상은 어떤 맛일까. 반찬이 없어도 맛난 밥상이리라. 생각만 해도 가슴이 벅찼다. 그럴수록 무엇인가를 열심히 준비해야 될 것만 같았다. 한껏 부풀어 올랐던 가슴이 이내 바람 빠진 풍선처럼 시들해졌다. 어차피 그녀가 원하는 것은 머리가 희끗하고 주름진 외형상의 아버지가 아니다. 그녀가 정성껏 차린 밥상을 받아줄 마음속의 아버지다. 그러자 일순간 딱히 준비고 뭐고 할 게 없어졌다. 역시 기대 반 떨림 반으로 잠자리에 들었다. 아까와 달리 그 기대 반 떨림 반에 음식에 대한 다소 개인적인 취향이 반영되었다. 생선 초밥이 가장 먹고 싶었다.

변두리 작은 아파트에 그녀의 보금자리가 있었다. 그녀는 키가 작고 왜소한 몸집에 남산만큼 큰 배를 하고 있었다. 남편과 함께 나를 맞았다. 단아하고 깔끔하게 꾸며진 집 안 여기저기에 아기 물품이 보였다. 핑크빛 신혼의 꿈이 한껏 묻어났다. 무엇보다 집 안 한가득 풍기는 음식 냄새가 나를 끌어당겼다.

"어서 오십시오."

그녀의 남편이 악수를 청했다. 멋쩍게 남편의 손을 잡았다. 듬직해 보이는 인상이었다. 나는 거실로 안내되었다. 남편이 먼저 말문을 열었다.

"정말 이렇게 오실 줄은 몰랐습니다. 아내가 처음 이야기를 꺼냈을 때 버럭 화를 냈습니다. 돈 주고 그런 일을 하느니 차라리 경로당 노인들에게 내복을 한 벌씩 사드리라고 말입니다. 왠지 불순한 생각이 들어서요. 그런데 이렇게 직접 뵈니까 느낌이 다르네요. 아내 심정을 조금은 이해할 수 있을 것 같습니다."

그녀가 내온 녹차를 점잖게 마시며 품위를 유지했다. 겉으로는 안 그런 척해도 남편은 아직도 의심의 눈초리를 보내고 있었다. 어찌 보면 그건 당연한 일이었다. 그 정도의 실례는 감안하고 시작한 일이다. 그녀가 주방으로 간 사이 남편이 말을 이었다. 결혼한 지 이제 일 년이 되었다, 아내는 지금 환자다, 아이를 갖는 게 무리인데 아이까지 가졌다, 아내는 홀아버지 밑에서 자라다가 어렸을 때 입양되었다, 양부모에게 학대를 받고 도망쳐 나왔다, 평생 아버지를 원망하며 살았다, 그런 아내가 이런 일을 벌일 줄은 꿈에도 몰랐다, 남편은 차분하게 자초지종을 설명했다. 거실 가운데 커다란 상이 펼쳐지고 음식이 하나 둘 놓였다. 잡채, 갈비찜, 홍어회 무침, 해파리냉채, 샐러드, 생선 초밥, 도미찜. 무슨 때가 되면 아내가 해주곤 하던 익숙하지만 오랫동안 맛보지 못한 추억 속의 음식들이 퍼레이드를 벌였다. 보기만 해도 군침이 돌았다. 혼자 보기 아까운 음식 퍼레이드의 피날레를 장식한 것은 뜻밖에도 된장 뚝배기였다.

"아버지가 제일 좋아했던 음식이에요."

그녀가 뚝배기를 상 한가운데 내려놓으며 슬며시 입을 열었다. 말하자면 다른 건 다 안 먹어도 된장찌개만은 반드시 먹어줘야 한다는 일종의 거래상 수칙을 그녀는 그런 식으로 표현했다.

　"다른 뜻은 없습니다. 아버님께 따뜻한 밥상 한 번 드리는 게 이 사람 소원입니다. 음식이 입에 맞지 않아도 맛있게 드셨으면 좋겠습니다."

　남편이 그 수칙에 부연 설명을 했다. 여부가 있나. 그런 수칙이 아니더라도 맛있게 그릇을 비울 수밖에 없었다. 나는 몹시 배가 고팠다. 남편이 권하는 자리에 앉았다. 그녀와 남편도 각각 둘러앉았다.

　"천천히 맛있게 드십시오."

　의외로 진중한 남편의 말이 경기에 앞서 준비운동을 시키는 코치의 말처럼 들렸다. 졸지에 나는 출발선에 선 선수가 되었다. 그러자 갑자기 긴장이 되기 시작했다.

　"그럼 시작하시지요."

　출발선에서 탕, 하고 공포탄을 쏘듯 남편의 지시가 떨어졌다.

　"그럼 잘 먹겠습니다."

　젓가락을 움켜쥐었다. 젓가락은 있는 힘껏 튕겨져 나갔다. 젓가락의 제일 처음 행선지는 생선 초밥이다. 윤기 흐르는 밥과 살살 녹는 민어의 육질이 알싸한 와사비와 엉켜 환상의 맛을 풍겼다. 다음 행선지는 갈비찜이다. 간이 좀 짰지만 그런대로 훌륭했다. 세 번째 행선지인 홍어회 무침을 한 점 크게 입에 넣고서야 이 훌륭한 밥상에 나 혼자서만 젓가락질을 해대고 있음을 인식했다. 밥상머리에 마주 앉은 그녀와 남편은 밥은 먹지 않고 내 젓가락의 순례를 눈으로 즐기고 있었다. 그들의 눈을 의식한 나머지 내 젓가락은 그 페이스를 잃고 말았다. 잡채를 한 젓가락 입에 넣고 오물거린 뒤 그 다음 무엇을 먹어야 할지 몰라 밥을 한 숟가락 크게 입에 떠 넣었다. 그리고 중앙에 있는 오늘의 메인 요리인 된장찌개를 한 숟가락 입에 떠 넣었다. 조미료 맛이 많이 났다. 그래도 미션이니까. 내친 김에 두어 번 더 떠먹었다. 역시 별로였다. 하필이면 된장찌개야. 미션을 수행한 나는 막간을 이용해 그들의 표정을 살폈다. 남편은 여전히 코치의 눈빛을 하고 있었고 그녀는 뭔가 벅차오르는 감정을 억누르느라 한껏 고조돼 보였다. 그런 그녀의 표정은 한마디로 묘했다. 그 짧은 몇 초 동안 동시에 여러 가지 그림이 떠올랐다. 어머니가 아들에게 밥상을 차려주고 옆에서 먹는 모습을 지켜보는 그 표정도 아닌 것이 아내가 남편의 밥 먹는 모습을 지켜보는 표정도 아니며, 그렇다고 딸이 아버지의 밥 먹는 모습을 바라보는 표정도 아니었다. 울 듯 웃을 듯 기쁜 듯 슬픈 듯. 아마도 남편과 섹스를 할 때 오르가슴에 오르기 직전의 표정이 저렇지 않을까.

"아니 그건 간장인데요."

엉뚱한 상상을 하다가 오징어회를 간장에 담그고 말았다.

"저는 가끔 오징어를 간장에 찍어 먹기도 합니다. 고추장에 찍어 먹는 거와는 또 다른 별미거든요."

내 생각을 들킨 거 같아 재빨리, 그러나 태연하게 간장을 흠뻑 적신 오징어회를 입에 넣었다. 그녀가 인상을 찌푸렸다. 역시 오징어는 고추장과 궁합이 맞았다. 생각과 달리 음식이 잘 넘어가지 않았지만, 이것저것 골고루 입으로 가져갔다. 한참 먹다 보니 그게 그거 같았다. 초반에 전력 질주를 한 게 원인일 수도 있었다. 식사 시간은 더디고 길었다.

"이것도 드시지요."

이미 반환점을 돌았다고 생각했는데 남편이 상 저 끝에 있는 북

어찜을 내 앞으로 당겨놓았다.

"아, 네."

나는 오던 길을 다시 되돌아갔다. 북어는 팍팍하고 질겼다.

"아버지는 그걸 참 좋아하셨어요. 매일 상에 올려도 질려하지 않으셨거든요."

이런 하필이면 또. 작게 두어 점 억지로 입에 떼어 넣던 나는 별 안간 크게 한 점 뚝 떼어 입에 넣었다. 그러자 그 질기고 팍팍하던 살점이 부드럽게 느껴졌다. 훈수의 묘미는 묘하고 강했다. 그녀는 정녕 나를 자신의 아버지로 착각하고 있는 듯했다. 길고 지루한 식 사는 쉽게 끝날 기미가 보이지 않았다. 식사는 내가 하는데 끝은 저들에게 달려 있었다.

"느끼하실 텐데 샐러드로 입가심을 좀 하시지요."

남편이 막판 스퍼트를 종용했다. 나는 양상추와 샐러리를 꾸역 꾸역 입안에 쑤셔 넣었다. 어느새 나는 여물을 먹고 있는 소처럼 변해 있었다.

내가 그 집을 나선 것은 식사 후 과일 한 접시와 와인 한 병을 다 비우고 나서였다. 남편이 집 근처까지 바래다주었다.

"오늘 아주 특별한 날이었습니다. 아버님의 기일을 이렇게 훌륭 한 이벤트로 보낼 줄은 몰랐습니다."

그때 차 한 대가 느닷없이 끼어들었다. 당황한 남편이 급브레이 크를 밟았다. 그 바람에 몸이 앞으로 쏠렸다가 젖혀졌다.

"아, 죄송합니다."

그는 연신 고개를 굽실거렸다. 멀리 내가 사는 아파트가 보이기 시작했다.

구멍과
직면하다

이가 빠진 자리에 밥알이 또 끼었다. 물을 크게 한 모금 물고 좌우로 움직인다. 밥알은 쉽게 빠지지 않는다. 다시 한 번 물을 머금고 좀 더 요란하게 흔들어댄다. 꼭 박혀 있던 밥알이 훌러덩 빠져나왔다. 처음에는 박힌 밥알을 빼기 위해 구멍에 혀를 갖다 댔다. 그럴수록 밥알은 더 들어가 박혔다. 물을 머금고 흔들어대자 밥알은 허망할 정도로 쉽게 쏙 빠졌다.

벌겋게 속살이 내비치던 자리는 거의 다 아물었다. 움푹 파인 모양새만 아니면 그냥 잇몸과 별반 다를 바 없다. 혀를 갖다 대거나 지금처럼 거울을 들여다보지 않는다면 그곳에 그런 구멍이 있는지조차도 인식하지 못할 정도로 무디어졌다. 구멍을 인지하게 되는 것은 무엇인가를 먹을 때다. 밥알이든 김치 조각이든 그곳에 불순물이 머물 때였다. 말하자면 생존을 위한 투쟁을 벌일 때 구멍에 직면하게 된다. 생존을 위한 투쟁과 구멍. 철학 서적 제목처럼 근사한 말을 뱉어놓고 보니 입속에 구멍 하나쯤 지니고 살아도 괜찮을 듯싶다. 왠지 모르게 속물과 거리가 먼, 그래도 먼 훗날 아이들과 아내 앞에 부끄럽지 않은, 고뇌하는 지식인으로 비춰지지 않을까. 지지리 궁상맞은 아버지 혹은 남편보다야 그편이 훨씬 낫지 않을까.

그러나 곧 아이들과 아내가 과연 그렇게 받아들일까 의문이 들었다. 그들에게는 현실적으로 능력 있는 아버지와 남편이 고뇌하는 지식인의 모습으로 비춰질 것이다. 이를테면 구멍을 지니고 사는 것보다 감쪽같이 그곳을 메우는 것, 임플란트 시술 같은. 매일 아침 뉴욕의 거리를 활보하는 아이들과 아내가 대한민국 그중에서도 서울특별시 그중에서도 마포구 그중에서도 아현동 그중에서도 원우 아파트 그중에서도 나동 1501호에 사는 한 사내의 입안에 있는 가로세로 영점 칠 센티미터 구멍을 이해할 리 없었다. 그들에게는 구멍이 존재하지 않았다. 그들에게 그것을 이해해 달라고 하는 것은 무리다.

나도 모르게 구멍에 연민을 느끼기 시작했다. 솔직히 말하면 애착일지도 모른다. 밥알이나 콩나물 대가리 따위에 의해서나 그 존재 가치를 인정받는 구멍의 신세나 밥 먹다 그런 구멍을 하염없이 들여다보고 있는 내 신세나 그게 그거 같았다. 저걸 메워야 해, 말아야 해. 저것마저 없으면. 문득 엊그제 일들이 떠올랐다. 아버지의 기일에 마련한 이벤트. 마수걸이를 송장으로 시작한 꼴이 되고 말았다. 그들의 이벤트를 이해할 수 없었다. 그리고 그 이벤트에 기꺼이 동승한 나 또한 누가 봐도 이해할 수 없을 것이다. 내가 알기로 세상은 이해할 수 있는 논리보다는 이해할 수 없는 논리와 체계로 이루어졌다. 이미 오래전 아내가 아이들을 데리고 떠날 때 터득한 진리다. 꼭 그렇게까지 해야 하냐고 되물었을 때 아내의 표정을 보지 말았어야 했다. 마치 이런 남자와 살고 있다는 게 수치스러울 정도야, 라고 소리치는 듯했다.

"이 문제에 대해 더 이상은 당신과 말을 하지 않겠어. 말이 통해야지 말이지. 지금이 어떤 세상인데."

아내는 벌써 모든 준비를 마친 뒤였다. 아이들까지 이미 아내 편으로 잔뜩 기운 상태였다. 며칠 후 아내가 마지못해 다시 동의를 구해왔다. 아니 통고라고 하는 편이 옳았다.

"나 좋자고 하는 일 아니잖아. 당신이 좀 이해해줘."

언제부터 아이들 교육 문제가 이해의 차원에서 해결되었는지. 아내가 짐을 꾸리는 동안 나는 베란다에서 담배를 피웠다. 아내의 짐 꾸리기는 한 달 내내 이어졌다. 완벽하게 다 꾸려놓은 것 같은 가방을 하루에 열두 번도 더 열었다 닫았다 했다. 끊임없이 덜고 보태기를 반복했다. 겨울옷을 꺼내고 여름옷을 집어넣었다. 여름옷을 꺼내고 봄옷을 보태기도 했다. 그런 아내의 모습은 결연해 보이기까지 했다. 가끔 얼굴에 전쟁터에 나가는 무사처럼 비장함도 어렸다. 이제껏 보아온 모습과는 사뭇 달랐다. 당혹스럽기도, 남의 일처럼 무감각하게 느껴지기도 했다. 어느 면에서는 오히려 초연해질 수 있었다. 이웃집 일처럼 강 건너 불구경하듯. 내가 할 수 있는 일은 고작 베란다에서 담배를 피우거나 팔짱을 끼고 멀거니 아파트 광장을 내려다보는 것뿐이었다.

아파트 광장에서는 매일 새로운 일들이 일어났다. 부녀회에서 주관하는 바자회가 열리고 농수산물 직거래 장터가 서고 주차 문제로 다투고 스케이트보드를 탄 아이들이 와하고 몰려왔다가 흩어지고. 빈 공터만 썰렁하게 남았다. 그렇게 한참을 서 있다가 뒤를 돌아다보면 아내는 가방을 꾸리다 말고 골똘히 생각에 잠겨 있곤 했다. 매일 새로운 일들이 일어나는 것처럼 보이던 아파트 광장도 실은 같은 일들의 반복이었다. 새로울 것도 흥미로울 것도 없었다. 문득 아내가 떠난 이유가 이 따분한 아파트 광장 때문이 아닐까 하는 의심이 들었다. 좀 더 활기찬 아파트 광장을 찾아서. 아니면 좀 더 고즈넉한 아파트 광장을 찾아서. 그런 이유라면 단박에 고개를 끄덕여줄 수도 있을 텐데. 하긴 그런 이유라면 굳이 비행기까지 타지 않아도 될지 모르지. 지중해 푸른 바다에 발을 담그고 선텐을 즐기는 게 목적이 아니라면. 아무리 생각해도 이해할 수 없었다. 아파트 광장을 가로지르는 사람들 무리를, 와하고 몰려왔다가 우하고 흩어지는 약삭빠른 몸짓들을. 그 속에 짐을 꾸리는 아내가 있었다.

어금니를 빼기 전부터, 아내와 결혼을 하기 훨씬 전부터 구멍은 그 자리에 존재하고 있었는지도 모른다. 어금니에 가려 눈에 보이지 않았을 뿐이지. 어금니가 생겨남과 동시에 구멍도 생겨난 것이다. 아내를 만나 사랑을 하고 가정을 꾸리고 아이를 잉태했을 때 이미 구멍은 깊을 데로 깊어졌다. 우리는 그것이 사랑인 줄 알았다. 사실은 구멍 감추기에 급급한 몸짓인데. 나는 벌렸던 입을 다물고 다시 식탁 앞으로 돌아왔다. 지금 아내를 사랑하는가. 아내 또한 나를 사랑하고 있는지. 우리는 서로 사랑하는가. 밥알이 금방 또 구멍에 가 박혔다. 밥그릇에 물을 부었다. 연속해서 세 숟가락을 떠 넣었다. 구멍에 밥알이 박히는지 어떤지 감각이 없어졌다.

목이 메었다. 어두컴컴하고 음험한 구멍이 사방에서 나를 노려보
고 있었다.

수상한 보호자

—보호자가 필요해요.

—무슨 용도인지 물어봐도 될까?

—용도는 무슨 용도요. 그냥 담임 한 번 만나달라니까요.

이진우는 고등학생이다. 용무는 담임선생님을 만나달라는 것이다. 그러니까 나더러 보호자가 돼 달라는 말이다. 이진우의 프로필이 이메일로 왔다.

이진우. H고등학교 2학년. 혈액형은 O형으로 바꾸고 싶은 B형. 성격은 쾌활을 가장한 소심함과 엉뚱한 대범함이 한데 공존함. 성적은 중간에서 약간 처짐. 좀 더 구체적으로 말하면 61.6퍼센트. 좋아하는 과목 없음. 싫어하는 과목은 음악. 장래 희망은 수학자. 어려운 공식을 좀 더 쉽게 바꿔보고 싶어서. 희망하는 학과는 수의학과. 하늘의 별따

기라는 걸 알고 있음. 가고 싶은 대학은 없음. 선택의 여지가 없으므로. 가족 관계는 별로 밝히고 싶지 않지만 완벽한 알리바이를 위해 밝히기로 함. 단 여기에 기재하는 내용은 학교에 비치된 내용을 중심으로 하여 사실과 다를 수 있음을 미리 밝혀둠. 아버지 이장욱(48세) 회사원. 어머니 없음. 중학교에 다니는 여동생 은주가 있음. 참고로 우리 집 경제활동 지수는 중위권으로 되어 있음.

알쏭달쏭하다. 아버지 역할을 하려면 최소한 아들의 성향과 성격 정도는 파악하고 있어야 하는데 아리송한 게 정확한 확신이 서지 않았다. 이 정도의 정보로는 담임선생님을 만날 수 없다는 판단이 섰다. 진우에게 좀 더 구체적이고 정확한 정보를 요구했다. 진우는 그게 다라며 더 이상의 정보는 없다고 했다.

"우리 아버진 내가 뭐가 되고 싶은지 따위에는 관심도 없어요. 그러니 안심하세요."

진우의 목소리는 어딘가 모르게 꼬여 있었다. 하긴 내가 미국에 있는 아들에 대해 알고 있는 것보다 훨씬 많은 것들이었다. 아들이 좋아하는 과목이 뭔지 장래 희망은 또 어떤 것인지 나는 알지 못했다. 진우를 설득하다가 문득 그런 생각들이 스쳤다. 이 정도만 알고 있어도 얼마나 훌륭한 아버지인가. 이진우의 괜찮은 아버지가 되고도 남을 것이다.

진우가 다니는 고등학교를 찾은 것은 정규 수업이 다 파한 지후였다. 교문 앞에 약속대로 진우가 나와 있었다. 진우는 첫눈에 봐도 소위 말하는 모범생과는 거리가 멀어 보였다. 그렇다고 눈에 띄게 날티가 나거나 불량해 보이는 것도 아니었다. 보통의 학생, 그러니까 표준, 스탠더드에서 약간 벗어난, 그 정도면 애교로 봐줄 만한, 내 개인적인 견해로는 충분히 훌륭한 학생이었다. 저런 학생이 왜 나 같은 사람을 찾을까 의문이 들 정도였다.

"시간이 없어요. 담임이 뭐라 하면 무조건 잘 알겠다고 앞으로 잘 지도하겠다고만 해주세요. 저기 오른쪽 건물 삼층 2학년 7반 교실로 가시면 돼요. 그럼 이따가 봬요. 요 앞 그린서점 안에서 기다릴게요."

진우는 내게 말할 기회도 주지 않고 말이 끝나기 무섭게 내 등을 떠밀었다. 그러고는 교문 안으로 엉거주춤 발을 떼어놓는 나를 향해 승리의 브이 자를 날렸다. 나이에 맞지 않게 귀여운 구석도 있는 녀석이었다. 그럴수록 책임감이 느껴졌다. 잘해야 될 텐데. 은근히 걱정이 앞섰다. 운동장을 가로질러 진우가 일러준 건물을 향해 걸어갔다.

2학년 7반 교실은 복도 끝에 있었다. 옷매무새를 단정히 하고 심호흡을 했다. 안녕하세요. 이진우 아버지 되는 사람입니다. 속으로 인사말 연습을 한 다음 교실을 향해 다가갔다. 불이 환하게 켜진 교실 안은 의자와 책상이 가지런히 정돈되어 있었다. 교실 앞 커다란 모니터 옆에 담임선생님 자리가 있었다. 담임은 젊은 여자였다. 그녀는 컴퓨터에 열중해 있었다. 모니터에 시선을 고정시킨 채 열심히 마우스를 움직여댔다. 교실 문을 점잖게 두 번 두드렸다. 담임선생님이 고개를 돌려 쳐다보았다. 나는 교실 안으로 들어갔다. 그녀가 자리에서 일어났다.

"이진우 아버님 되세요?"

"네. 그렇습니다."

“안 그래도 기다리고 있었습니다.”

그녀는 옆에 있는 의자를 가리켰다. 미리 연습했던 인사말은 써 보지도 못하고 얼떨결에 그녀가 가리키는 의자에 앉았다. 그녀는 마우스를 움직여 진행 중이던 창을 닫았다. 바탕화면에는 그녀의 가족으로 보이는 사진이 떴다. 갓난아기를 안고 있는 젊은 남편과 그녀가 활짝 웃고 있었다.

“바쁘신데 오시라고 해서. 다름이 아니라 진우 성적이 너무 많이 떨어져서요. 그냥 두어서는 안 될 것 같아서요. 중간고사 성적표 보셨지요?”

“네.”

아하, 성적 때문이군. 다행이다. 그런 문제라면 얼마든지 둘러대도 크게 문제될 게 없었다. 그래도 그렇지. 녀석 이 정도는 귀띔을 해줬어야지.

“수업 시간 자세는 예전과 달라진 게 없는데. 혹시 집에 무슨 일이라도……”

도대체 성적이 얼마나 떨어졌기에. 하마터면 담임에게 물어볼 뻔했다.

“아니요. 별일은 없습니다. 제 방에 틀어박혀 있어서 공부를 하는 줄 알았지요. 딴 짓을 할 줄은 누가 알았겠습니까?”

“딴 짓이라니요?”

“뭐 뻔하지요. 공부를 안 하면 할 게 뭐 있겠습니까. 컴퓨터밖에.”

나는 그냥 생각나는 대로 둘러댔다.

“제가 보기에 진우는 그럴 애가 아닌데. 그렇게 단순하거나 의지가 약한 애가 아니거든요. 상위 십 프로에 들던 애가 갑자기 공부를 안 하고 방에 틀어박혀서 컴퓨터만 한다는 게 납득이 가지 않네요. 뭐 다른 이유가 있는 것 아닐까요."

아차, 실수다. 상위 십 프로라니. 녀석 그렇게 안 봤는데. 이를 어떻게 수습하지.

"뭐 다른 고민이 생겼다거나, 음 예를 들어 여자 친구를 사귄다거나 뭐 그런 이성 문제로 고민하는 것 같지는 않던가요?"

담임은 정말 심각한 표정으로 물었다.

"글쎄요. 제가 하루 종일 집에 있는 것도 아니고 애하고 마주치는 시간이 별로 없어서 자세한 속사정은 알 수가 없네요."

"그건 그렇겠네요. 어머님도 아니시고."

담임은 한동안 골똘히 무엇인가를 생각하는 듯했다. 은근히 엄마에 대해 물어보고 싶은 눈치였다.

"엄마가 옆에서 챙겨줘도 모자를 판인데. 부끄럽습니다. 애비가 돼서 자식이 무슨 생각을 하고 어떻게 살고 있는지도 모르고."

"아, 아닙니다. 아버님을 탓하려고 오시라고 한 건 아닙니다. 저는 다만 제가 모르는 문제가 있나 해서요. 워낙 공부도 잘하고 모범적인 아이였는데. 안타깝네요. 원인을 알면 제가 어떻게 도움이 될 수 있을까 했는데요."

그녀는 진심으로 안타까워하는 것 같았다. 한편으로는 아버지를 불러도 아무런 소득이 없음을 개탄스러워하는 것처럼 보였다.

"그럼. 아버님하고는 전혀 대화를 안 하나 보죠?"

"면목 없습니다. 애비가 못나서."

시간이 흐를수록 이진우가 진짜 내 아들 같다는 생각이 들었다.

"노력해보겠습니다."

뭘 노력하겠다는 건지. 생각하지도 않은 말들이 쏟아져 나왔다. 마치 질책을 당하러 온 학부형 같았다.

"아이하고 편안하게 대화할 수 있는 기회를 많이 가지세요. 가장 좋은 방법은 그것밖에 없어요. 진우하고 좀 더 친해지도록 저도 노력할게요."

담임은 의외로 차분했다. 진심으로 진우를 걱정하고 있었다. 그럴수록 앉아 있기가 점점 불편했다. 내가 가짜 아버지임을 알면 얼마나 분노할까. 내가 지금 무슨 짓을 하고 있는 걸까. 나는 자꾸 흔들리는 마음을 다잡았다. 이건 정말 할 짓이 못되는구나. 차라리 시장 골목에서 생선 장사를 하는 편이 훨씬 나을 뻔했다. 어서 이 자리를 벗어나기만 기다렸다. 어색한 침묵이 흘렀다.

"학교생활은 어떤가요?"

침묵을 깨고 내가 입을 열었다.

"예전하고 달라진 것 같진 않아요. 친구들하고도 잘 지내는 편이구요. 그러니까 더 이상한 거예요. 성적이 그렇게 많이 떨어질 이유가 없는데. 제가 오죽하면 아버님 오시라고 애를 볶았겠어요."

담임이 말끝에 슬쩍 웃었다.

"그런데 연락처가 바뀌었나요? 몇 번 전화를 드렸었는데 결번이라고……."

"아 네. 전화번호가 바뀌었습니다."

"그러셨구나. 그럼 여기다 하나 적어주세요. 혹시 또 연락드릴 일이 있을지 모르니까요."

담임이 메모지와 볼펜을 내 앞으로 들이밀었다. 순간 마음속에서 갈등이 일었다. 적어줘야 해, 말아야 해. 결정을 내리기도 전에 이미 손이 움직였다. 이런 내 전화번호를 적고 있는 게 아닌가. 내 손이 아닌 것처럼 나는 오른손이 하는 짓거리를 물끄러미 내려다보았다.

"네. 감사합니다. 진우 일로 상의할 일이 있으면 이쪽으로 연락 드리겠습니다."

메모지를 받아든 담임이 깍듯이 인사를 했다. 이제 꼼짝없이 이 진우의 아버지 이장욱이 되었다. 다시 연락 오는 일이 없기를 바랄 뿐이다.

"바쁘신데 시간 내주셔서 감사합니다."

담임은 전화번호를 얻은 것이 무슨 큰 소득이라도 되는 양 공손히 인사를 했다.

"잘 부탁합니다."

고개를 숙여 인사를 하고 도망치듯 물러나왔다. 손에 땀이 흥건했다. 뒤도 돌아보지 않고 운동장을 빠져나왔다.

진우는 만화책을 읽고 있었다. 서점 바닥에 책상 다리를 하고 앉은 폼이 벌써 여러 권을 탐독한 눈치다. 나를 발견한 진우가 만화책을 덮고 후다닥 일어났다.

"끝났어요?"

"그런데 성적이 왜 그렇게 떨어졌니?"

"아저씨가 그건 알아서 뭐 해요."

진우는 교실에서 일어난 일에 대해 일절 묻지 않았다. 별로 알고 싶지도 않다는 표정이다. 주위를 둘러보더니 가방을 뒤적거려 봉투를 꺼냈다.

"이거요. 조금 모자랄 거예요. 만화책 두 권을 샀거든요."

나는 망설였다. 선뜻 받아들 수 없었다.

"저기……."

진우가 봉투를 내 재킷 호주머니에 쑤셔 넣고는 돌아서 나갈 채비를 했다. 진우의 팔을 잡았다.

"나머지는 나중에 드릴게요."

"왜 이런 짓을 하니?"

"그런 아저씨는요?"

진우가 나를 똑바로 쳐다보았다. 피차일반이니 더 이상 왈가왈부하지 말라는 표정이다. 나는 잡고 있던 팔을 놔주었다. 진우는 쏜살같이 서점을 빠져나갔다. 봉투에는 내가 요구한 액수보다 오천 원이 적은 액수가 들어 있었다.

글루미 선데이

밖이 시끄럽다. 눈을 뜬다. 습관처럼 시계를 올려다본다. 아홉시가 넘었다. 바로 옆 놀이터에서 아이들 뛰어노는 소리가 들린다. 이 시간에 저곳이 저렇게 시끄러운 것은 오늘이 일요일 아니면 노는 토요일 둘 중의 하나라는 뜻이다. 누운 채로 텔레비전을 켰다. 도전 백 곡! 그렇다면 오늘은 일요일이다. 요즘 잘 나간다는 가수들은 다 모였다. 모르는 노래가 없다. 밥 먹고 노래만 부르나. 채널을 돌린다. 이번에는 요리다. 두 팀으로 나뉘어 요리 대결을 벌인다. 잔치국수와 막국수의 대결이다. 갖가지 고명을 얹은 잔치국수가 먹음직스럽다. 패널들이 시식을 한다. 다들 말없이 먹기만 한다. 땅콩과 잣이 들어간 막국수 차례다. 입안에서 침이 고인다. 배가 고프다. 채널을 돌린다. 여기도 맛집 소개다. 통돼지 바비큐 구이 전문점이다. 텔레비전에서 냄새가 스며 나오는 것 같다. 더 이상 못 참겠다. 텔레비전을 꺼버린다.

다시 이불을 뒤집어쓰고 누웠다. 머릿속으로 냉장고 안을 더듬는다. 지난번 아내가 해놓고 간 멸치조림과 장조림도 거의 바닥을 드러냈다. 편의점에서 사온 김치도 다 떨어졌다. 냉장고 안처럼 머릿속이 텅 비어갔다. 이불을 박차고 일어나 앉았다. 다행히 컵라면이 하나 남아 있었다. 컵라면이 주식이 되다시피 한 이후로 아예 박스째 사오곤 했다. 그래도 일주일도 못 가 다 떨어졌다. 아내는 가끔 전화를 걸어와 "컵라면 같은 거 먹지 말고 귀찮아도 밥해 먹어"라며 진심으로 걱정하는 목소리로 말했다. 아내 말대로 밥을 해 먹는 일은 귀찮고도 귀찮은 일이었다. 편의점에 가면 물만 부으면 바로 먹을 수 있는 인스턴트식품들이 즐비했다. 나는 번번이 그 유혹에서 자유롭지 못했다.

컵라면에 물을 붓고 익기를 기다리는 시간, 다시 텔레비전을 틀었다. 그때까지 노래하고 요리하고 먹는 일들이 이어지고 있었다. 노래하기 위해 사는 사람들, 맛난 음식을 먹기 위해 사는 사람들처럼 보였다. 라면 가락을 후후 불어 입으로 가져갔다. 아내와 아이들의 일요일 풍경은 어떨까. 작은 녀석은 아침잠이 많아서 열두시나 다 돼야 눈을 뜰 것이다. 부지런한 큰 녀석은 아침 일찍 자전거를 끌고 나가 공원을 한 바퀴 돌고 올지도 모른다. 그동안 아내는 주방에서 토스트를 굽고 샐러드를 만들고. 어쩌면 이 모든 일을 마치고 헤이즐넛 커피 한 잔을 마시고 있을지도. 일요일 늦은 아침 잠든 내 머리맡에서 아내가 마시는 헤이즐넛 커피는 내 늦잠을 깨우는 단골 메뉴였다. 향긋한 헤이즐넛 커피 향 때문에 잠이 달아났다. 안 일어나고는 못 배겼다.

문득 라면 냄새가 역겹다. 라면은 아직 한두 젓가락 남았다. 그만 젓가락을 내려놓는다. 커피 물을 올리고 서랍에서 일회용 커피를 꺼냈다. 컵 한가득 물을 부어 커피를 탔다. 헤이즐넛 향보다는 못하지만 구수한 커피 향이 퍼졌다. 마음이 한결 나아지는 것 같았다.

배를 채우고 나니 할 일이 없었다. 컴퓨터를 켤까 하다가 도로 이불 속으로 기어들어갔다. 오늘만큼은 아무것에도 방해받지 않고 푹 쉬고 싶다. 딱히 일요일이 있는 것도 아니어서 어찌 보면 매일 매일이 일요일일 수도 있는데. 모르겠다. 나도 내 마음을. 나도 평범한 사람들처럼 일요일을 푹 쉬고 활기찬 월요일 아침을 맞고 싶다. 그 정도의 행복은 주어져야 대한민국의 일등 시민이 아닐까. 졸음이 밀려왔다. 텔레비전 소음이 귓전에서 윙윙거렸다. 그리고 엊그제 만났던 진우를 꿈속에서 또 만났다. 진우와 나는 같은 식탁에서 밥을 먹고 있었다. 진우의 엄마, 그러니까 존재하지 않다던 진우의 엄마가 매운탕을 끓여 내왔다. 우리 세 식구는 정말 맛있게 식사를 했다. 나는 진짜 진우의 보호자가 돼 있었다.

잠에서 깼을 때 텔레비전에서는 여전히 노래가 이어지고 있었다. 이번에는 메밀꽃이 하얗게 핀 봉평 어디쯤의 야외 무대였다. 나이를 어디로 먹는지 도무지 알 수 없는 MC가 진행하는 〈전국노래자랑〉이었다. 노래 대결이 막 끝나고 성적이 집계되는 막간을 틈타 초대 가수가 나왔다. 새하얀 메밀꽃과는 그리 잘 어울리지 않는 가수가 나와 요란하게 율동까지 하며 노래를 불렀다. 생각 없이 화면을 바라보다가 리모컨을 눌러버렸다.

거실로 나와 담배를 한 대 피우고 나자 할 일이 없어졌다. 이제 텔레비전은 지겹다. 소파에 벌렁 드러누웠다. 다시 일어나 구석에 있는 이구아나를 들여다보았다. 이구아나도 일요일이 지루한지 몸을 바닥에 붙인 채 꼼짝도 하지 않았다. 손끝으로 등을 살짝 건드렸다. 그래도 눈만 껌뻑거릴 뿐 움직이려 하지 않았다. 소파로 돌아왔다. 아내에게 전화를 걸까. 아이들 목소리라도 들으면 기분이 한결 나아질 듯한데. 전화기를 집어 들었다. 그곳은 지금 한창 잠에 빠져 있을 시간이다. 도로 전화기를 내려놓았다. 아내는 내가 전화하는 것을 별로 반가워하지 않는 눈치였다. 게다가 한참 잠들어 있는 거를 깨우면 후폭풍이 배가 되어 돌아왔다. 지금이 몇 신데, 무슨 일 있어? 휴, 깜짝 놀랐잖아. 전화 한 통 거는 것도 쉬운 일이 아니다. 무엇 하나 내 마음대로 할 수 있는 일이 없다. 아내가 곁에 없어도 마찬가지였다.

끝내 집 밖으로 나오고 말았다. 초가을 햇빛이 눈부셨다. 아직 오후에는 텁텁한 열기가 남아 있는 때였다. 아파트 광장에는 부녀회 소속 여자들이 챙이 긴 모자를 눌러쓰고 마른 고추를 손질하고 있었다. 산지 직송한 농수산물을 싼 가격으로 판매하는 모양이었다. 고추보다 여자들의 수다가 더 먼저 귀에 들어왔다. 일부러 아파트 광장을 빙 둘러 멀찌감치 떨어져서 걸었다. 고개를 숙여 보도블록을 세기 시작했다. 언제부터인가 아파트 광장을 빠져나갈 때마다 보도블록을 세는 버릇이 생겼다. 아는 사람의 시선을 피해 고개를 숙이고 걸으면서 자연스럽게 생긴 습관이다. 누군가를 만나 인사를 나누고 안부를 묻는 일 자체가 거추장스러웠다. 안부라고 해야 눈인사 정도를 주고받는 수준이었지만 자식하고 마누라 없이 사는 홀아비가 뭐 그렇지 별 수 있어, 하고 수군대는 듯했다. 아흔 일곱, 아흔 여덟. 드디어 아파트 광장을 무사히 빠져나왔다. '무사히'라는 말은 정말 이럴 때 쓰는 말이다.

무사히 빠져나오긴 했지만 그 다음 목적지는 오리무중이다. 이럴 때 가장 좋은 방편은 편의점에 가는 것이다. 그곳에 가면 그나마 위안이 되었다. 내가 찾는 모든 것이 거의 다 있었다. 아파트 근처에 편의점은 두 개다. 패밀리마트와 세븐일레븐. 패밀리마트는 아파트 바로 초입에 있고 세븐일레븐은 거의 한 블록 정도를 더 가야 있다. 나는 가까운 패밀리마트보다 멀리 떨어진 세븐일레븐을 주로 이용한다. 단지 아파트와 멀리 떨어져 있다는 사실 하나만으로 그곳을 택했다.

세븐일레븐 아르바이트생이 또 바뀌었다. 이번에는 나이가 지긋한 아주머니다. 나는 천천히 가판대를 살폈다. 무엇을 사야 하나. 라면, 김치, 햇반, 된장. 치약도 다 되었는데. 머릿속으로 사야 될 목록을 작성한다. 소주 한 병과 참치 캔도 추가한다. 집어 든 물건을 계산대 위에 올려놓았다.

"새로 들어온 흥부네 김치 한 번 드셔보세요. 아주 맛있어요."

바코드를 찍으면서 아르바이트생 아주머니가 한마디 했다.

"아, 네에."

얼른 건성으로 대답을 하면서 머지않아 새로운 편의점을 개척해야 될 것 같은 불길한 예감에 휩싸인다. 모든 친절이 좋은 것만은 아니다. 지나친 친절이 경우에 따라 폭력이 될 수도 있다는 것을 저 아르바이트생도 모르는 모양이다. 비닐봉투에 물건까지 차곡차곡 담아주는 저 친절이 결코 유쾌하지만은 않다는 사실을 왜 모를까.

"된장은 개봉하면 냉장고에 두고 드셔야 합니다."

아주머니가 거스름돈을 내주며 한마디 더 보탰다.

"아, 네."

인자하게 미소 짓는 아주머니를 외면한 채 허둥지둥 편의점을 빠져나왔다. 누가 쫓아오기라도 하듯 발걸음을 빨리하며 걸었다. 목덜미에서 땀이 삐질삐질 났다. 아, 무슨 날씨가 이렇게 더워. 가로수 아래에 대고 침을 뱉었다. 아파트 광장에서는 여전히 부녀회 여자들의 수다가 이어지고 있었다. 아까 왔던 길을 되밟아 엘리베이터 앞까지 단숨에 내달았다. 엘리베이터에 발을 들여놓고 십오층 버튼을 누르는 순간 종량제 봉투를 사오지 않은 사실이 떠올랐다.

아빠는
놀이 기구를 만들어

안녕하세요. 고운이 치과입니다. 김승주 님 방문 날짜가 많이 경과되었습니다. 일간 한 번 들러주십시오.

치과에서 온 문자를 보는 순간 잊고 지내던 구멍이 새삼 떠올랐다. 혓바닥으로 구멍을 더듬었다. 발치를 한 지 벌써 한 달이 넘어서고 있었다. 잇몸은 이미 오래전에 아물었다. 여전히 밥알이 들어가 박히곤 하지만 만성이 된 탓에 예전처럼 거북스럽지도 않았다. 움푹 파인 잇몸 자체가 하나의 이처럼 느껴졌다. 치과를 찾으면 당장 새 이를 해 넣어야 할 판이다. 문자를 삭제해버린다. 새 이를 해 넣는 것보다 더 중요한 일이 나를 기다리고 있었다.

그녀가 전화를 걸어온 것은 아홉시경이다. 목소리가 유난히 맑고 투명했다.

"하루 동안 아이와 놀아줄 수 있나요?"

"보모를 구하시나요?"

"아뇨."

그녀는 수화기에 대고 가는 숨을 길게 몰아쉬었다.

"저기 아버지, 아버지를 빌려준다면서요."

"네."

"애한테 하루 동안만 아빠 노릇을 해주실 수 있나요?"

"물론이지요. 아이가 몇 살인가요?"

"여섯 살 남자 아이예요. 아이는 아빠를 한 번도 본 적이 없어요. 멀리 있다고 그랬거든요. 무지 바빠서 우리를 만날 시간도 없다, 아빠는 세계를 돌아다니며 놀이 기구 만드는 일을 한다, 세계에서 몇 안 되는 중요한 기술자다, 그런데 아빠가 너를 만나러 특별히 시간을 내서 오셨다, 딱 하루만 너와 놀아줄 수 있단다. 아이가 너무 좋아하더군요. 단박에 놀이 공원에 갈 거라고 자랑을 하더군요. 붙임성이 좋아서 크게 불편하지는 않을 거예요. 하루만 신나게 놀아주세요."

그녀는 또다시 가는 한숨을 내쉬었다. 그러곤 조곤조곤 말을 이었다.

"사실 아이한테 아빠는 그다지 중요하지 않아요. 별로 불편한 거를 느끼지 못하거든요. 제가 아빠 몫까지 다하면 되니까요. 조금 버겁긴 하지만 그 정도쯤이야 아빠가 있어도 마찬가지일거라 생각해요. 문제는 거짓말이에요. 애초에 거짓말을 하지 말았어야 했는데. 없는 아빠를 덜컥 있다고 해버렸으니."

"아, 예……."

그녀는 뭔가를 더 말하려고 하다가 전화를 끊었다. 그녀에게 다시 전화가 온 것은 두 시간 정도 지난 뒤였다. 인터넷으로 놀이동산을 기웃거리고 있을 때였다.

"아까 전화했던 애 엄마예요."

목소리가 낮게 가라앉아 있었지만 나는 금방 그녀임을 알아차릴 수 있었다. 그녀는 술을 마신 듯했다. 횡설수설 알 수 없는 말들을 지껄이다가 묻지도 않은 이야기를 늘어놓기 시작했다.

"결혼을 하지 않았어요. 하고 싶지도 않았고요. 그런데 애는 갖고 싶은 거예요. 상상해보세요. 결혼도 안 한 여자가 애를 낳았다? 애 아빠는 일류 법대를 나온 아이큐 140의 수재라더군요. 최상급인 A⁺였어요. 키도 크고 호남형의 마스크에 무엇보다 건강했어요. 물론 만나본 적도 없지요. 주민등록증에나 붙어 있을 법한 증명사진 한 장 본 게 전부예요. 다행히 운이 좋아 한 방에 성공했어요. 태어난 애를 보는 순간 좀 실망했어요. 그 남자를 전혀 닮지 않았더군요. 그런데 시간이 지나면서 오히려 다행이다 싶은 거 있죠. 그 남자를 닮았어봐요. 사랑하게 될지도 모르잖아요."

그녀는 묻지도 않은 말들을 술술 풀어냈다. 아이를 만나는 데 여러모로 도움이 되긴 하겠지만 남의 골치 아픈 사생활까지 줄줄이 꿰고 있을 만큼 내 머릿속이 여유롭지 못한 게 문제였다. 별 흥미도 관심도 없었지만 사업상 그럴 수는 없었다.

"그런데 애가 크면서 고민이 생겼어요. 아빠를 있다고 해야 돼, 없다고 해야 돼. 처음에는 단호하게 없다 쪽이었지요. 모든 과정을 솔직하게 이야기해줄 참이었어요. 이러이러해서 네가 태어났단다라고. 막상 애가 크니까 그게 안 되는 거 있지요. 어느 날 밥을 먹던 애가 불쑥 '우리 아빠는 어디 있어요?' 하고 물었어요. '아빠는 먼데 계셔.' 말을 뱉어놓고 아차 싶었어요. 선택의 기로에서 흔들리는 순간 애가 또 물었어요. '어디서 뭐 하는데?' 아이가 이미 아빠를 살아 있는 거로 기정사실화해버렸어요. '놀이 기구를 만드는 기술자야.' 그때 왜 하필이면 놀이 기구가 떠올랐는지. 제 인생의 가장 결정적인 실수였어요. 놀이 기구에 대해서 아는 거라곤 딱 한 번 타본 바이킹과 롤러코스터 정도거든요. 차라리 우주선을 만든다고 할 것을. 이제라도 솔직하게 '아빠는 없어' 라고 말해야지 속으로 다짐을 했어요. 그런데 아이의 눈이 반짝이는 걸 봐버리고 말았어요. 그게 엄마 마음이거든요."

그녀가 뭔가를 마셨다. 물인지 맥주인지 벌컥벌컥 들이키는 소리가 수화기를 타고 생생하게 넘어왔다. 예의상 혹은 사업상 이쯤에서 기지를 발휘할 필요가 있을 것 같았다. 나는 헛기침을 한 번 한 다음 점잖게 물었다.

"저기, 이러실 게 아니라 내일 한 번 미팅을 갖는 게 어떨까요? 하실 말씀도 많으신 것 같은데."

"아니요. 저는 그냥 이대로가 좋습니다. 얼굴을 마주하면 이런 얘기 못하지요. 다 우리 애를 위해서입니다. 이해해주세요. 그리고 일 때문에 시간을 내기도 그렇고요. 종일 녹화를 해야 하거든요."

녹화를 한다면…… 연예인? 머릿속으로 연예인을 떠올리는데 그녀가 말을 이었다.

"생각하시는 그런 연예인은 아니고요. 쇼핑호스트라고. 있잖아요, 텔레비전에서 냉장고나 옷 같은 거 파는 여자요."

그녀는 술을 마시고 있는 게 분명했다. 혀가 아주 조금씩 풀리고 있었다.

"아, 어디까지 얘기했더라?"

"놀이 기구 만드는 기술자까지 말씀하셨는데요."

"맞아요. 그놈의 놀이 기구. 그런데 놀이 기구 만드는 기술자 그런 직업도 있나요?"

"아, 왜 없겠어요. 만드는 사람이 있으니까 놀이 기구가 있지요."

수화기 너머의 그녀가 모처럼 큰 소리로 웃었다.

"하긴 아저씨 같은 직업도 있는데 뭔들 없겠어요. 정말 궁금해서 묻는 건데요. 결혼하셨어요?"

그녀는 자신이 지금 무엇을 하고 있는지 차츰 망각하고 있는 것 같았다.

"저기 그러니까 아이를 만나서 놀이 공원에 데리고 가라는 말씀이지요?"

"네. 존재하지도 않는 아빠를 놀이 기구 만드는 기술자라고 큰 소리를 탕탕 쳤으니 어쩌겠어요. 그 순간 제일 걱정이 되었던 게 뭔지 아세요? 그런 직업이 있긴 한가 하는 의구심이에요. 어휴, 지금 생각해도 아찔해요. 이 세상에서 가장 무서운 건 바이킹도 아니고 롤러코스터로 아니에요. 바로 자식이에요. 사실 옛날에 바이킹 타다가 죽는 줄 알았거든요."

아이에 대한 몇 가지 정보를 더 입수한 다음 나는 서둘러 공손하게 전화를 끊었다. 수화기를 내려놓으면서 그런데 어쩌자고 아빠도 없는 애를 덜컥 낳았냐고 욕을 한 바가지 해주고 싶은 걸 꾹 참았다. 애가 뭐 애완용도 아니고. 기분이 자꾸 묘해졌다. 아빠가 놀

이 기구를 만드는 기술자라고 철썩하니 믿고 있을 애가 생각할수
록 안되었다. 하긴 아빠가 매일 출근한다고 믿고 있는 우리 애들과
다를 바가 뭐 있을까. 새 이를 해 넣는 것과 마찬가지로 그런 것은
그리 중요하지 않았다.

모든 게
들통 나 버리는 경우

놀이 기구에 대해 아는 건 그녀 말대로 바이킹과 롤러코스터 정도다. 우선 그보다 그녀가 궁금했다. 쇼핑호스트. 방송사 이름도 확실하지 않고 무슨 물건을 팔고 있는지도 알 수 없었다. 놀이 기구보다 그녀가 팔고 있을 상품이 더 궁금했다. 아침부터 이 채널 저 채널 돌리고 있지만 좀처럼 감을 잡을 수 없었다. 탈모에 좋다는 한방샴푸를 파는 저 여자일까 아니면 어린이용 도서를 판매하는 데 열을 올리는 이 여자일까. 만능 쿠커를 강력 추천하는 저 여자는. 아니야 어쩐지 이 여자일 것 같아. 아무리 채널을 돌려가며 비교를 해봐도 그 여자가 그 여자 같았다. 하나같이 같은 톤의 목소리로 비슷한 소리를 냈다.

그중에 유독 마음에 끌리는 여자가 있긴 있었다. 도자기로 된 반상기 세트를 파는 여자였다. 외모는 여느 쇼핑호스트와 크게 다를 바 없는 튀지도 빠지지도 않는 딱 그만했다. 여자는 열심히 상품에 대해 설명을 했다.

"상표 이름만 들어도 주부 여러분은 다 아실 겁니다. 그만큼 오랜 신뢰와 정성으로 성장한 브랜드지요. 다시 말해 소비자들의 사랑을 꾸준히 받고 있다는 증거지요. 자 보십시오. 여기 타 제품과 비교를 해보겠습니다."

여자가 꽃문양과 기하학적 문양이 그려진 접시를 양손에 나눠 들고 비교를 시작했다.

"여기 두 접시의 문양을 보십시오. 이쪽은 색상이 선명하지 못하고 문양 자체도 세련된 느낌이 없지요. 반면에 핸드페인팅한 이 접시의 문양은 어떻습니까. 눈으로도 식별이 갈 만큼 다르지 않습니까? 일단 전체적인 느낌이 고급스럽고 세련됨과 동시에 우아하기까지 합니다. 보십시오. 디테일이 살아 있습니다. 900도에서 한 번, 1200도에서 또 한 번 이렇게 두 번을 구워내기 때문에 색상이 변질되거나 손상될 염려가 없습니다. 식기세척기나 전자레인지에 마음 놓고 돌리셔도 됩니다."

여자는 말은 잘하고 있었지만 어딘지 모르게 불안하고 어색해 보였다. 시선이 자꾸 흔들렸다. 그릇을 팔고 있는 게 아니라 암기한 대사를 읊어대고 있는 것처럼 보였다. 옆에 있는 회사 측 관계자가 여자를 힐끔거렸다.

"어떻습니까, 전무님. 주부님들이 살림을 하다 보면 본의 아니게 실수를 할 때가 있지 않습니까?"

"그렇습니다. 설거지를 하다가 고무장갑 낀 손으로 접시를 집다 보면 미끄러워서 떨어뜨리는 경우가 종종 생깁니다."

"주부 여러분, 걱정하지 마십시오. 이 접시는 떨어뜨려도 쉽게 깨지지 않습니다. 보십시오."

여자는 들고 있던 두 개의 접시를 가슴 높이에서 떨어뜨렸다. 두 개의 접시가 동시에 테이블 위로 떨어졌다. 두 개 모두 쨍그랑 소리를 내며 떨어졌지만 역시 두 개 모두 아무 이상이 없었다. 시나리오대로라면 타사 제품은 금이 가거나 깨지거나 이상이 있어야 했다. 당황한 쪽은 옆에 있는 전무였다. 여자는 뭐가 잘못되었는지도 모르는 눈치였다. 그에 맞추어 제품에 대한 자막이 화면을 가득 채웠다. 여자는 바이킹을 생각하고 있었을까 아니면 롤러코스터를 떠올리고 있었을까. 나는 여자가 아이의 엄마라고 확신했다. 그게 사실인지 아닌지는 그다지 중요하지 않았다. 그보다 더 중요한 건 모든 게 들통 나지 않게 조심하는 거였다.

아이를 만나기 전 사전 지식을 습득할 필요가 있었다. 최초로 만들어진 놀이동산은 1953년 월트디즈니가 만든 미국의 디즈니랜드다. 이를 시발점으로 각국에 놀이동산이 만들어졌다. 지금은 주요한 관광수입원으로 자리매김하고 있다. 우리나라에서 가장 큰 놀이동산은 에버랜드다. 자그마치 육십여 종의 크고 작은 놀이 기구가 있다 등등. 한글을 깨우친 웬만한 사람이면 누구든지 알고 있을 상식 수준의 지식을 습득하는 데 그쳤다. 이 정도쯤이면 되겠지. 여섯 살 꼬마가 놀이동산에 대해 알면 얼마나 알겠어. 그저 신나게 놀면 그걸로 만족하겠지. 더 이상 전문적인 지식은 필요 없을 것 같았다. 그나저나 그래도 그날 하루는 놀이 기구 만드는 기술자로 살아야 하는데. 놀이 기구가 제작되는 과정 정도는 알고 있어야 할 듯했다. 검색창에 '놀이 기구 제작'을 쳤다.

놀이 기구를 만드는 데는 여러 분야의 전문가가 필요하다. 그중에 가장 만만한 분야가 디자인이었다. 나는 디자인을 맡기로 했다. 디자인의 '디'도 모르는데. 어차피 사업이니까. 최선을 다해서 속이자. 나는 명품 아버지가 되어야 한다. 속으로 주문을 외웠다. 그렇지 않으면 아까 그 쇼핑호스트처럼 모든 게 들통 나버리는 경우가 생길지도 모른다. 세상은 그런 곳이다. 주문을 외지 않고는 한 걸음도 똑바로 나갈 수 없는 곳. 나는 여섯 살 아들을 둔 젊은 아빠로 태어나기 위해 열심히 주문을 외웠다.

유쾌한 거짓말

아이는 약속 시간에 정확하게 맞추어왔다. 그녀는 보이지 않았다. 유리문을 밀고 들어서는 아이의 손목에는 노란색 손수건이 묶여 있었다. 저 아이가 내 아들이다, 그리운 아들. 나도 모르게 중얼거렸다. 그러자 놀라운 일이 벌어졌다. 마음 저 속에서 뭔지 모르겠는 야릇한 감정이 스멀스멀 생겨났다. 얼른 뛰어가서 아이를 품에 안아야겠다는 생각뿐이었다. 자리에서 일어나 아이한테 다가갔다.

"정수야."

아이가 멈칫 놀라 한 걸음 물러섰다.

"이리 와. 괜찮아."

머뭇거리던 아이가 천천히 다가왔다. 두 팔을 벌려 아이를 품에 안았다. 아이한테서 바나나 우유 냄새가 났다. 의외로 아이는 덤덤했다. 어찌 보면 또래답지 않게 의젓했다. 누군가를 품에 안아보는 게 얼마 만인지. 아이는 한참 동안 내 품에 안겨 있었다. 이 아이도 누군가의 품에 안겨보는 게 퍽 오랜만의 일인지도 모른다. 품에 안았던 아이를 슬그머니 떼어내 얼굴을 살폈다. 눈도 크고 코도 오똑한 게 어디 하나 흠 잡을 데가 없었다. 아이가 나를 뚫어져라 쳐다보았다. 낯설지도 반갑지도 않은 표정이었다.

"너무 오랫동안 안 봤더니 몰라보겠구나."

아이 볼에 대고 얼굴을 비볐다. 영화에서 보면 꼭 이런 장면이 나오지 않던가. 나는 지금 영화를 찍고 있거나 연극을 하고 있거나 아니면 코미디를 하고 있거나. 마음 저 속에서 배나오던 감정의 실체가 곧 드러났다. 그것은 사랑도 그리움도 아무것도 아니었다. 그냥 투철한 직업의식의 발로였을 뿐이다. 아내나 아이들을 위해 매 순간 충실한 도우미 혹은 서비스맨의 리더쉽 정도로 봐줄 수 있을까. 문득 아이에게 미안한 마음이 들었다. 아이한테 최선을 다하자. 오늘만큼은 내 나이보다 열 살은 젊어져야 했다. 미리 교육을 받고 나온 것처럼 아이는 내가 하는 대로 몸을 맡겼다. 그래도 선뜻 '아빠'라는 말이 나오지는 않았다. 둘 다 마찬가지였다. 아이와 콜라를 마시고 밖으로 나왔다. 평일 낮인데도 매장 안은 나들이 나온 사람들로 붐볐다. 아이의 눈은 이미 놀이 기구에 가 있었다. 아빠를 만나러 온 게 목적이 아니라 놀이 기구를 타러 온 게 목적인 듯 보였다.

"제일 먼저 무엇을 탈까?"

"신밧드의 모험!"

아이가 바로 눈앞에 보이는 놀이 기구를 가리켰다. 긴 줄은 쉽게 줄어들지 않았다. 벌써부터 지루하고 다리에 피곤이 몰려왔다. 아이는 앞으로 펼쳐질 일 때문인지 지루해하거나 불평하지 않았다. '신밧드의 모험'은 고무보트를 타고 일정한 물길을 돌아오는 평범한 놀이 기구였다. 어두운 곳을 지날 때 아이가 내 손을 더듬었다. 나는 아이의 손을 꼭 쥐고 한 손으로 어깨를 감싸주었다. 가끔 얼굴에 물이 튀었다. 그럴 때마다 아이는 까르륵 웃음을 터뜨렸다. 몇 개의 놀이 기구를 더 타고 바이킹을 탔다. 어린이용이라지만 오랜만에 타는 내게는 그게 그거였다. 아이는 내 손을 꼭 잡고 나름대로의 스릴을 만끽했다. 흔들림이 지루하게 반복되었다. 속이 점점 메스꺼워졌다. 그만 멈추었으면 싶었다. 몸체가 다시 기우뚱 하늘을 향해 치솟았다. 그때 아이가 소리쳤다.

"아저씨가 우리 아빠가 아니라는 거 다 알아요!"

몸이 다시 위로 솟구쳤다. 뭐라 말을 해야 하는데. 나 역시 네가 나를 아빠로 믿지 않고 있다는 걸 다 알고 있었단다, 라고 소리치고 싶었지만 말이 되어 나오진 않았다. 기분 나쁜 스릴 때문에 입이 벌어지기는커녕 앙 다물어졌다.

"그런데 바이킹은 왜 멈추지 않아요?"

"글쎄?"

"에이 놀이 기구 만든다면서 그것도 몰라요? 그럼 그것도 가짜예요?"

맹랑한 녀석 같으니라고. 녀석은 보기보다 영리하고 똑똑했다. 그녀는 이 사실을 모르고 있었단 말인가. 아빠가 세계를 돌아다니며 놀이 기구를 만드는 기술자라는 거짓말을 이 아이가 믿을 거라고 생각했단 말인가. 그럴 리는 없을 것이다. 그럼 왜 이런 일을 꾸몄을까. 바이킹은 좀처럼 그칠 줄 몰랐다. 속은 점점 더 메스꺼워졌고 정신까지 아득해졌다.

"그건요. 진자운동 때문이에요. 사람이 느낄 수 있는 공포 중 가장 심한 게 바로 이 정도의 높이래요. 공포를 느끼는 건 무중력 때문이에요. 바이킹을 움직이게 하는 것은 바닥에 있어요. 배 밑쪽에 보면 자동차 바퀴 같은 타이어가 양쪽에 두 개씩 있어요. 그 타이어가 돌아가기 때문에 배가 움직이는 거래요."

아이는 쉬지 않고 떠들었다. 소음 때문에 중간 중간 알아들을 수 없었지만 바이킹에 대해 해박한 지식을 갖고 있었다. 도대체 이 아이는 뭔가. 아빠가 아이큐 140의 수재라더니.

"이 다음에 커서 디즈니랜드보다 훨씬 크고 재미있는 놀이동산을 만들 거예요."

"그래 꼭 그렇게 되길 바란다."

오래간만에 상봉한 부자간에 이어지는 대화치고는 영 어색하기 짝이 없었다. 애초부터 이웃집 아저씨와 이웃집 꼬마로 만났더라면 훨씬 나을 뻔했다. 시간이 빨리 흘러가기만을 기다릴 뿐이었다. 지루하게 혹은 간담 서늘하게 반복되는 진자운동처럼 어차피 우리 인생도 그런 것 아닌가. 그렇다면 지금 나의 현실은 어떤 포커스에 맞춰져 있는가. 지루함인가 간담 서늘함인가. 멈출 것 같지 않던 바이킹 속도가 느려졌다. 천천히 숨을 골랐다. 내내 손을 흔들며 환호를 보내던 아이가 아쉬운 한숨을 내쉬었다. 아이는 바이킹을 제대로 즐길 줄 알았다

아이는 바이킹뿐만 아니라 모든 놀이 기구에 대해 해박한 지식을 가지고 있었다. 내가 알아듣지 못할 정도의 전문 용어까지 써가며 이야기를 술술 이어갔다.

"여기서 제일 타고 싶은 것은 롤러코스터예요. 그런데 너무 어리다고 안 태워줘요. 난 아무렇지도 않은데. 사람이 거꾸로 매달려도 떨어지지 않잖아요. 밖으로 튀어 나가지도 않고요. 왜 그런 줄 알아요?"

"글쎄."

"구심력과 원심력 때문이래요. 그런데 구심력과 원심력이 뭐예요?"

"음, 좀 어려운데. 좀 더 크면 학교에서 배울 거야."

대충 뭔지는 알고 있었지만 아이에게 설명하기가 막막했다. 다행히 아이는 더 이상 묻지 않았다.

"저건 자이로드롭이에요. 높이가 칠십 미터나 된대요. 저기까지 올라갔다가 떨어지는 데 걸리는 시간은 딱 삼초래요. 떨어질 때보다 올라갈 때가 더 무섭대요."

놀이 기구 만드는 기술자는 내가 아니라 아이였다.

"어디서 그런 걸 죄다 배웠니?"

요기도 할 겸 잠시 쉬는 틈을 타 피자집에 들어갔다. 아이 앞으로 피자 조각을 디밀어주며 물었다.

"뭘요?"

"놀이 기구에 대한 것들 말이야."

"아 그거요."

길게 늘어지는 치즈를 돌돌 말아 먹으며 아이가 힐끔 나를 쳐다보았다.

"배운 거 아닌데요."

"그럼 어디서 본 거니?"

"그냥 재미있어서요."

아이는 피자 한 조각을 순식간에 먹어 치웠다.

"아빠를 만나면 할 이야기가 없을 것 같아서요. 아빠가 놀이 기구를 만드는 기술자라고 엄마가 그랬거든요."

아빠라는 말에 머쓱해진 나는 콜라를 마셨다.

"아저씨가 우리 아빠가 아니어서 다행이에요."

이건 또 무슨 뚱딴지같은 소리란 말인가.

"왜?"

"너무 늙었어요. 나는 젊은 아빠가 좋거든요."

아이가 킥킥거리며 콜라를 마셨다.

"그럼 아빠를 만나고 싶니?"

"아니요. 이제 필요 없어요. 놀이 기구라면 혼자서도 자신 있거든요."

아이가 고개를 세차게 가로저었다. 그리곤 한동안 말없이 빨대로 장난을 쳤다. 콜라 잔에 뽀르륵 거품이 일었다. 피자를 먹고 또 다른 놀이 기구를 타기 위해 줄을 섰다. 커피 잔 모양의 빙글빙글 도는 놀이 기구다. 현기증이 나고 멀미가 났다. 당장이라도 안전벨트를 풀고 뛰어내리고 싶었다. 아이는 아무렇지도 않은 모양이었다. 지치는 기색이 없었다. 가끔 손을 흔들어 보였다. 놀이 기구에서 내렸는데도 메스꺼움은 가라앉지 않았다. 벤치에 한참동안 쭈그려 앉아 있었다. 아이는 그새 다른 놀이 기구를 기웃거렸다. 정말로 아이에게 아빠는 불필요해 보였다. 아이가 롤러코스터를 탈 만큼 자랐을 때도 역시 아빠는 불필요한 존재로 남아 있을까.

어느 한순간 문득

한 번 빠진 턱은 계속 신경을 건드렸다. 무심코 하품을 하다가 턱관절에서 나는 기이한 소리에 정신이 번쩍 들곤 했다. 누군가가 일부러 턱을 한껏 끌어내렸다가 억지로 밀어 올리는 듯했다. 내 살 속에 내 뼛속에 다른 생명체가 기생하고 있는 느낌이었다. 맛있게 밥을 먹다가 우지끈 돌을 씹는 기분이랄까. 처음에는 의식적으로 조심을 했지만 나도 모르는 새 그 긴장의 끈을 놓아버렸다. 삐거덕거리는 턱 따위에 신경을 곤두세울 만큼 여유가 없었다. 설마 또 빠지기야 하겠어. 또 빠진다 한들 이미 나는 아버지를 팔고 있는걸. 이보다 더한 그 어떤 일이 일어나기야 하겠어. 입을 크게 벌렸다. 오른쪽 턱관절에서 기이한 소리가 났다. 다시 입을 다물었다. 기이한 소리를 내던 턱관절이 뭔가에 걸리듯 틱, 틱 힘겹게 제자리를 찾아갔다. 마음이 내키지 않는데 억지로 떠밀려가는 그 누군가의 뒷모습이 연상되었다. 아내와 아이들은 잘 있

겠지. 손으로 턱을 감싸 안았다. 이 모든 일이 한낱 턱 때문에 일어
난 일이라는 걸 아내는 믿어줄까.

　역시 아버지를 파는 일은 그리 유쾌한 짓이 못되었다. 마치 장기
를 밀거래하듯, 남루하고 지저분한 침대에 누워 펄펄 끓는 피 한
바가지를 빼주고 때 묻은 돈다발을 챙겨온 기분이다. 혹자는 그때
묻은 돈 다발을 품에 안고 눈물을 흘렸을지도 모른다. 아이들의 굶
주린 배를 채워주고 병든 아내 치료비를 충당하고 그래도 남는 돈.
신발 가게에 들려 아이들의 신발을 고른다. 이런 절실함이나 신파
가 내게도 적용되는가. 선뜻 대답하기 어렵다. 그렇다면 나는 왜
이 짓을 하는가. 그걸 잊었니. 턱 때문이잖아. 턱이 빠져서. 꼼짝도
하기 싫은 나는 쓸데없는 공상을 하며 몇 시간째 침대에 누워 있었
다. 아무리 턱을 핑계 삼으려 해도 찜찜한 기분은 좀처럼 가시지
않았다. 나의 마지막 로망은 이렇게 끝나버릴 것인가. 늙은 아빠보
다 롤러코스터가 더 좋다던 그 아이는 밤새 잘 잤을까. 해맑은 아
이의 웃음소리가 귓전에서 맴돌았다.

　종일 이불 속에서 뒹굴다가 다시 잠이 들었다. 잠이 깬 것은 전
화벨 소리 때문이었다. 손을 더듬어 머리맡의 전화기를 집어 들
었다.

　"어, 벌써 들어왔네."

　잠이 확 깼다. 아내다.

　"휴대폰으로 할까 하다가 혹시나 하고 집으로 걸었는데 어디
아파? 목소리가 왜 그래?"

　"아, 아니야. 지금 막 들어왔어."

　"별일 없지?"

“응. 당신은?”

“애들도 잘 있어.”

“무슨 일 있어?”

“무슨 일 있어야만 전화를 하나.”

모처럼 들어보는 밝은 목소리다.

“그냥, 당신 목소리가 듣고 싶어서. 나 지금 출근하려고.”

아내는 얼마 전부터 집 근처 한인 식당에서 일을 한다고 했다. 시간제 아르바이트라 몇 푼 못 벌지만 빈 집에 우두커니 앉아 아이들이 올 때만 기다리는 것보다는 시간 보내기가 훨씬 낫다고 했다.

“힘들지 않아?”

“견딜 만해. 애들 생각하면 하나도 안 힘들어.”

“그래도 너무 무리하지 마.”

“참, 라몬 잘 있지? 녀석 제법 컸겠는걸. 식탐은 여전해?”

라몬? 잠시 라몬이 누구인지 머릿속으로 더듬었다. 이 집에 나 말고 또 누가 살고 있나. 이내 라몬이 이구아나의 애칭임을 떠올렸다. 나는 아직까지 한 번도 이구아나를 ‘라몬’이라고 불러본 적이 없었다.

“응. 잘 있어.”

“보고 싶다.”

아내는 말끝을 흐렸다. 내가 보고 싶어서인지 아니면 이구아나가 너무 그리워서인지 그건 알 수 없었다.

“그래. 몸 상하지 않게 조심하고.”

속에서 자꾸 뜨거운 게 울컥 넘어왔다. 생각 같아서는 수화기에 대고 엉엉 울어버리고 싶었다. 왜 이러고 살아야 하나. 우리 그냥 예전처럼 함께 살면 안 돼? 어린아이처럼 아내에게 매달리고 싶은 걸 꾹 참았다. 심경을 들키기 전에 전화를 끊어야 하는데 아내는 오늘 따라 말이 많다.

"목욕 잘 시키고 있지?"

"그럼. 어제도 했는걸."

사실은 두 달도 넘었다. 언제 씻겼는지 기억도 나지 않았다. 내 몸도 씻기 싫은데 젠장 무슨 얼어 죽을 이구아나 목욕이냐. 지금 내가 무슨 짓을 하며 살고 있는지 알기나 알아? 욕지기가 목까지 치밀었다. 그래서 아내와 안 맞는다. 방금 전 울컥했던 마음이 순식간에 사라졌다. 결국 전화를 한 목적은 이구아나 때문이었다.

"당신 그렇게 궁금하면 아예 미국으로 데리고 가지 그래?"

"왜 그래? 또. 난 그냥 궁금해서."

"남편 밥 먹었냐고 한마디도 안 물어보면서."

"당신 화났구나. 내 정신 좀 봐. 미안. 아직 저녁 안 먹은 거야?"

"그만 끊자. 전화세 많이 나와."

"그게 아니고. 당신 혼자 있는 게 걸려서. 그래서 개라도 있으면 좀 낫지 않을까 해서."

"알았어. 출근해야 한다며."

애써 목소리를 누그러뜨렸다. 아내가 먼저 수화기를 내려놓았다. 오래간만에 밝은 목소리로 전화를 했는데 내가 너무 과민 반응을 보인 것 같았다. 이불을 홱 뒤집어썼다. 그래도 그렇지. 이구아나가 우선이라니. 그제야 오늘 한 끼도 제대로 먹지 않은 사실이 떠올랐다.

이구아나는 매일 같은 자세 같은 눈초리로 쳐다보았다. 아무리 봐도 정이 가지 않는 녀석이다. 아내는 이런 징그러운 파충류를 왜 좋아하는지 알다가도 모르겠다. 먹이를 주어도 녀석은 꿈쩍도 하지 않았다. 아내가 있을 때 비하면 곤궁하긴 녀석도 마찬가지다. 한여름이면 아내는 없는 파리를 잡느라 열을 올렸다. 어쩌다 파리가 눈에 띄면 잡힐 때까지 파리채를 휘둘러 결국엔 살짝 기절한 파리를 온전한 모습 그대로 이구아나에게 바치곤 했다. 이구아나는 그런 아내의 공을 아는지 긴 혀를 날름거려 파리를 맛나게 먹었다.

"어디 파리라도 한 마리 있으면 잡아주련만."

문득 이구아나가 안돼 보였다. 눈에 힘을 주고 실내를 샅샅이 뒤졌다. 간절히 원하면 이루어진다더니. 화분 뒤에서 초파리 한 마리가 날아오르는 게 보였다. 얼른 손을 뻗어 낚아보려 했으나 역부족이었다. 애매한 허공에 헛손질만 해댔다. 초파리는 금세 시야에서 사라졌다. 이런 내 모습을 이구아나가 여전히 못마땅한 눈초리로 쳐다보았다. 그새 이구아나의 푸른빛이 더 짙어졌다. 아내가 알면 좋아할 텐데. 미처 말해주지 못했다. 아내는 이구아나의 푸른빛을 좋아했다.

"얘를 보고 있으면 지중해 어디 먼 곳에 와 있는 기분이 들어. 이 오묘한 빛깔들 좀 봐. 볼 때마다 달라. 어디서 이런 빛깔이 나올까."

어쩌면 아내는 이구아나를 찾아 미국이 아니라 지중해 해변 야자수 밑을 샅샅이 뒤지고 있을지도 모른다. 이놈 역시 아내를 따라가야 했는데. 이구아나가 툭 불거진 눈을 움직인다. 애초에 파리 따위는 얻어먹을 꿈도 안 꿨다는 식이다. 차라리 개나 고양이라면 정이라도 들지. 아무리 들여다보고 먹이를 줘도 도무지 교류가 없다. 아내와 이구아나가 교류하는 건 저 녹록치 않은 푸른빛 때문인가. 어찌 보면 초록 같기도 하고 어찌 보면 청보랏빛 같기도 한, 어느 한순간 문득 일곱 색깔 무지개를 품기도 하는, 라몬. 혹시 푸른빛과 무슨 연관이 있는 건 아닐까. 라몬. 라몬. 속으로 중얼거렸다. 머릿속에 짙푸른 해안이 펼쳐졌다.

　냉장고를 뒤져 먹다 만 식빵을 찾았다. 유통기한이 한참 지나 있다. 내게 유통기한은 숫자에 불과하다. 얼마든지 지우고 다시 쓸 수 있는 숫자는 그다지 중요하지 않다. 곰팡이가 눈에 보이지 않으면 일단 유효하다. 먹어서 탈이 안 나면 확실한 유통기한이 보장되었다. 지난봄 아내가 해놓고 간 콩자반은 아직도 유통기한이 남아 있다. 계절이 몇 번 바뀌었지만 아무리 먹어도 탈이 나지 않았다. 바싹 마른 식빵에 버터를 발라 토스트기에 구워낸다. 식빵을 한 입 베어 물고 물을 한 모금 마신다. 또 식빵을 한 입 먹고 물을 마신다. 아내가 끓여주던 된장찌개가 그립다. 어느 한순간 문득.

오 해피데이

휴대폰에 낯익은 번호가 떴다. 정 과장이다. 받을
까 말까. 갈등하는 사이 전화가 끊긴다. 퇴직 후 동료들을 만난 적
이 없다. 서로가 연락을 할 일도 얼굴 볼 일도 없었다. 나간 사람과
남아 있는 사람은 저절로 불편한 관계가 되었다. 서로 안 보는 게
상책이었다. 위로하고 위로받을 일이 아니라는 걸 일찌감치 터득
했다. 절친하게 지내던 사람들조차 하루아침에 등을 보였다. 다달
이 거르는 법이 없던 경조사도 딱 끊겼다. 이토록 매정할 수가. 그
래. 네 녀석들이 내 모가지를 자르고 얼마큼 잘돼나 두고 보자. 처
음에는 분한 마음에 오기가 발동했다. 어쩌다 연락이 와도 받지
않았다. 나는 차츰 고립되었다. 이제는 기다려도 아무런 기별도
없다.

정 과장은 같은 부서의 부하 직원이었다. 술자리에서 옷을 홀딱
벗어젖히는 고약한 버릇만 빼면 어느 구석 하나 나무랄 데 없는 친

구다. 두어 번의 전화 연락이 있었지만 받지 않았다. 그 후 전혀 연
락이 없어서 잊고 있었는데 웬일이지. 다시 전화벨이 울렸다. 얼른
휴대폰을 집어 들었다.

"여보세요?"

나긋나긋한 목소리가 여전하다.

"부장님, 접니다."

"웬일이야?"

반가운 마음에 소리라도 지르고 싶었지만 근엄한 척 목소리에
잔뜩 힘을 주었다.

"웬일이라니요. 섭섭합니다."

정 과장이 목소리를 높였다. 반가운 기색이 역력했다.

"그래. 잘 있었어?"

나는 마지못해 안부를 물었다.

"아따. 부장님도. 오랜만에 전화했는데 이거 너무 하시는 거 아
닙니까. 섭하네요."

말끝마다 붙이는 부장님이라는 호칭이 영 거슬렸다.

"용건이 뭐야."

"그러지 마시고 우리 얼굴 한 번 봅시다. 원수진 것도 아닌데. 이
러다 부장님 얼굴 잊어먹겠습니다."

"한 잔 했군."

"네. 한 잔 했습니다. 갑자기 부장님이 보고 싶어서 미치겠습니
다."

정 과장 목소리가 점점 작아졌다. 뭔가 심상치 않은 기운이 맴돌
았다. 그래도 되도록 얼굴을 마주하고 싶지 않았다. 나하고 다른

별에 사는 사람처럼 느껴졌다. 이제 겨우 마음을 잡아가는데 화려
했던 옛일들을 떠올리는 게 무슨 쓸모가 있을까 싶었다.

"부장님, 저도 짐 쌌습니다."

짐 싸다니. 정신이 번쩍 들었다.

"그게 무슨 소리야?"

주점 '오 해피데이'에 도착했을 때 정 과장은 취해 있었다. 시끄
러운 주점 안은 술을 마시는 사람들로 붐볐다. 뿌연 담배 연기 때
문에 실내는 안개 속에 싸인 것처럼 보였다. 사람들은 저마다 이곳
에서 빠져나가게 해달라고 몸부림을 치고 있는 것 같았다. 자기 발
로 걸어 들어왔으면서 흥에 겨워 즐거워하기보다는 울부짖고 있
었다. 한때는 나도 저랬는데. 그때는 왜 몰랐을까. 그저 즐겁기만
했을까. 다시 생각해봐도 그건 아니었다. 그렇다면. 오래간만에
다시 찾은 '오 해피데이'는 낯설었다. 정 과장은 구석에 앉아 있었
다. 나는 정 과장에게 선뜻 다가가지 못하고 입구에서 서성거렸다.
늪지대를 지나는 것처럼 발을 조심스럽게 내딛었다.

"많이 취했어."

가까이 다가가서 정 과장 어깨를 잡았다. 고개를 숙이고 있던 정
과장이 천천히 고개를 들어 빙그레 웃었다. 부장, 과장 사이였지만
실은 막역한 친구처럼 지냈다. 더군다나 이런 술자리에서는 둘도
없는 친구였으며 형과 아우였다. 정 과장 맞은편 자리에 앉았다.
웃고 있는 정 과장을 물끄러미 바라보며 주머니에서 담배를 꺼냈
다. 담배를 입에 물자 정 과장이 라이터로 불을 붙여주었다. 그러
곤 자신도 담배를 피워 물었다. 우리는 한동안 말없이 서로를 향해

담배 연기를 내뱉었다. 내가 뿜어낸 담배 연기가 정 과장의 그것과 한데 어우러져 공기 중으로 흩어졌다. 정 과장은 몰라볼 정도로 야위었다.

"많이 늙었네요."

내가 하고 싶은 말을 정 과장이 먼저 가로챘다.

"거기도 만만치 않아."

내 말에 정 과장이 웃음을 터뜨렸다.

"그래도 부장님이 더 심한 걸요. 아니 밥도 못 얻어 드셨어요? 이거 형수님이 너무하신 거 아니에요?"

"그놈의 부장, 부장. 그만해."

담배가 썼다. 반도 넘게 남은 담배를 비벼 껐다.

"알겠습니다, 형님!"

눈치 빠른 정 과장이 거수경례를 했다.

"정 과장, 이 사람아."

"저도 그놈의 과장, 그만뒀습니다! 삭제해주십시옷!"

정 과장이 다시 한 번 거수경례를 하며 외쳤다.

"알았어. 자자, 나 귀 안 먹었으니 이 사람아, 살살 좀 말해."

담배를 비벼 끄고서야 정 과장의 목소리는 정상으로 돌아왔다. 사실 형, 아우 하지만 정 과장과 나는 두 살밖에 차이가 나지 않는다. 게다가 같은 고등학교 선후배 지간이다. 정 과장은 이를 두고 자기 인생의 프리미엄이라고 입버릇처럼 말했다. 그만큼 나를 따르고 나 또한 정 과장을 친동생처럼 대했다. 이런 프리미엄이 아니더라도 나이에 맞지 않게 유쾌 발랄하고 사근사근한 성격 때문에 나뿐만 아니라 뭇사람들로부터 신망을 받았다. 그런 정 과장이 왜 해고되었는지 모를 일이다. 하긴 해고되는데 어떤 특별한 이유나 기준이 있는 것은 아니었다.

"어떻게 된 거야?"

정 과장이 따라 주는 술을 받으며 안색을 살폈다.

"어떻게 되긴요. 순서대로 착착 잘 돼가고 있는데요."

"순서라니?"

정 과장이 내 잔에 자기 잔을 부딪쳤다.

"오! 해피데이!"

정 과장은 단숨에 잔을 비웠다.

"그리 심각한 눈빛으로 쳐다보지 마십시오. 안 그래도 숨이 칵 칵 막혀 죽겠습니다."

나는 더 이상 회사 일에 대해 묻지 않았다. 정 과장도 그 일에 대해서 일언반구도 하지 않았다.

"형님, 우리 여기 오면 무조건 오, 해피데이 아니었습니까. 오, 해피데이."

처음 정 과장과 이곳을 찾은 이유도 '오 해피데이'라는 간판 때문이었다. 수도 없이 들락날락한 곳이지만 진짜 행복해서 찾은 기억은 없었다. 정 과장과 나는 술만 마셨다. 그것만으로도 진정 행복했다.

'오 해피데이'를 나온 우리는 노래방으로 향했다. 예전부터 길들여진 코스였다. 둘이 어깨에 팔을 걸고 탬버린을 흔들며 노래를 불렀다. 간혹 팡파르도 터졌다. 미친 듯이 목청을 높였다. 정 과장이 옷을 벗어던졌다. 옷가지들을 하나씩 벗어던질 때마다 묵은 기억들이 새록새록 되살아났다. 드디어 팬티만 한 장 걸친 정 과장이 테이블 위로 올라갔다.

"형님, 형님도 올라오십시욧!"

정 과장이 손을 뻗어 내 팔뚝을 잡아끌었다. 나는 자리에서 엉거주춤 일어섰다. 그리고 테이블 위로 올라갔다. 그새 팬티를 벗어던진 정 과장이 몸을 좌우로 흔들어대며 목청을 높였다. 축 늘어진 정 과장의 성기가 어두운 조명 아래 드러났다 사라지기를 반복했다. 그것은 고장 난 시계의 녹슨 추 같았다. 우리는 우리들의 무조건적인 '오 해피데이'를 위하여 축배의 잔을 들었다.

유기농 오곡 시리얼

"밥 생각이 없더라도 아침은 꼭 챙겨 먹어. 선식이 지겨우면 시리얼을 먹던가. 애들은 잘 먹던데. 당신도 한 번 먹어봐. 뻣뻣한 토스트보다 먹을 만하던데. 영양가도 있고. 여기다 둘 테니까 심심하면 한 번씩 꺼내 먹어. 우유는 흰 우유가 제일 나. 다른 거는 너무 달아서 안 돼. 당신 또 애들처럼 바나나 우유나 초코 우유 같은 거 먹지 말고."

아내는 냉장고에 시리얼 봉지를 넣으면서 일장 연설을 했다. 나는 텔레비전을 보고 있던 중이었다. 아내의 말을 건성으로 흘려들었다. 시리얼이 아니라 금괴를 숨겨둔다 해도 마찬가지였을 것이다. 아내는 떠나기 한 달 전부터 이것저것 내가 입고 먹고 할 것들을 조목조목 챙겼다.

"겨울옷은 여기 맨 아래 서랍, 그 위는 가을, 그 다음은 여름, 맨 꼭대기는 봄옷이야. 속옷은 이쪽 서랍에 있어."

"된장하고 고추장은 냉장고 맨 위 칸에 있어. 새우젓이랑 까나리액젓도 그 옆에 있고. 하긴 당신이 김치 담가 먹을 리도 없고. 젓갈은 필요 없겠다. 그래도 순두부찌개에는 새우젓이 좀 들어가야지 맛있어."

"내가 보고 싶으면 어떻게 할 건데?"

냉장고 정리를 하던 아내가 뒤를 돌아보며 물었다.

"뭘 어떻게 해 하긴. 그냥 참아야지."

나는 무심결에 채널을 돌렸다.

"내가 보고 싶으면 이 냉장고를 열고 들여다 봐. 여기 내 마음이 차곡차곡 숨어 있으니까."

아내가 떠나고 정말 아내가 생각날 때면 냉장고를 열었다. 날짜와 음식 이름까지 반듯하게 써 붙인 노란 포스트잇이 아내가 흔드는 손수건 같았다. 하루에도 열두 번 냉장고 문을 열었다 닫았다 했다. 그리움보다는 외로움이었다. 꼭 아내가 아니어도 되었다. 곁에 누구라도 있었으면. 멸치 볶음. 노란 포스트잇을 떼어냈다.

어제 마신 술 탓인지 목이 탔다. 냉장고 문을 열었다. 텅 빈 냉장고가 들어오라고 손짓을 하는 듯했다. 잠이 조금 덜 깼더라면 그 속으로 발을 들이밀었을지도 모른다. 냉장고에서 뿜어져 나오는 찬 기운에 정신이 들었다. 마실 거는 물과 먹다 만 오렌지 주스가 전부였다. 바닥을 드러낸 반찬통들에는 아직도 노란 포스트잇이 붙어 있다. 오렌지 주스를 집어 통째로 들고 마시다가 문득 시리얼을 떠올렸다. 쓰린 속에 허기가 져 아무 거라도 쑤셔 넣고 싶었다. 한 번도 시리얼을 먹어보지 않았기 때문에 찾는데 시간이 좀 걸렸다. 시리얼은 냉장고 문 안쪽 맨 위 칸에 있었다. 유기농 오곡 시리

얼. 몸에 좋다는 현미, 보리, 찹쌀, 검은콩, 율무 다섯 가지 곡물로
만들었다. 게다가 몸에 더 좋다는 유기농이란다. 그릇에 시리얼을
쏟고 우유 대신 오렌지 주스를 부었다. 식탁에 앉아 시리얼을 퍼
먹었다. 바삭하고 고소한 맛이 났다. 배가 고파서인지 아내 말대로
그런대로 먹을 만했다. 처음에 바삭바삭하던 시리얼은 점점 눅진
해졌다. 눅진해진 시리얼은 맛이 덜했다. 시리얼은 빠르고 신속하
게 먹는 게 생명이었다.

그 후 정 과장은 연락이 없었다. 나도 정 과장에게 연락을 하지
않았다. 내가 지금 아버지를 팔고 있다는 걸 정 과장이 알면 뭐라
할까. 누글누글해진 시리얼을 숟가락으로 건져 먹었다. 아무래도
오렌지 주스보다는 우유가 나을 것 같았다. 아내는 왜 그것을 가르
쳐주지 않았을까. 설마 내가 오렌지 주스에 시리얼을 타 먹으리라
고는 예상을 못했겠지. 행여 아버지를 팔 거라고는 꿈에도 생각 못
하고 있는 것처럼. 하긴 나 또한 이 시간에 혼자 빈 집에 남아 유기
농 오곡 시리얼을 먹으리라고는 전혀 예상치 못했으니까.

어쩌면 정 과장도 지금쯤 유기농 오곡 시리얼을 먹고 있는지도
모른다. 식구들이 모두 물러난 빈 식탁에 오도카니 남아 퉁퉁 불은
시리얼을 느릿느릿 건져 먹고 있는지도. 빠르고 신속하게 그리고
무엇보다 간편하게 영양분을 섭취할 수 있는 방법을 터득하고 있
는지도 모른다. 엊저녁 '오 해피데이'에서 흘러나오던 〈아이 해브
어 드림〉을 까마득히 뒤로한 채 역시 시리얼은 바삭한 게 생명이
야, 후루룩 그릇째 들고 남은 시리얼을 다 마셔버릴지도.

시리얼 한 대접을 다 먹고 나니 속이 든든했다. 정말 아내 말대
로 영양 면에서나 조리법 측면에서나 뻣뻣한 식빵보다 우월했다.

남은 시리얼을 냉장고 한복판 눈에 잘 띄는 곳에 넣어두었다. 이제 아이들이 돌아오면 이른 아침 식탁에 둘러앉아 함께 그리고 조금은 더 정겨운 모습으로 유기농 오곡 시리얼을 먹을 수 있을 것이다. 오렌지 주스보다는 역시 우유가 제격이라고 농까지 해가며.

암스트롱입니다

참 좋은 세상입니다. 이러다가는 달이나 화성을 통째로 대여해주는 날이 올지도 모르겠습니다. 그걸 빌려서 뭐에다 쓰냐고요? 왜 있지 않습니까. 주변에서 보면 가끔 섬을 통째로 빌려서 온 가족이 여름휴가를 그곳에서 보내는 기가 찬 사람들 말입니다. 그런데 왜 기가 차냐고요? 그럼 당신은 그런 것을 보고도 기가 차지 않습니까? 부럽다고요? 에이 그게 그거지요. 하지만 남들 다 가는 섬은 별로 재미가 없습니다. 이왕이면 새롭고 기발한 곳, 지구를 벗어나고 싶습니다. 달이나 화성을 통째로 한 일주일만 빌리면 좋겠습니다. 왜 하필이면 일주일이냐고요? 그 흔한 삼박 사일은 너무 짧고 열흘이나 한 달은 좀 지루할 것 같아서요. 럭키 세븐, 일주일이 딱 좋을 것 같지 않습니까? 하루는 천천히 둘러보고 또 하루는 천천히 감격하거나 실망하고 또 하루는 뭘 할까요. 아무튼 좀 특별한 체험을 하고 싶습니다. 이를테면 '아버지를 빌려드립니다' 처럼 말입니다. 그러니까 '아버지를 빌

려드립니다' 사이트는 제게 달이나 화성을 통째로 빌리는 것과 맞먹
는 충격입니다. 그것은 기가 찬 것과는 차원이 다른 거지요. 이를테면
감히 꿈꾸지 못한 일, 그래서 더 간절한 일이 실제 상황으로 눈앞에 드
러나는 경우입니다. 이 사이트를 만난 게 제게 행운이었으면 좋겠습니
다. 그렇게 되기를 진심으로 바랍니다.

참 좋은 세상이라. 글쎄. 아버지를 왜 빌린다는 건지 구체적인
언급은 없다. 글에서 풍기는 어감이 평범한 아버지를 원하는 것 같
지는 않았다. 어쩔까. 망설이다가 자판을 두드리기 시작했다.

— 아버지를 빌리실 건가요?

기다렸다는 듯 반응이 왔다.

— 그렇습니다.
— 용도를 여쭤봐도 될까요?
— 용도라니요? 아버지에도 무슨 용도가 있나요?
— 예를 들자면 보호자로서의 아버지를 원하는지 아니면 대리인으
　로서의 아버지를 원하는지 뭐 그런 것 말입니다.
— 제게 아버지는 보호자도 대리인도 아닙니다.
— 그럼 왜 아버지가 필요한가요?
— 쉽게 말하면 어디다 쓰시게요, 인가요?

제법 똘똘한 녀석이다.

　— 뭐 그렇다고 할 수 있지요.

　— ㅋㅋ ^^;; 정말 재미있다.

성별은 남자 같은데 나이는 도무지 짐작할 수 없다.

　— 혹시 폐쇄 공포증 같은 거 있으세요?

　— 글쎄요. 뭐 특별히…….

　— 그럼 됐어요.

이건 뭐가 바뀌어도 한참 바뀌었다. 누가 빌리고 누가 대여를 해 주는 건지 모를 지경이다.

　— 그럼, 빌리시겠다는 말인가요?

　— 네. 달이나 화성을 빌릴 날이 언제 오겠어요. 아버지라도 빌려야지요. 참 그런데 대여료는 어떻게 하나요?

　— 기본이 있고요. 시간과 상황, 역할 등 여러 가지를 고려해서 책정됩니다. 사이트 오른쪽 상단 '대여료'를 클릭하시면 자세한 정보를 알 수 있습니다. 일단 거래가 성사되면 환불은 되지 않습니다.

　— 아저씨는 이 세상에서 누구를 가장 존경하나요?

존경? 글쎄. 그런 게 있었나. 광화문에 서 있는 이순신 장군? 만원권 지폐 속의 세종대왕? 나폴레옹? 스티븐 호킹? 상대를 해외로 돌려봐도 그럴듯한 대답이 떠오르지 않았다.

— 저는 개인적으로 암스트롱을 추앙합니다. 세상을 놀라게 하거나 감동을 준 이들의 선두에 암스트롱이 있습니다. 재즈의 천재 루이 암스트롱에서부터 인류 최초 달 착륙에 성공한 닐 암스트롱, 영화 〈더 복서(THE BOXER)〉로 유명해진 영국 출신의 작곡가인 크레이그 암스트롱, 투르드 프랑스 사이클 대회 7회 연속 우승자인 사이클 선수 랜드 암스트롱, 호주의 수영 영웅 던컨 암스트롱……. 그 외도 많은 암스트롱들이 이 세상을 바꾸기 위해 굉장한 퍼포먼스를 벌였거나 준비했습니다. 그래요. 어쩌면 너무 흔한 성姓 때문인지도 모르지요. 우리나라의 이李씨나 김金씨처럼 말입니다. 정녕 그렇다 하더라도 그 모든 암스트롱들은 위대합니다. 당신의 용감성에 경의를 표합니다. 그런 의미에서 당신도 암스트롱입니다. 어쩌면 달에 첫발을 디딘 닐 암스트롱보다 더 위대한 인물로 역사에 기록될지 모르겠습니다.

— 천만에요. 저는 다만 장사를 할 뿐입니다. 너무 많은 것을 기대하지 않는 게 좋습니다. 제가 완벽하게 당신의 아버지가 될 수는 없습니다. 하지만 최대한 당신이 원하는 상황을 재현해드리려고 노력할 것입니다. 그 이상의 것을 원한다면 지금이라도 취소 버튼을 클릭해주십시오.

— 알고 있습니다. 당신에게 바라는 것은 나의 아버지가 아닙니다. 나는 아버지가 없습니다. 존재하는데 존재하지 않습니다. 가슴이 터질 것 같습니다. 아버지를 죽일지도 모릅니다. 그런 끔찍한 일이 일어나기를 원하지 않습니다. 그래서 당신을 택했습니다. 안 그러면 그보다 더 끔찍하고 처참한 짓을 저지를지도 모르니까요. 부디 이 야생을 별 탈 없이 다스릴 수 있게 되기를 바랍니다.

가면 갈수록 묘했다. 도대체 이 사람이 요구하는 상황이라는 건 뭘까. 그의 아버지는 어떤 사람이기에. 이처럼 심각하고 감 잡을 수 없는 주문은 처음이다.

깊은 방

그는 길거리에서 흔히 만나는 보통 청년이었다. 그가 나를 데리고 간 곳은 허름한 빌라 반 지하 방이다. 어두운 조명 때문인지 방은 비좁고 깊어 보였다. 방에는 간단한 이부자리와 낡은 책상 그리고 그 위에 비디오 테크가 놓여 있었다. 나는 변두리 여인숙 같은 그곳에 선뜻 발을 들여놓지 못하고 문간에 서 있었다.

"들어오세요. 여기가 아저씨가 있을 곳이에요."

천천히 방으로 들어섰다. 방바닥을 딛는 순간 몸이 휘청거렸다. 조명 때문이 아니라 실제로 방바닥이 여느 집의 그것보다 낮게 설계되어 있었다. 의식하지 않고 발을 내딛었다간 낭패를 당하기 안성맞춤이었다. 마치 오래된 목선의 선실 같았다. 어디 작은 틈이라도 있으면 시퍼런 바닷물이 스며들 것 같은, 기분이 썩 유쾌하지 않은 곳이었다.

"여기서 뭘 하라는 건가?"

잔뜩 긴장된 목소리로 물었다.

"그렇게 겁먹을 거 없어요. 제가 설마 무슨 일이라도 저지르겠어요? 아버지를 빌려준다면서요. 우리 아버지는 그렇게 겁쟁이가 아니에요. 당신은 지금부터 나의 아버지에요. 그걸 잊지 마세요."

그는 입가에 묘한 미소를 띠었다. 그 순간 불길한 예감이 들었다. 뭔가 큰일이 벌어질 것 같은 심상치 않은 분위기였다. 아니 애초부터 이상했다. 달과 화성을 통째로 빌리고 싶다고 하질 않나 나더러 암스트롱이라고 하질 않나. 겁이 나긴 했지만 내색하지 않았다.

"이봐요, 청년. 이건 좀 아닌 것 같은데. 내가 말하는 아버지를 빌려준다는 의미는……."

"이제 와서 계약을 파기하시겠다는 말인가요?"

"아버지가 꼭 필요한 경우 말이야."

"네. 지금 제 경우 같은 거 말입니까?"

"아니, 내 말은……."

그가 갑자기 소리 내어 웃기 시작했다. 나는 어찌할 바를 몰라 창가로 몸을 돌렸다. 창이래 봤자 문을 열면 바로 담으로 가로막혀 있어서 제 구실을 하지 못할 듯했다.

"아저씨가 할 일은 그냥 여기 있는 거예요."

"이곳에?"

"왜 그렇게 놀라죠?"

"얼마나?"

"딱 일주일."

"일주일 동안 이곳에서 무얼 하라고?"

속으로는 일주일이 많다고 생각했으나 나는 금방 마음을 바꿔 먹었다. 기간이 길수록 수입은 많아질 것이다.

"아저씨 자유예요. 잠을 자든 춤을 추든. 단 반드시 지켜야 할 일이 있어요."

그의 눈빛이 빛났다.

"일주일 동안 단 한 발자국도 이곳을 벗어날 수 없어요."

"식사는?"

"그건 넣어드리죠."

"완전 감방이군. 좋아. 별 어려운 일도 아닌데."

"과연 그럴까요?"

일주일 동안 방에만 틀어 박혀 있는 건 내 전공이었다. 그건 내 일상이나 마찬가지였다. 일주일 동안 여행을 하라는 것보다 익숙한 과제다. 생각보다 일이 쉽게 풀릴 것 같았다. 그런데 도대체 나더러 뭘 하라는 거지. 맡은 임무가 별일 아닌 것 같아 보여서 한결 안심이 되었지만 그럴수록 한편으로는 의문이 생겼다. 결국 최종적으로 내가 연기해야 될 인물, 다시 말해 그의 아버지에 대한 윤곽이 선명하게 잡히지 않았다.

문이 닫히고 잠기는 소리가 났다. 나는 반사적으로 문을 밀쳤다. 그러나 때는 이미 늦었다. 문은 열리지 않았다. 그의 발소리가 점점 멀어졌다. 그는 어디로 갔다가 언제 돌아오는지 아무런 정보도 남겨놓지 않았다. 직사각형으로 길쭉한 방은 한구석에 화장실이 있고 하늘이 보이지 않는 창문이 있는 게 전부다. 특이한 것은 방문 아래쪽에 노트 크기만 한 구멍이 나 있었다. 얇은 판자로 가려진 구멍에 손을 디밀면 판자가 위로 들리면서 바깥이 보였다. 방 바닥에 앉아서 본 방은 더 깊고 어두워 여기서 할 수 있는 일은 그리 많아 보이지 않았다. 한참을 그러고 앉아 있으려니 저절로 눈이 감겼다.

　얼마를 잤을까. 눈을 떴을 때 방 안은 푸른 어둠이 짙게 깔리고 있었다. 그 공기가 너무 낯설어서 순간적으로 자리를 박차고 일어 났다. 내가 있는 곳이 집이 아니라는 걸 인식하는 데는 그리 오랜 시간이 걸리지 않았다. 그것은 거의 동물적인 직감에 의해서였다. 어둑하게 가라앉은 실내에 흐르는 공기는 집에서 낮잠을 자고 깼 을 때의 그것과 사뭇 달랐다. 어둡고 고요함은 같았지만 그 질적인 면에서 차이가 났다. 집에서 느낀 어둡고 고요함은 내 주위에 있는 모든 사물과 공간을 확장시키는 역할을 했다면 이곳에서 느낀 그 것은 그 반대였다. 우주 만물이 모두 나를 향해 서서히 거리를 좁 혀오고 있는 것 같았다. 마침내 나는 저쪽 벽과 이쪽 벽 사이에 끼 어서 오징어포처럼 납작하게 눌려질 듯했다. 무덤 속 좁은 관 속 에 반듯하게 누워 있는 기분이었다. 나는 오감으로 숨을 쉬고 있 었다.

　벽을 더듬어 불을 켰다. 환하게 밝아진 공간은 더 좁아 보였다. 문은 굳게 잠겨 있었다. 좁은 방 안을 하릴없이 서성였다. 아버지 를 빌린다면서 왜 이런 곳에 감금을 시키는 걸까. 혹시 나쁜 덫에 걸려든 것은 아닐까. 돈을 노리고 몸값을 흥정하자는 건 아닐까. 이러다가 새우잡이 어선이라도 타게 된다면. 나는 점점 불안해지 기 시작했다. 휴대폰을 꺼내 버튼을 눌러댔다. 허둥대는 바람에 자 꾸 다른 번호가 찍혔다. 그는 한참 만에 전화를 받았다.

"지금 뭐 하는 거야?"

"뭐 하다니요. 아저씨는 지금 보시다시피 갇혀 있습니다."

"나를 이곳에 가두는 이유가 뭔가? 자초지종을 알아야 할 것 아
닌가. 영문도 모르고 갇혀 있으라니. 도대체 이런 경우가 어디 있
는가."

"아저씨는 지금 나의 아버지 자격으로 갇혀 있는 겁니다."

"그건 그렇지만."

의외로 그의 목소리는 차분했다.

"나는 아저씨의 아들입니다. 그새 잊으셨나요?"

"아버지를 가두는 이유가 뭔가?"

"그것까지 설명해야 하나요? 우린 지금 거래를 하고 있습니다."

"자네가 방금 그러지 않았는가. 우리는 부자지간이라고."

"이유를 굳이 말하자면 아버지에게 아주 친절해지고 싶거든
요."

그는 큰 소리로 웃었다. 소름이 끼쳤다.

"복수인가?"

"오호, 이거 영화를 너무 많이 보셨군요. 그래요. 복수요. 〈친절
한 금자씨〉나 〈올드보이〉의 아류쯤으로 생각해도 상관없어요. 아
버지에게 통쾌하게 한 방 날리려고요. 아버지라는 이름으로 저지
른 횡포에 대한 대가예요. 아버지는 지금 죽어가고 있어요. 다 죽
어가는 노인네를 감금할 수는 없잖아요. 그러니 아저씨가 대신 내
속을 풀어주세요."

"무슨 사연인지는 모르겠지만 아버지는 지금 죽어가고 있네. 그
런 아버지에게 이렇게까지 해야 하나?"

"그러니까 당신은 암스트롱이라잖아."

"그래도 그게 말이야. 이런 경우는 좀 다르잖아."

나는 어느새 그를 설득하고 있었다. 이런 식의 복수가 죽어가는 아버지에게 무슨 소용이 있을까 싶었다. 순전히 자기만족을 위한 해프닝에 불과했다. 이건 복수도 아니었다. 미친 짓에 불과했다.

"아저씨, 아니 아버지들이 뭘 알아요? 난 이 세상의 불온한 아버지들에게 감자를 먹이고 싶어요. 당신들이 진정한 아버지냐고."

그의 목소리는 차츰 격앙되었다. 상황이 어떻게 돼가고 있는 건지 윤곽이 잡혔다. 하지만 꿈인지 생시인지 알 수 없었다. 차라리 꿈이기를 바랐다. 뱃속에서 요동소리가 들려왔다. 허기가 졌다. 적어도 꿈은 아니었다. 그에게 먹을 것을 요구하고 전화를 끊었다. 뭔가 정리를 할 필요가 있었다. 상대는 보통이 아니다. 명석한 두뇌와 들끓는 피, 다시 말해 이성과 감성을 교묘하게 섞어가며 일을 벌이고 있었다. 자칫하다가는 녀석에게 맥없이 끌려 다니다가 내동댕이쳐질지도 모른다.

짬뽕을
강요하는 사회

　　　　점점 가까워져 오던 발소리가 방문 앞에서 멈췄다. 잠시 후 방문 아래쪽에 나 있는 구멍으로 불쑥 손이 들어왔다. 순간 나는 몸을 움츠렸다. 발소리가 다시 멀어졌다. 시커멓고 투박하게 생긴 손이 방바닥에 디밀어놓은 것은 다름아닌 짬뽕이었다. 해물이 잔뜩 들어간 짬뽕은 푸짐했다. 원래 짬뽕을 별로 좋아하지 않았지만 이런저런 것을 가릴 계제가 아니었다. 짬뽕 한 그릇을 거뜬히 해치웠다. 이제껏 먹어본 짬뽕 중에 가장 맛이 좋았다. 앞으로 짬뽕을 좋아하게 될지도 모르겠다는 생각을 하면서 남은 국물을 마저 마셨다.

　저녁을 먹고 나자 할 일이 없었다. 팔베개를 하고 천장을 바라보고 누웠다. 나 참 살다 보니 별 희한한 놈을 다 보네. 생각하면 생각할수록 이건 미친 짓이었다. 아버지에게 복수를 하고 싶어서 아버지를 빌려? 네 놈이 아무리 내게 무슨 짓을 한들 내가 아무리 고통을 당한들 그게 대리 만족으로 될 일인가. 돈 버리고 시간 버리고. 어리석은 짓이었다. 장사를 하다 보면 기대하지도 않은 데서 대박이 나는 수가 있다던데 이런 경우도 거기에 속하는가. 주는 밥을 잘 받아먹고 얌전하게 하라는 대로 잘 있다가 나가면 되겠지.

시간이 얼마나 흘렀을까. 주위는 고요했고 그럴수록 정신은 맑아졌다. 휴대폰을 꺼냈다. 아홉시 뉴스가 거의 끝나갈 시간이었다. 이구아나 먹이를 줘야 하는데. 아홉시 뉴스보다 이구아나의 안부가 더 궁금했다. 오늘내일까지야 그런 대로 괜찮은데 문제는 그 다음부터였다. 더위가 가시면서 녀석의 식욕은 왕성해진다. 평소에는 양배추 한 잎도 다 못 먹던 놈이 양배추를 통째로 줘도 깨끗이 해치울 판으로 먹어댄다. 아직 더운 기가 싹 가시진 않았지만 아침저녁으로 선선한 바람이 불기 시작했다. 배추라도 한 포기 넣어주고 올 것을.

테이블에 놓인 비디오테이프가 눈에 들어왔다. 테이프를 비디오에 밀어 넣었다. 화면이 정리되면서 낯익은 얼굴이 나타났다. 그였다. 비스듬히 누워 있던 나는 벌떡 일어나 앉았다.

"제가 나타나서 놀라셨지요? 아버지가 좋아하는 영화나 포르노 테이프인 줄 아셨나요? 그럴 리가요. 아들이 아버지에게 그런 것을 선물할 리가 있겠어요? 혹시나 일 퍼센트라도 그런 생각을 하셨다면 정말 염치없는 아버지네요. 당신은 내게 아무것도 주지 않았어요. 아니 과분할 정도로 너무 과한 선물을 주었지요."

흰 바탕에 검은색 줄무늬가 있는 티셔츠에 잿빛 바지를 입은 그가 의미심장하게 웃었다. 사형을 언도 받은 빠삐용이 최후 진술을 하는 것 같았다.

"그것을 다시 돌려드리려고요."

또박또박 들려오는 그의 목소리는 썩 유쾌하지 않았다. 그냥 꺼버릴까. 계약을 할 때 이 테이프를 반드시 봐야 한다는 조항은 없었다. 그러니 안 봐도 무방했다.

"비디오를 그냥 꺼버리고 싶지요? 당신 좋을 대로 하세요. 그것은 자유이니까요. 나는 당신에게 그 정도의 아량은 베풀 용의가 있으니까요. 당신은 나의 아버지니까."

내 속을 훤히 꿰뚫고 있다는 듯 그가 비아냥거리는 투로 말했다. 나는 속을 들킨 것 같아 이러지도 저러지도 못한 채 비디오에서 눈을 떼지 못했다.

"짬뽕 맛있었나요? 당신이 그토록 좋아했던 짬뽕을 보니 떠오르는 게 없나요? 저는 짬뽕을 먹지 않은 지 오래되었어요. 짬뽕을 보면 자장면이 떠올라서요. 그러면 자꾸 복수의 칼날을 갈고 싶어지거든요. 엄마가 없는 집, 남들 다 있는 그 흔한 엄마가 우리 집에는 왜 없는지 한 번도 의심을 하지 않았지요. 그건 당연한 거라고 생각했어요. 매일 같이 먹는 짬뽕 때문에 일곱 살 내 인생도 한때는 독립을 꿈꿨거든요. 하지만 매번 면발 하나 안 남기고 그릇을 비우는 당신을 보면 그런 사소한 말을 입에 담을 엄두가 나지 않았어요. 그래서 엄마도 짬뽕이 지겨워서 몰래 사라졌구나, 결론 내렸지요. 두 사람이 갈라선 게 진짜 짬뽕 때문이었는지 어쩐지는 모르겠지만 일곱 살 아들에게 적어도 열 번 중 한 번은 자장면을 시켜주었어야지요. 그게 아버지 아닌가요?"

그는 차분하게 말을 이어갔다. 그가 앉아 있는 뒤 배경으로 보아 방 안에서 촬영을 한 듯했다.

"원한은 커다란 데에서 생기는 게 아니라는 걸 알았어요. 작고 사소한, 미처 인식하지 못한 데에서 원한이 싹트고 있다는 걸 뒤늦 게야 알게 된 거죠."

아버지에게 맺힌 게 많은 듯했다. 되도록 감정이입을 자제했다. 나는 그의 아버지도 아니고 아저씨도 아니고 지나가는 행인에 지나지 않았다. 오죽하면 행인을 불러 세워놓고 이 짓을 벌일까.

"그때 아버지의 짬뽕 그릇을 뒤엎을 힘만 있어서도 이런 부질없는 원한을 쌓지 않았을 텐데. 내 발목을 잡는 건 언제나 그 힘이었어요. 아버지라는 태산 같은 힘. 실은 아버지 덩치가 나보다 그리 크지 않았는데도 아버지는 내 앞을 가로막는 태산이었지요. 한 치의 흔들림 없이 견고 부동한 자세로 짬뽕만 고집했습니다. 아버지의 짬뽕이 모든 걸 적으로 키웠습니다. 일곱 살 나는 매일 밤 어떻게 하면 아버지의 짬뽕을 자장면이나 볶음밥 같은 거로 바꿀 수 있을까 궁리했습니다. 도무지 방법이 없다는 걸 깨달았을 때도 아버지는 여전히 짬뽕을 먹고 있었습니다."

아무런 표정 없이 짬뽕을 먹고 있는 남자의 모습이 떠올랐다. 비가 오나 눈이 오나 청천벽력이 치나 묵묵히 짬뽕 면발을 입 한가득 꾸역꾸역 밀어 넣는 아버지. 어쩐지 친밀감이 느껴지는 장면이었다. 그 옆에 자장면이 먹고 싶은 어린 아들이 서 있다. 화장실에 갔다 온 사이 아버지가 짬뽕 두 그릇을 시켜버렸다. 아들은 먹기 싫은 짬뽕을 물끄러미 바라만 본다. 어린 아들은 아버지를 향해 뭔가 말을 해야겠다고 마음을 먹는다.

"아빠, 나 자장면 먹고 싶은데."

"……."

“이거 싫은데.”

“그냥 먹어.”

“진짜 싫단 말이야.”

“그냥 먹으래도.”

“싫어.”

짬뽕 가락을 집어 올리던 아버지가 쳐다본다. 어린 아들은 아버지의 시선을 피해 고개를 숙인다. 그리고 퉁퉁 불은 면발을 뒤적거린다. 아버지는 마침내 자장면을 한 그릇 더 시킨다. 어린 아들은 비로소 자장면을 먹는다. 한 그릇을 다 비운 아버지가 퉁퉁 불은 짬뽕을 또 먹는다. 어린 아들은 아버지만 두 그릇을 먹는구나, 생각한다. 누구나 한 번쯤 경험했음 직한 내 어릴 적 모습이다. 아버지는 아무 말도 하지 않았는데 나 또한 감히 아버지에게 한마디도 하지 못했다. 그때 나는 이다음에 아버지가 되면 중국집에서 음식을 시킬 때 반드시 아들이 화장실에서 돌아온 후 시키리라 마음먹었다.

그 다음 날도 또 그 다음 날도 짬뽕이었다. 하루 세 끼 짬뽕만 먹으려니 헛구역질이 났다. 냄새만 맡아도 신물이 올라왔다.

“짬뽕 말고 다른 거 없나? 제발 부탁이야. 짬뽕은 진짜 더 이상 못 먹겠어. 차라리 컵라면을 넣어주게.”

시커멍고 투박한 손은 내 말에 대꾸도 않고 짬뽕을 디밀어놓고 사라졌다. 짬뽕 그릇을 구석으로 밀어놓았다. 시간이 지나도 다른 먹을거리는 오지 않았다. 배가 고픈 나는 하는 수 없이 짬뽕 그릇을 끌어당겼다. 퉁퉁 불은 면발이 툭툭 끊겼다. 숙제를 하는 마음으로 비디오를 틀었다. 그는 자장면을 먹고 있었다.

"어떻습니까? 짬뽕만 강요하는 세상이 얼마나 죽을 맛인지 그 것이 얼마나 심각한 폭력인지 이제 아셨습니까? 당신의 폭력은 가부장, 혹은 가장이라는 명패 아래 떳떳하고 당당하게, 하지만 상당히 은밀하게 진행되어왔습니다. 수많은 아내와 아들딸들이 당신들의 명함에 눌려 시도 때도 없이 짬뽕을 강요당해왔습니다. 그럴 바에야 차라리 가정을 해체하는 게 나았습니다."

당신 아내, 아들들에게 당신은 어떤 아버지인가. 그가 나에게 그렇게 묻는 것 같았다. 혹시 짬뽕만 강요하진 않았는가. 아들이 자리를 뜬 사이 내 멋대로 짬뽕을 주문하진 않았는가. 그래, 나도 예외는 아닐 거야. 짬뽕을 강요한 적은 없지만 아내와 아이들이 그렇게 느꼈을지도 몰라. 나도 모르게 그랬을지도 몰라. 나는 내가 한 일에 대해 돌이켜보려고 애를 썼다. 아내와 아이들이 나 때문에 힘들어 했던 적은 없었는가. 그런 쪽으로 생각을 몰고 가니 지난 모든 일이 모두 내 탓으로 여겨졌다. 갑자기 죄인이 된 기분이었다. 지난 일들이 하나씩 떠올랐다.

결혼 후 처음 아파트를 샀을 때와 십 년 후 평수를 늘려갔을 때, 그리고 지금까지 내가 결정하고 선택한 것은 없었다. 아내의 선택에 군소리 없이 동승한 것 외에는. 아이들 유학 문제도 그렇다. 나는 반대 입장이었지만 결국에는 백기를 들 수밖에 없었다. 난 아니야. 조목조목 따지면 내 결백이 더 확실하게 드러날 것이다. 다 식은 짬뽕 국물을 숟가락으로 떠먹었다. 두어 번 숟가락질을 할 때였다.

"물론 당신들은 커다란 일 앞에서는 슬쩍 한 걸음 뒤로 물러나는 척합니다. 그것이 당신들이 가지고 있는 아버지라는 자리의 공통적인 특성입니다. 당신들의 자리를 아무렇게나 훼손해서는 안 되거든요. 그러다가 일이 잘못되면 두려운 거지요. 당신들의 자리가 위태할 수도 있으니까요. 비겁하게도.”

나한테 하는 이야기도 아닌데 가슴 한쪽이 뜨끔했다. 그의 말에 백 프로 동조할 수는 없지만 그의 말이 아주 틀린 것 같지도 않았다. 어느 땐 아내가 알아서 모든 걸 처리해주길 바랐다. 집이 잘 굴러가기만 한다면 내가 운전대를 잡던 아내가 운전대를 잡던 그건 별문제가 아니었다.

“그러다가도 아주 사소한 일에 결정타를 날립니다. 아버지도 그랬습니다. 그게 바로 짬뽕을 강요하는 짓 따위입니다. 알고 보면 사소한 게 사소한 게 아닙니다. 그 사소함 속에 무시무시한 힘이 숨어 있다는 걸 그 당시에는 몰랐습니다. 그 사소함 때문에 숨도 크게 쉴 수 없었습니다. 그렇게 자란 아들이 사회에 나와 뭘 할 수 있다고 생각하십니까? 나는 절대로 아버지가 되지 않겠다고 맹세했습니다.”

그는 한동안 고개를 숙이고 침묵했다. 잠시 후 다시 말을 이었다.

“내가 할 수 있는 일은 아버지를 찌르고 후려치는 것이었습니다. 길거리에서 아버지를 때리고 지갑을 빼앗았습니다. 또 다른 아버지를 후려치고 시계를 강탈했습니다. 아버지가 되지 못한 나는 거리를 빙황하고 있었습니다.”

어쩐지 수상한 냄새가 났다. 처음부터 이상했다.

“진짜 아버지를 찌를 생각이었습니다. 아버지에게 매일 같이 짬뽕만 먹일 작정이었습니다.”

그의 목소리가 자꾸 높아졌다. 나는 긴장을 한 채 모니터를 응시했다.

"안 되겠습니다. 오늘은 그만하겠습니다. 아직 당신의 짬뽕이 남아 있으니까요. 그럼 짬뽕 맛있게 드시기 바랍니다."

화면이 어두워지면서 그가 사라졌다. 짬뽕 그릇에는 아직 반도 넘는 분량이 남아 있었다. 그의 이야기를 듣고 나니 더 먹기가 싫어졌다. 그래도 젓가락을 놓을 수 없었다. 배가 고팠다. 잔뜩 불은 면을 헤치고 오징어 다리 하나를 입에 넣었다. 질긴 오징어 다리가 어금니가 빠진 구멍에 가 박혔다. 이제 웬만해선 음식물이 끼지 않는데. 그만큼 이물이 없어졌는데. 그래서 더 방심하는지도 모른다. 어쩌다 박힌 음식물도 물 한 모금이면 거의 다 빠졌다. 오징어 다리는 달랐다. 물을 마시고 혀로 빼내려 해도 소용이 없었다. 입을 벌리고 엄지와 검지를 이용해 간신히 오징어 조각을 빼냈다. 빌어먹을. 욕이 치밀었다.

짬뽕 죽이기

시간이 지날수록 방은 점점 더 깊고 어두워지는 듯했다. 익숙해지면 안 그러려니 했는데 오히려 반대 현상이 나타 났다. 며칠 동안 먹어댄 짬뽕 때문에 입천장은 다 데어 까졌고 변을 보지 못한 아랫배는 땡땡하게 부풀었다. 집 생각이 간절했다. 뭐 이런 변태 같은 놈이 다 있어. 당장이라도 경찰에 신고를 하고 계약을 파기할까. 하루에도 열두 번씩 갈등이 생겼다. 짬뽕은 그렇다 치고 시원하게 똥이라도 누었으면 좋겠다. 일찌감치 넣어준 짬뽕을 한쪽으로 밀어놓고 방 안을 서성거렸다. 하마터면 짬뽕 그릇을 걷어찰 뻔했다. 내 의지와 무관하게 발이 자꾸 그리로 향했다. 나는 발이 그리로 향하지 않도록 조종하느라 애를 먹었다. 좁은 방 안은 서성거리고 말 것도 없었다. 제자리를 맴도는 독 안에 든 생쥐 꼴이었다. 그럴수록 방은 깊고 어두운 곳으로 가라앉았다.

"야, 이 새끼야. 똥이나 시원하게 누자!"

나도 모르게 소리를 지르고 말았다. 도대체 그의 저의를 파악할 수 없었다. 무엇 때문에 이렇게까지 하는지. 짬뽕 때문에 머리에 이상이 생긴 모양이야. 발가락으로 짬뽕 그릇을 살짝 건드렸다. 시뻘건 국물이 방바닥으로 흘렀다. 그때 휴대폰이 울렸다. 천천히 전화를 받았다.

"여보세요?"

"지금 어디 있어? 어제부터 집에 전화를 해도 안 받네?"

아내다. 목소리를 얼른 가다듬고 자세를 바로 했다.

"으응, 밖이야."

"지금 몇 시인데. 벌써 출근을 했어?"

쏟아진 짬뽕 국물이 바닥을 타고 흘렀다.

"으응, 일이 있어서 일찍 나왔어. 별일 없지?"

"어젯밤에는 언제 들어갔는데?"

큰일이다. 아내가 전화 건 시간을 알아야지 완벽한 알리바이를 세우는데.

"모르겠어. 회식이 있어서 한 잔 하고 들어갔는데. 전화했었어?"

"설마 당신 딴 짓하고 다니는 거 아니지?"

"딴 짓이라니? 이 사람이 정말. 애들은?"

"바꿔줄게."

쏟아진 짬뽕 국물이 거슬렸다. 전화를 받으면서 눈으로 휴지를 찾았다. 휴지가 보이지 않았다. 휴대폰 저 너머에서 아내가 아들을 부르는 소리가 들렸다.

"아빠!"

“인창이니?”

“네.”

오랜만에 들어보는 목소리도 아닌데 갑자기 목이 메었다. 내게 아들이 있다는 사실이 새삼스러웠다.

“그래 공부하는 거 힘들지 않아? 아픈 데는 없고?”

“네. 아빠도 식사 잘하시고 아프지 마세요.”

방바닥에 굴러다니는 휴지 조각을 쏟아진 짬뽕 국물에 밀어 넣었다. 휴지가 순식간에 붉게 물들었다. 아랫배에서 꾸르륵 소리가 났다.

“그래. 열심히 해. 인석이는?”

“인석이는 지금 화장실에 있는데요.”

다행이다. 얼른 전화를 끊고 싶었다. 아내가 다시 전화를 받았다.

“회사야? 왜 이렇게 조용해?”

“어어. 지금 좀 바빠서. 이만 끊어야겠어.”

“잠깐만. 라몬 잘 있지?”

“응. 녀석 먹이도 잘 먹고 아주 잘 있어.”

“건조하지 않게 하루에 한 번은 물 뿌려주는 거 잊지 말고. 특히 꼬리 쪽이 잘 갈라져. 알지?”

“그렇지 않아도 스프레이로 매일 물을 뿌려주고 있어. 걱정하지 말라니까.”

“방학이나 해야지, 한 번 들어가볼 텐데. 보고 싶어.”

“그래. 나도 보고 싶어.”

“당신도 그렇지만 개도 보고 싶다.”

아내가 말하는 ‘개’는 이구아나다. 나는 ‘개’와 동급이다.

“집에 일찍 일찍 들어가고. 술 좀 줄이고. 자주 전화할 거야.”

아내는 끝까지 협박 아닌 협박을 하고 전화를 끊었다. 이만한 게 다행이었다. 긴장이 풀리자 아랫배가 살살 아파왔다. 화장실로 가 바지를 내리고 변기에 걸터앉았다. 아무리 힘을 주어도 기미가 보이지 않았다. 화장실 열린 문틈으로 방바닥에 흥건한 짬뽕 국물이 보였다. 다시 한 번 아랫배에 힘을 주었다. 눈물이 핑 돌았다. 진심으로 아내와 아이들이 보고 싶었다. 그리고 ‘개’도 슬며시 걱정되었다.

오후가 훌쩍 넘어가도록 비디오를 틀지 않았다. 누워서 이리 뒹굴 저리 뒹굴다가 잠이 들었다. 얕은 잠은 금방 깼고 또 하릴없이 뒤척이다가 잠이 들기를 반복했다. 아무런 일도 하지 않고 지내는 것이야말로 많은 일을 하는 것보다 힘들었다. 좁고 어두운 방의 시간은 더디 갔다. 깜빡 잠들었다가 깨어나면 어딘가 모르게 팽창되어 있곤 하던, 지구상에서 가장 큰 나무 사이프러스 같던 집과는 정반대였다. 누군가 쪼그리고 앉아 나무의 생장점을 조금씩 도려내고 있는 느낌이었다. 점점 깊고 어두워진 방은 마침내 깊고 어두운 구멍이 될 듯했다.

먹다 남긴 짬뽕 그릇에 파리 한 마리가 얼씬거렸다. 아침까지만 해도 보이지 않던 것이다. 파리의 출현은 집 안에 느닷없이 말벌이 들어온 것만큼 신경 쓰였다. 짬뽕 그릇을 맴돌던 파리가 방 안을 휘젓고 다녔다. 파리에게 방은 드넓은 초원이었다. 방 안을 맴돌던 파리가 벽에 앉았다. 파리를 잡기 위해 자리에서 일어났다. 조용히 다가가 파리를 향해 손바닥을 내리쳤다. 탁 소리가 나며 손바닥이 얼얼했다. 간발의 차로 파리를 놓쳤다. 다시 기회를 엿보았다. 한 차례 기습 공격을 당한 파리는 좀처럼 날갯짓을 멈추지 않았다. 더 빠르고 유연한 몸놀림으로 방 안을 휘젓고 다녔다. 이 순간 할 수 있는 일은 오로지 이것밖에 없다는 듯 사력을 다했다. 파리를 잡는 게 목적인지 아니면 내가 살아 숨 쉬고 있다는 것을 몸소 체험하고 느끼는 게 목표인지 나 자신도 헷갈렸다. 손바닥을 마주쳐 잡을 수 있는 기회까지 몇 차례 시도를 했지만 손바닥만 얼얼할 뿐 좀처럼 잡히지 않았다. 저놈도 어차피 갇혀 있는 거 아닌가. 슬슬 맥이 빠졌다. 결국 파리 잡기를 그만두었다. 파리와의 동거도 나쁠 것 같지 않았다.

비디오 테크 앞으로 다가갔다. 리모컨을 눌렀다. 그가 정말 짬뽕 때문에 아버지를 찔렀는지 그런 게 궁금해서가 아니었다. 일종의 고객 서비스 차원에서였다.

"식사는 잘하고 계십니까?"

그가 기다렸다는 듯 친절하게 물었다. 꼭 "아직도 짬뽕이 잘 넘어가느냐?"라고 비웃는 듯했다.

"당신에게 받은 만큼 돌려주려는 게 목적이었습니다. 그런데 너무 많아서 다 헤아릴 수가 없더군요. 이를 어쩌면 좋지요?"

그가 고개를 젖히고 웃었다. 기분 나쁜 웃음소리가 좁은 방 안에 울려 퍼졌다. 어쩌면 좋지, 어쩌면 좋지. 웃음소리가 그렇게 외치는 듯했다. 두 손으로 귀를 틀어막았다. 화면 속의 그는 여전히 웃고 있었다. 쉽게 그칠 것 같지 않았다. 이제껏 한 말보다 더 많은 말들이 그 속에 들어 있는 것 같았다. 그것은 아버지인 나를 향한 비난들이었다. 순간 나는 당황스럽고 당혹스러웠다. 그의 아버지도 아닌 내가 왜 이런 모욕을 감수해야 하는지. 그런 생각이 잠시 스쳤지만 그뿐, 나는 곧 그의 아버지 아닌 아버지의 자리에 버젓이 앉아 있는 자신을 발견하고 두려워지기 시작했다. 마른 침을 억지로 삼키고 화면 속의 그를 노려보았다. 그는 이 모든 상황을 생생하게 들여다보고 있는 듯했다. 고개를 들어 방 안을 살폈다. 천장이며 문틈, 창문 아래까지 샅샅이 훑었다. 그러나 어디에서도 그의 눈을 대신할 만한 그 어떤 장치도 발견하지 못했다. 리모컨을 꾹 눌렀다. 그가 사라졌다. 양손으로 귀를 틀어막은 채 그가 사라진 화면을 응시했다. 그리고 천천히 귀에서 손을 떼었다. 비로소 그의 웃음소리도 사라졌다. 눈꺼풀이 스르륵 내려왔다.

타다닥. 발소리가 계단을 밟고 멀어졌다. 방구석에는 아침에 먹다 남긴 짬뽕이 그대로 있었다. 벌건 국물 위로 퉁퉁 불은 면이 불거져 올라왔다. 더부룩한 뱃속에서 신트림이 올라왔다. 짬뽕이 아니라 그 어떤 맛난 먹을거리를 준다 해도 사양하고 싶은 심정이었다. 하물며 저 지긋지긋한 짬뽕이라니. 짬뽕 두 그릇이 나를 지키고 있다. 안 먹으면 그만이지. 어디 누가 이기나 해보자고. 이불을 쓰고 누웠다. 이불 틈으로 짬뽕 냄새가 새들어왔다. 냄새가 들어오지 못하도록 이불깃을 단단히 여몄다. 그럴수록 짬뽕 냄새는 더 나는 듯했다. 이불을 제치고 벌떡 일어나 앉았다. 방금 넣어준 짬뽕 그릇을 집어 들었다. 아직 뜨거운 기운이 남았다. 짬뽕 그릇을 들고 화장실로 갔다. 랩을 벗겨내자 뜨거운 김과 함께 역겨운 기름 냄새가 끼쳤다. 네가 이기나 내가 이기나 어디 해보자고. 김이 설설 나는 짬뽕을 변기에 쏟아 부었다. 하얀 변기가 순식간에 거대한 짬뽕 그릇으로 변했다. 변기 레버를 내리자 기름이 둥둥 뜬 벌건 국물과 다수의 양파와 소수의 오징어 토막들이 대량의 무지막지한 면발에 섞여 소용돌이를 치며 순식간에 변기 속으로 빨려 들어갔다. 짧은 단말마가 들려오는 듯했다. 그것은 뭉크의 그림 〈절규〉를 연상시켰다. 방구석에 뒹구는 먹다 남긴 짬뽕도 변기 속에 쏟아부었다. 물을 두 번 더 내렸는데도 벌건 기름기가 떠다녔다. 거기에 대고 오줌을 누었다. 먹은 게 없어서인지 오줌은 찔끔찔끔 떨어지다 말았다. 물을 또 내렸다. 그래도 흔적은 지워지지 않았다.

꺼진 비디오를 노려보다 잠이 들고 지긋지긋한 짬뽕 냄새에 눈을 떴다. 씩씩거리며 새 짬뽕을 변기에 쏟아 붓기를 반복했다. 그 일은 짬뽕을 먹는 행위만큼이나 자연스럽고 순수했다. 이상한 것은 그렇게 한 그릇을 쏟아버리고 나면 뱃속에서 끄윽 하고 신트림이 올라왔다. 마치 짬뽕 한 그릇을 맛나게 비우고 난 뒤끝처럼 적당한 포만감도 느껴졌다. 게다가 배고픔조차도 인식하지 못했다. 하지만 날이 갈수록 나는 점점 지쳤고 머릿속은 정지되어갔다. 빗소리가 들리는 저녁 쪼그리고 앉아 김이 설설 오르는 짬뽕을 막 변기 속에 쏟아 붓다가 너무 오랫동안 아무것도 먹지 않았음을 깨달았다. 나는 변기 앞에 쪼그려 앉은 채 손가락으로 그릇에 남은 면발을 건져 먹기 시작했다.

그와의 이상한 거래는 계약 만료 이틀을 남겨두고 끝이 났다. 그의 일방적인 계약 파기였다. 나는 여전히 짬뽕을 먹고 있었다. 갑자기 문이 열렸다. 그리고 나는 석방되었다. 먹다 남은 짬뽕을 남겨둔 채 방을 나왔다. 그는 정중했으며 말이 없었다. 무엇이 문제였는지 알 수 없었다.

"아저씨는 좋은 아버지예요."

그가 환하게 웃었다. 소름이 돋았다. 그는 그 한마디를 던지고
돌아섰다. 짬뽕이 문제였는지 내가 문제였는지 그가 문제였는지.
시야에서 그의 뒷모습이 사라지기 전 발길을 돌렸다. 그리고 그보
다 빨리 걸었다. 그의 꿈, 달이나 화성을 통째로 빌리는 날이 하루
빨리 오기를 기대하며. 햇빛이 눈부셨다.

흔들리는 성城

　그새 집이 자랐다. 방이며 거실이며 심지어 화장실까지 정확히 어디가 자랐는지는 모르겠지만 그것은 분명했다. 가로세로가 한 뼘 자랐는지 공기 중 부피가 한 줌 자랐는지 알 수 없었지만 그것은 확실했다. 썰렁한 실내에서는 비릿하고 텁텁한 냄새가 떠다녔다. 환기를 시켜야겠어. 머릿속은 그렇게 지시하고 있었지만 몸은 꼼짝을 하지 않았다. 침대에 누워 껌뻑껌뻑 눈을 감았다가 떴다. 이구아나는 어쩌고 있을까. 숨을 쉴 때마다 텁텁한 냄새가 폐부를 찔렀다. 오랜 수감생활을 마치고 돌아온 수형자처럼 나는 오랫동안 잊어버리거나 잃어버렸던 기억들을 하나씩 떠올렸다. 모진 고문 끝에 만신창이가 된 심신을 가누기 힘든 사람처럼 아련한 옛 추억의 꼬투리를 찾아 더듬었다. 하지만 비릿하고 텁텁한 냄새가 물고 오는 것은 오로지 이구아나뿐이었다.
　집에 발을 들여놓자마자 간신히 신발을 벗은 나는 거실 바닥에 그대로 누워버렸다. 죽은 듯 잠을 잤다. 그리고 눈을 떴을 때 내 몸은 침대에 너부러져 있었다. 간신히 몸을 일으켰다. 이구아나 사육장은 거실 구석 베고니아 화분 옆에 있었다. 며칠 동안 돌보지 않았는데도 베고니아는 끄떡없어 보였다. 기름기 흐르는 초록 이파리는 여전히 그 싱싱함을 뽐냈다. 녀석도 여전하겠지. 몸을 구부려 이구아나를 살폈다. 이구아나는 길게 누워 있었다. 그래도 오래간만이라고 반가운 마음이 들었다.

"야, 잘 있었어?"

손톱으로 유리벽을 가볍게 두들겼다. 이구아나가 고개를 들고 눈알을 사방으로 굴렸다. 배설물 냄새가 코를 찔렀다.

"여기야, 임마."

다시 유리벽을 톡톡 쳤다. 나를 감지했는지 녀석의 눈알이 더 이상 움직이지 않았다. 그동안 더 튼실해졌다. 다리도 굵어지고 몸통의 비늘도 두꺼워졌다. 손을 뻗어 몸통을 더듬었다. 내 손이 닿자 이구아나가 꼬리 끝을 빳빳하게 세웠다. 지저분하게 널려 있는 배설물만 아니면 이구아나는 내가 없어도 끄떡없어 보였다. 내게 이구아나가 별다른 존재가 아니듯 나 또한 이구아나에게 그다지 영향력을 행사하는 인물은 못되었다. 먹이를 주고 똥을 치워주면 그만이었다. 우리 사이에 꼬리를 흔들고 쓰다듬고 하는 각별한 관계는 성립되지 않을 것이다. 아내였으면 이구아나를 품에 안고 입을 맞추고 야단법석을 떨었을지 모르지만. 그럼, 저 녀석이 좋아할까. 빤히 쳐다보던 이구아나가 고개를 획 돌렸다. 까칠한 비늘이 곤두선 파충류에게 도무지 정이 느껴지지 않았다.

이구아나의 안위를 확인한 나는 방 안으로 돌아와 침대 위에 쓰

러졌다. 아내 같으면 사육장부터 청소를 해줬을 텐데. 녀석의 무사
함을 확인한 것만 해도 자선을 베푼 것과 같았다. 이구아나를 위한
일이 아니었다. 나를 위한 일은 더군다나 아니다. 모두 다 아내를
위한 일이었다. 집은 거대한 성이었다. 성의 군주는 물론 아내다.
나는 성을 지키는 군졸쯤 될까. 잠결에 두어 번의 초인종 소리와
경비실에서 떠드는 인터폰 소리를 들었다. 눈을 떠야지 하면서도
깊은 수렁으로 내동댕이쳐진 몸은 말을 듣지 않았다. 나는 점점 깊
디깊은 수렁 속으로 빠져 들었다. 깊고 어두운 방에서 짬뽕을 꾸역
꾸역 입안에 쑤셔 넣던 일에 비하면 그것은 더없이 평온하고 행복
한 일이었다.

내 잠을 깨운 것은 낯익은 멜로디였다. 경쾌하고 빠른 멜로디는
아름다웠다. 꿈결인 듯 현실인 듯 눈을 감은 채로 멜로디를 감상하
고 있었다. 그리고 마침내 그 소리가 초인종 소리임을 기억해냈다.
눈은 떴지만 몸이 말을 듣지 않았다. 누군가 초인종을 수도 없이
눌러댔다. 잡상인이거나 전도하는 사람들이겠지. 눈이 저절로 감
겼다. 낯익은 멜로디를 들으며 잠에 빠져 들었다.

또다시 잠을 깨운 것은 냄새였다. 강한 화학약품 냄새가 코끝을
자극했다. 벌떡 자리를 박차고 일어났다. 집 안이 온통 안개에 싸
인 듯 뿌옜다. 불이라도 난 걸까. 무엇을 들고 나가야 하는지. 나는
재빠르게 머릿속으로 가지고 나가야 할 목록을 작성했다. 통장?
아내의 패물? 캠코더? 컴퓨터? 의외로 중요한 것들이 많았다. 서
랍에서 통장을 꺼내들고 옷가지 몇 개를 움켜쥔 채 거실로 나왔다.
발바닥에서 바스락 뭔가가 바스러졌다. 바퀴벌레였다. 나는 기겁
을 해 물러났다. 바퀴벌레는 한 마리가 아니었다. 집 안 곳곳 틈이

란 틈에서 바퀴벌레가 기어 나오고 있었다. 그제야 뿌옇게 스며들던 기체의 정체를 알아차렸다. 연기가 아니라 소독약이었다. 오늘은 아파트 소독일이다. 며칠 전부터 공고를 했어도 여러 날 집을 비운 데다 그런 일에는 도통 담을 쌓고 사니 알 바 아니었다. 알싸한 소독약 냄새가 코를 찔렀다. 손으로 입과 코를 틀어막고 방으로 들어갔다. 문을 꼭 닫은 뒤 이불을 뒤집어썼다.

그때 문득 이구아나가 떠올랐다. 방문을 박차고 거실로 뛰어갔다. 집 안은 사방에서 스며든 소독약 냄새로 가득 찼다. 사육장을 들고 방으로 들어왔다. 사육장을 이불로 단단히 감쌌다. 나 또한 이불을 뒤집어썼다. 차츰 숨이 막히고 가슴이 답답해졌다. 이불 틈새로 얼굴을 내밀고 숨을 들이마셨다. 매캐한 소독약 냄새가 폐부를 훑었다. 어디서 나왔는지 방바닥에 바퀴벌레들이 기어 다녔다. 느릿한 동작으로 바퀴벌레들은 방향을 잃고 허둥댔다. 서로 몸이 엉켜 몸부림치는 모습이 마치 사랑을 하는 듯했다. 배를 위로 향한 채 나뒹구는 몇몇 놈을 제외하고 대부분의 놈들은 필사적으로 기어 어디론가 비실비실 사라졌다. 놈들에게 소독약은 그리 효과적인 것 같지 않았다. 이불 속에 웅크리고 있는 나야말로 한 마리 거대한 바퀴벌레 같았다.

더 이상 문틈으로 소독약이 스며들지 않았다. 매캐한 냄새는 여전했지만 그 농도가 짙어지지 않는 것으로 봐서 살포 작업은 끝이 난 모양이다. 이불 속에서 빠져나온 나는 창문을 열었다. 그리고 사육장을 감쌌던 이불을 벗겨냈다. 이구아나는 바닥에 바싹 몸을 밀착시키고 꼼짝도 하지 않았다. 혹시 어떻게 된 건 아닐까. 손톱으로 사육장 유리를 쳤다. 녀석은 들은 척도 하지 않았다. 사육장을 이리저리 흔들었다. 눈만 껌벅거릴 뿐 반응이 없었다. 창문을 열어젖히고 사육장을 들고 화장실로 갔다. 욕조에 물을 받고 이구아나를 꺼내 물에 담갔다. 이구아나는 내가 하는 대로 가만히 있었다. 물에 들어간 녀석은 좀처럼 나올 생각을 안 했다. 나는 녀석이 움직일 때까지 기다렸다. 움직이지 않는 이구아나는 박제된 것 같았다. 내장을 드러낸 자리에 솜뭉치를 채우고 포름알데히드 속에 잠겨 있는 표본실의 도마뱀 같았다.

이구아나는 한참 만에 물 밖으로 기어 나왔다. 마른 수건으로 물기를 닦아주었다. 녀석은 꼬리를 힘차게 흔들어 남은 물기를 털었다. 그리곤 거실 바닥을 느릿느릿 기어갔다. 거실 바닥에는 약 냄새에 취한 바퀴벌레들이 군데군데 너부러져 다리를 바르르 떨었다. 이구아나는 긴 혀로 바퀴벌레를 날렵하게 주워 먹었다. 그건 정말 잡아먹는 게 아니라 주워 먹는 거였다. 며칠 동안 제대로 먹지 못한 녀석에게는 그야말로 만찬이었다. 평소에도 먹기 힘든 고단백 음식을 그것도 포식을 하고 있었다. 불길한 징조를 눈치 챈 어느 녀석은 죽을힘을 다해 달아났다. 하지만 얼마 못 가 이구아나의 길고 유연한 혓바닥에 여지없이 걸려들었다. 나는 식탁 의자에 쭈그리고 앉아 성대한 만찬을 지켜보았다. 죽음의 향연이었다.

오래간만에 포식을 한 이구아나가 거실 바닥에서 꼼짝도 하지 않았다. 이구아나를 잡아 사육장에 넣었다. 녀석은 귀찮다는 듯 눈을 껌뻐거렸다. 그리고 이내 눈을 감았다.

이른 아침부터 경비실에서 인터폰이 왔다.
"따로 소독을 하셔야 합니다. 안 그러면 말짱 헛 겁니다."

나이보다 늙어 보이는 경비가 어눌한 말투로 강조를 했다.

"뭐가 말입니까?"

"안 그러면 선생님 집의 바퀴벌레가 옆집으로 옮겨갈 거 아닙니까. 벌써부터 민원이 들어오고 난리입니다. 시간 뺏겨가며 돈 들여가며 한 소독인데. 안 한 몇 집 때문에 말짱 도루묵 되면 거 좋겠습니까, 안 그래요? 선생님?"

"걱정 마십시오. 저희 집에는 바퀴벌레가 없습니다."

"아니 그걸 어떻게 믿어요. 다른 집 것들이 그 집으로 죄다 몰려갔을 텐데."

나는 "이구아나가 다 잡아먹어서 바퀴벌레는 얼씬도 하지 않는다"고 언성을 높이려다가 정중하게 말을 이었다.

"알겠습니다. 따로 소독을 하겠습니다."

"되도록이면 빨리 해주십시오. 민원이 하도 들어와서."

어제 다했는데 뭘 더하라는 것인지. 인터폰을 끊고 쌀을 씻어 밥을 했다. 아직도 입안에서 짬뽕 냄새가 나는 듯했다. 밥, 하얀 밥이 먹고 싶었다. 다 된 밥을 먹음직스럽게 수북이 한 그릇 푸고 냉장고에서 반찬을 꺼냈다. 드디어 밥을 먹는구나. 큼직하게 한 숟가락 떠 입에 넣으려는데 초인종이 요란하게 울렸다. 밥숟가락을 내려놓고 현관으로 갔다.

"누구세요?"

"방역 신청하셨지요?"

인터폰으로 밖을 살폈다. 파란 모자와 유니폼을 단정하게 차려 입은 방역업체 직원들이 서 있었다. 일단 문을 열어야 될 듯했다.

"안녕하세요. 방역업체에서 나왔습니다. 어제 사장님 댁만 누락

되어서 오늘 다시 나왔습니다."

"신청한 적 없는데요?"

"어제 날짜로 신청되어 있는데요?"

키가 작은 방역업체 직원이 서류를 내밀었다. 누군가가 이미 신청을 해놓은 상태였다. 변명할 새도 없이 방역업체 직원들이 안으로 들이닥쳤다.

"한 시간 정도 걸립니다. 그동안 어디 가 계실 곳이 있습니까?"

"이구아나가 있는데요."

나는 대답 대신 이구아나 사육장을 가리켰다. 집 안을 둘러보던 직원이 사육장을 들고 나왔다.

"차에다가 두는 게 나을 것 같습니다."

"이건 저희가 알아서 덮어두겠습니다."

직원 하나가 아크릴로 된 덮개를 이용해 식탁 전체를 덮어버렸다. 직원들은 집 안 곳곳을 돌아다니며 덮어야 될 것과 치워야 될 것을 구분했다. 나는 결국 이구아나와 함께 방역업체 봉고로 자리를 옮겼다. 아무리 생각해도 괘씸했다. 내 허락도 없이 방역 신청을 하다니. 차에서 내려 경비실로 향했다. 경비는 라면을 먹고 있었다. 나를 본 경비가 라면 그릇을 내려놓으며 멋쩍은 웃음을 띠었다.

"놀라셨지요? 갑작스레 들이닥쳐서. 다 좋자고 하는 일인데 기분 상하셔도 좀 참으세요."

경비는 내가 입도 뻥긋하기 전에 선수를 쳤다.

"1502호에서 알아서 접수를 해놨습디다."

1502호라면 바로 옆집이다.

"그게 한 집이 안 하면 말짱 헛 거라서."

경비는 보기보다 수다스러웠다. 멍하니 경비 말을 듣고 섰던 나는 아무 말도 못하고 돌아섰다. 무엇보다 라면이 불 것 같아서였다.

"사모님이 계셨다면 이런 일이 없었을 텐데."

뒤에서 중얼거리는 소리가 들려왔다. 발걸음을 빨리 했다. 어디에 대고 할 말이 없었다. 아니 말할 자격조차도 없었다. 말하고 싶지도 않았다. 내 발길은 자연스럽게 아파트를 벗어났다. 그렇게 해야 될 것만 같았다. 안 그러면 나도 방역 대상이 아닐까. 얼마를 걷다가 뒤를 돌아보았다. 아파트 군락이 햇빛을 받아 반짝였다. 지금쯤 저곳에서 죽음의 향연이 펼쳐지고 있을 것이다. 몇 걸음 옮기다가 다시 돌아보았다. 반짝이는 아파트 군락이 아주 미세하게 흔들렸다. 아무도 눈치 채지 못할 진동이었다. 바퀴벌레나 이구아나라면 모를까. 나는 어느 쪽일까.

문을 열자 실내에서 향긋한 냄새가 났다. 소독약 냄새와는 차원이 다른 고급스럽고 세련된 느낌이었다. 마치 고급 호텔 연회장에 들어선 듯했다. 방역을 마치고 허브 향으로 정리를 한 모양이다. 우리 집과는 어울리지 않는 향이었다. 실내는 달라진 게 없어 보였다. 방역을 하고 갔는지 잠을 자다 갔는지 모를 일이었다. 식탁 위의 밥과 반찬은 그대로 있었다. 다 식은 밥은 표면이 딱딱하게 말랐다. 아무리 덮개를 씌워두었다지만 왠지 찝찝했다. 식탁에 있는 밥과 반찬을 개수대에 모두 쏟아버렸다. 그새 밥맛이 달아났는지 밥 생각이 없다. 허기를 달래기 위해 시리얼을 꺼냈다. 우유가 또 없다. 시리얼에 찬 물을 부었다. 쉬지 않고 시리얼 한 그릇을 선 채로 다 비웠다. 역시 이런 고급스런 향은 우리 집에 어울리지 않아.
더부룩한 속에서 트림이 올라왔다.

사십오 도 인생

　　　　　　기운을 차린 이구아나가 사육장 속을 기어 다녔다. 배가 고픈 모양이다. 아침에 들여다보니 사육장이 말이 아니었다. 어제 소독약에 취한 바퀴벌레를 주워 먹은 게 원인이었다. 설사를 한바탕하고 난 녀석은 다행히 상태가 좋아졌다. 냉장고를 뒤졌다. 먹을 게 하나도 없다. 그나마 남아 있는 오이도 짓물렀다. 녀석 먹을 야채를 대는 일도 쉽지 않았다. 시리얼을 한 줌 꺼냈다. 먹이를 눈치 챈 이구아나가 내 손을 노려보았다. 그릇에 시리얼을 쏟아주었다. 녀석의 긴 혀가 눈 깜짝 할 사이에 시리얼을 낚아챘다. 신기하게도 녀석은 시리얼을 잘 먹었다. 야채와 사료를 섞어줘도 야채만 골라먹는 녀석이었다. 원래부터 잡식성이었는지 갑자기 헷갈렸다.

　　1502호 여자를 만난 것은 방역을 한 지 삼 일째 되는 날이었다. 편의점에 다녀오는 길이었다. 김치며 된장, 팬티까지 옆구리가 터지도록 한 보따리 들고 엘리베이터를 탔다. 언제나처럼 고개를 숙이고 있었다. 그게 인생의 모토가 돼버린 사람처럼 나는 늘 어디를 가나 고개를 사십오 도 숙이는 게 버릇이 되었다. 사십오 도의 위력이 얼마나 큰 줄은 경험하지 않은 사람은 모른다. 모자를 눌러쓴 것만큼의 효과를 가지고 있었다. 사십오 도만큼의 여유를 즐길 수 있었다. 상대방이 나를 못 알아봐도 나는 그 사십오 도만으로도 상대방의 궤적을 꿰뚫을 수 있었다. 그런데 가끔 방심한 사이 예기치 못한 공격을 받을 때가 있다. 이층에서 문이 열리고 누군가가 탔다.

"어머, 안녕하세요?"

얼떨결에 고개를 들었다. 복도에서 서너 번 마주친 적이 있는, 남편이 대학 교수라는 1502호 여자였다. 아내하고는 친분이 있는 사이였지만 가까이서 대화를 나누어보기는 처음이다. 사십오 도를 너무 신뢰한 결과였다. 여자는 품에 요크셔테리어를 안고 있었다.

"아, 네에."

여자를 향해 가볍게 고개를 끄덕였다. 그것으로 모든 거래를 마칠 생각이었다. 이미 지나간 방역 따위 일은 꼬치꼬치 캐묻지 않을 작정이었다.

"바퀴벌레가 안 보이니까 깨끗하지요?"

"아, 네."

"하루만 늦었어도 벌써 다 퍼졌을 거예요."

여자는 자기 멋대로 남의 집 방역을 신청해놓은 것이 무슨 대단한 일이라도 되는 것처럼 힘주어 말했다.

"아, 네."

고개를 사십오 도 숙인 채 건성으로 맞장구를 쳤다. "정말 고맙습니다"라든가 "덕분에 집이 깨끗해졌습니다"라는 말은 차마 입에 올릴 수 없었다. 오히려 사과를 받아내야 할 판이었다. 여자는 요크셔테리어를 연신 쓰다듬으면서 우아하게 서 있었다. 내가 고맙다는 인사말이라도 한마디 하기를 바라는 눈치였다. 그보다 들고 있는 편의점 봉투가 신경 쓰였다. 된장이니 김치니 하는 상표들이 훤히 들여다보였다. 여자의 시선이 그리 쏠렸다.

"인창이 어머니가 빨리 들어오셔야 하는데."

여자는 혼잣말처럼 중얼거렸다. 십오층에서 엘리베이터가 멈추었다. 나는 여자가 먼저 내리기를 기다렸다. 여자가 내리고 뒤따라 내렸다.

"괜찮으시다면 된장을 좀 드릴게요. 시골에서 국산 콩으로 담근 토종 된장인데 슈퍼에서 사는 거 하곤 비교도 안 되거든요. 여기 잠깐만 계세요. 제가 얼른 담아올게요."

여자는 내 말도 듣지 않고 집 안으로 바삐 들어갔다. 나는 어서 집 안으로 들어가 보따리를 풀어놓고 싶을 뿐이었다. 수입 콩 국산 콩을 따질 계제가 아니었다. 문을 열고 보따리만 안으로 들여놓고 여자가 나오기를 기다렸다. 잠시 후 여자가 플라스틱 그릇에 된장을 담아 가지고 나왔다.

"드셔보시고 괜찮으면 또 달라고 하세요. 이웃끼리 돕고 살아야지요."

"잘 먹겠습니다."

"잘 먹긴요. 이까짓 거 가지고 뭘요."

두어 번 고개를 숙여 감사를 표시하고 도망치듯 들어왔다. 감사
는커녕 얼굴이 화끈거렸다. 아내가 알면 뭐라 할까 궁금했다. 여자
입장에서 보면 여자는 내게 두 번의 친절을 베푼 격이었다. 알아서
방역 신청을 해주고 국산 된장까지 한 바가지 퍼주었으니 누가 봐
도 빚진 쪽은 나였다. 된장을 내려놓고 편의점에서 사온 물건들을
꺼냈다. 여자가 준 된장과 사온 된장을 합치면 족히 서너 달은 먹
을 분량이다. 오늘 저녁은 된장찌개를 끓여볼까. 물을 올리고 여자
가 준 된장과 인스턴트 된장 사이에서 잠깐 고민을 했다. 결과는
여자가 준 된장으로 낙찰되었다. 된장을 풀어 넣고 호박과 두부를
썰어 넣었다. 다 끓은 된장찌개를 숟가락으로 떠먹었다. 한마디로
별로였다. 된장 맛이 없는 건지 간을 잘못해서인지 어쨌든 예전에
먹던 된장찌개 맛이 아니었다.

　그 후 여자가 준 된장은 냉장고 구석으로 밀려났다. 어느새 내
입맛은 편의점에서 사온 된장 맛에 길들여져 있었다. 된장뿐만이
아니라 김치며 고추장 심지어는 생수까지도 편의점에서 사온 게
맛있었다. 사십오 도 내 인생과 편의점은 어느새 친구가 되어 있었
다. 가끔 아파트 복도에서 마주치면 여자는 한결같이 된장 안부를
물었다.

　"어때요? 맛이 괜찮지요?"

　"아, 네. 맛있습니다."

　"좀 더 드릴까요?"

　"아닙니다."

　하마터면 "냉장고에 그대로 있습니다"라고 말할 뻔했다.

　"고추장도 있는데 좀 드릴까요?"

“아, 아닙니다.”

“인창이 어머니 왔다 간 지 한참 된 것 같은데.”

여자는 된장을 미끼로 이런저런 대답하기 귀찮은 질문들을 슬쩍슬쩍 물어왔다.

“네. 아이들 때문에.”

“애들도 중요하지만 여기도 생각해야지. 쯧쯧.”

여자에게 받은 된장을 돌려주고 싶은 심정이었다.

“어머, 괜한 말을 했나 봐요. 전 그냥 혼자 계신 아저씨가 안돼 보여서요.”

여자는 입을 가리고 호호거렸다. 아무리 봐도 토종 된장과는 안 어울리는 여자였다. 된장 사건으로 나의 고개는 영점 오 도 더 기울었다. 그러니까 사십오 도에서 사십오 점 오 도쯤 될까. 나 같은 사람들에게 아파트는 똑바로 고개 들고 살 곳이 못되었다. 세상은 사십오 도로 바라보는 편이 훨씬 편리했다.

끼워 팔기

한동안 컴퓨터 앞에 앉지 않았다. 변기에 대고 오줌을 눌 때면 〈절규〉 형상으로 빨려 들어가던 짬뽕이 떠오르듯 컴퓨터 앞에서도 똑같은 현상이 나타났다. 먹은 것도 없는데 헛구역질이 났다. 양쪽 겨드랑이에 두 손을 찔러 넣고 빈 집을 이리저리 왔다 갔다 했다. 그가 왜 그런 짓을 했는지 여전히 의문이었지만 거기에 대해서 어떠한 것도 더 이상 떠올리고 싶지 않았다. 나는 다시 아버지를 팔아야 했다. 지나간 일에 골몰할 만큼 팔자 좋은 아버지가 못되었다. 마침내 용기를 내 컴퓨터 앞에 다시 앉았다. 장사는 그런대로 잘되었다. 신기할 정도로 사이트는 붐볐다. 다들 아버지가 필요하긴 필요한 모양이었다. 그들의 수요를 다 충족하기에는 혼자 힘으로 벅찰 정도였다. 하지만 통장의 잔고는 겨우 현상을 유지했다. 아버지를 팔아 생계를 유지할 정도로 아버지의 가치가 높은 것은 아니었다. 마트의 철 지난 딸기보다 나은 게 그나마 다행이었다.

　사이트를 방문하는 사람들 중에는 별의별 인간들이 다 있었다. 참한 아들을 빌리고 싶다는 노부부를 비롯하여 밤일에 성실한 남편을 구하고 싶다는 여자까지 농담 반 진담 반 각양각색의 아버지 혹은 아들과 남편을 주문했다. 그들의 요구를 모두 들어줄 수는 없었다. 내가 판매하는 주요 상품은 어디까지나 이구아나였다. 그러나 가끔 끼워 팔기의 유혹이 나를 충동질했다. 아내가 마트에서 장을 봐오면 더러 그런 물건이 딸려왔다. 천 밀리리터짜리 우유에 유효기간이 얼마 남지 않은 이백 밀리리터 우유를 덤으로 주었다. 자반고등어도 한 손이 더 왔다. 그렇게 구입한 물건이나 식품들은 질이 좋지 않거나 신선도가 떨어지기 일쑤였다. 아내는 이를 잘 알고 있었지만 "그래도 싼 맛에 사" 하며 그 유혹을 떨치지 못했다. 아내와 근본적으로 다르지만 나도 그 비슷한 유혹에서 자유롭지 못했다.

　그녀는 아버지 같은 애인이 필요하다고 했다. '아버지'면 몰라도 '애인'은 취급하지 않는데. 누군가 장난을 하는구나. 대수롭지 않게 지나쳤다. 그녀는 채팅창에서 한시도 떠나지 않았다. '애인'이라는 말이 자꾸 나를 끌어당겼다.

　— 남의 영업장에 와서 장난하지 마세요.

　마침내 나는 그녀의 말을 받아주고 말았다. 기다렸다는 듯 그녀가 내 말을 낚아챘다.

─ 장난 아니거든요. 정말로 아버지 같은 애인이 필요해요.

그녀의 대꾸가 싫지는 않았다.

　─ 여기는 애인 구하는 데가 아니에요. 다른 데 가서 알아봐요.
　─ 어차피 그게 그거 아니에요? 아버지를 파나 애인을 파나 이상한
　　건 마찬가지잖아요.

어쭈. 요 녀석 봐라. 제법 맹랑한데.

　─ 그래요? 그럼 나이가 어떻게 돼요?
　─ 그런 게 뭐 중요해요?
　─ 미안하지만 그런 상품은 없습니다. 다른 데 가서 알아보십시오.
　─ 후회하실 텐데요.

마음이 흔들릴 것 같아 얼른 사이트를 나와버렸다. 그녀의 웃음
소리가 들리는 것 같았다. 반나절이 다 가도록 컴퓨터 앞에 앉지
않았다. 텔레비전 채널을 이리저리 돌리다가 낯익은 얼굴을 발견
했다. 바이킹을 함께 탔던 그 아이의 엄마다. 이번에는 침대를 팔
고 있었다.
　"그 옛날 황제가 애용했다는 마호가니 원목이에요. 여기를 보세
요. 기계로 찍어낸 게 아닙니다. 하나하나 장인이 직접 공들여서
조각한 겁니다. 이런 침대에서 잠을 자고 나면 기분이 어떨까요?"
　"숲 속의 공주가 된 기분이겠지요."

침대에 누워 있던 모델들이 일제히 일어나 앉아 기지개를 켰다.

"보십시오. 평온한 저 얼굴, 행복이 가득하지 않습니까?"

아이는 잘 있을까. 요즘도 바이킹을 타기 전에 기도를 할까. 아빠 없이도 여전히 씩씩할까. 아이 엄마는 정말 행복한 표정으로 침대를 팔았다. 채널을 돌렸다. 하루 종일 반복되는 프로그램은 그게 그거 같았다. 오락 프로그램도 드라마도 어디선가 본 듯한 것들뿐이었다. 머릿속에서 그녀가 지워지지 않았다. 한 번도 본 적 없는 그녀의 잔상이 나를 따라 다녔다.

어둠이 짙어지도록 누워 있었다. 텔레비전에서는 여전히 그렇고 그런 사연과 폭소가 쏟아졌다. 그 어떤 사연과 폭소도 귀에 들어오지 않았다. 단지 호기심 때문이라면 그녀를 만나고 싶지 않았다. 비록 아버지를 팔고 있지만 최소한의 경영 철학은 무너뜨리고 싶지 않았다. 그게 내게 남아 있는 최후의 마지노선이다. 그런데 이상하다니. 그녀는 교묘하게 내 상술을 파고들었다. 그녀 말대로 내 기분은 점점 이상해졌다.

그녀는 끈질기게 버텼다. 잊을 만하면 한마디씩 툭툭 던졌다.

　　─오늘은 매상 좀 올리셨어요?

　　─장사가 잘되나요?

　　─오늘은 어떤 아버지를 팔았나요?

　　─궁금해요. 이 세상의 무수한 아버지들이.

　　─어떤 아버지가 제일 비싼가요?

　　─아저씬 내가 만난 사람 중에 가장 멋진 사람일지도 몰라요.

나는 더 이상 그녀를 피하지 않았다.

—왜 그렇게 생각하지? 우린 만난 적도 없는데.

—팔아야 될 것과 사야 될 것의 경계를 무너뜨렸어요. 아저씨 때문
에 침체된 시장경제가 되살아날지도 모르거든요.

—무슨 소리지?

—아버지를 사고파는 세상, 기발하잖아요.

—기발은 무슨. 그보다 더한 것도 사고파는데.

—하긴. 기발하긴 한데 좀 슬퍼요. 어느 땐 이런 세상에서 난 뭘 사
고팔아야 할지 난감해지기도 해요. 꼭 뭔가를 사고팔아야만 될
것 같은 기분. 그 기분 아세요?

—글쎄. 왜 그런 기분이 들까. 난 그냥 장사를 하는 것뿐인데. 마트
에서 생필품을 파는 것과 같은 이치야. 휴지가 필요하면 휴지를
사고 치약이 필요하면 치약을 사듯이. 다 쓰면 또 사고. 그것하고
다를 게 없어. 아버지도 결국에는 소모품이야. 뭐 그렇게 어렵게
생각해. 아버지가 뭐 그리 대수라고. 안 그래? 안 그래도 골치 아
픈 세상인데.

—돈 때문인가요?

—딱히 아니라고는 할 수 없지. 그렇다고 그게 전부라고도 할 수 없
어. 우연이었어. 아니 절묘한 타이밍 때문이었지. 그걸 다 설명하
기는 불가능해. 설명해도 이해할런지 모르겠고. 아버지가 아니
어도 다른 뭔가를 팔았을 거야, 아마. 아, 그런데 왜 이렇게 구차
한 질문을 하는 거지?

그녀와의 대화는 밤늦게까지 이어졌다. 며칠째 열띤 토론이 오갔다. 우리는 차츰 서로를 향해 다가가고 있었다. 그리고 아무 일도 없었다는 듯 돌아서기에는 너무 많이 와버렸음을 깨달았다. 그녀가 궁금해서 견딜 수 없었다.

— 영화 좋아하세요?

그녀도 내가 궁금한 모양이었다.

강남의 한 영화관에서 그녀를 만나기로 했다. 공교롭게도 오래전 아내와 영화를 본 적이 있는 곳이다.

"3번 매표소 옆에서 팝콘을 먹고 있을 거예요. 콜라를 양손에 들고 두시까지 그리로 오세요."

무슨 영화 찍는 것도 아니고. 요즘 애들은 약속도 이런 식으로 하나. 장난하는 것 같아서 찜찜하긴 했지만 한편으로는 기대가 되고 떨리기까지 했다. 말끔하게 면도를 하고 머리를 감았다. 오래간만에 청바지를 꺼내 입고 멋을 냈다. 거울에 비친 모습이 한 십 년은 젊어 보였다. 평일 오후인데도 영화관은 붐볐다. 대부분 젊은 사람들이 친구끼리 혹은 연인끼리 짝을 이루어 표를 샀다. 3번 매표소로 가기 전에 매점에서 콜라 두 개를 샀다. 3번 매표소는 지하 일층에 있었다. 에스컬레이터를 타고 지하로 내려갔다. 3번 매표소가 정면에 보였다. 매표소 옆에는 여자 둘이 서 있었다. 둘 다 이십 대 후반으로 누군가를 기다리는 듯 보였다. 그중 한 여자 손에 팝콘이 들려 있었다. 나는 옷매무새를 가다듬고 싶었지만 양손에

든 콜라 때문에 할 수 없었다. 팝콘을 들고 있는 여자를 향해 걸어갔다. 나를 발견한 여자가 알 수 없는 미소를 보냈다. 그녀였다.

영화는 두 남녀의 이루어질 수 없는 사랑을 그린 멜로영화였다. 그녀와 나는 자리를 잡고 앉았다. 조명이 꺼지고 영화가 시작되었다. 그녀가 팝콘 봉지를 내게 디밀었다. 나는 들고 있던 콜라 중 하나를 그녀 무릎에 올려놓았다. 나는 팝콘을 먹고 그녀는 콜라를 마셨다. 그것으로 우리의 통성명은 끝이 났다. 영화는 지루하고 따분했다. 너무 뻔한 스토리가 흥미를 반감시켰다. 그래도 사람들은 열심히 스크린에 열중해 있었다. 그녀 또한 진지하게 영화를 관람했다. 나는 그런 그녀가 더 신경 쓰였다. 이름도 나이도, 생판 아무것도 모르는 남녀가 연인인 척 영화를 보는 것은 재미없는 영화를 끝까지 보는 것만큼이나 고역이었다. 그녀는 가끔 작은 소리로 웃다가 나를 의식하고 웃음을 멈추곤 했다. 영화보다도 어둠 속에서 희미하게 빛나는 그녀의 둥근 이마가 나를 더 사로잡았다. 나는 아버지가 아닌 애인이었다.

희귀병에 걸린 주인공 여자가 죽는 장면에서 여기저기서 나지막한 흐느낌이 터졌다. 그녀는 울지 않았다. 그녀는 들고 있던 팝콘을 한 움큼 집어 입안에 쑤셔 넣었다. 팝콘이 바닥으로 떨어졌다. 나는 떨어진 팝콘을 발로 지그시 눌렀다. 어서 영화가 끝났으면. 애인을 파는 일은 아버지를 파는 일보다 인내심을 더 필요로 했다. 천 밀리리터 우유에 딸려오던 이백 밀리리터 우유의 비애를, 인스턴트 우동에 끼워오던 나무젓가락의 설렘을 그녀에게 말해주고 싶었다.

"영화 어땠어요?"

밖으로 나와 근처의 도로변을 걸었다. 그녀가 다가와 팔짱을 끼었다. 그 자연스러움에 순간적으로 기가 눌렸다. 선수구나 선수. 온몸의 근육이 일제히 긴장하며 경계 태세에 들어갔다.

"글쎄."

"별로예요? 요즘 영환 다 그래요. 그래도 저 정도면 꽤 괜찮은 거예요. 영화 별로 안 좋아하시나 봐요?"

그녀가 팔짱 낀 손을 내게로 바싹 밀착시켜왔다.

"저런 영화는 너무 상투적이라……."

"그게 매력 아니에요?"

상투적인 게 매력이라고? 별게 다 매력이군. 요즘 애들의 정서를 도무지 이해할 수 없었다.

"사는 게 다 똑같잖아요. 웃고 짜고 좋아하다가 싸우고 후회하고 그러다 죽고. 뭐 특별한 게 있어요?"

"그러니까 영화에서라도 좀 다른 얘길 듣고 싶은 거 아니야? 지겹잖아."

"우후, 그런 깊은 뜻이."

그녀는 지나치게 쾌활하고 명랑했다. 마치 명랑만화 속에서 불쑥 튀어나온 캐릭터 같았다. 그래서 모든 상황이 더 비현실적으로 느껴졌다.

"남들은 다들 상투적인 게 재미없다고 하는데 저는 그게 더 재미있어요."

"왜?"

"리얼리티가 팍팍 느껴지잖아요."

맞는 말 같으면서도 쉽게 수긍이 가지 않았다. 영화는 상투적인 걸 좋아하면서 아버지 같은 애인을 찾는 건 또 뭐란 말인가. 여자들의 취향이 어느새 그런 쪽으로 흘렀나. 어떤 코드에다가 맞춰야 하는지 감 잡을 수 없었다. 나는 그냥 어정쩡하게 그녀가 잡아끄는 대로 걸었다.

"스파게티 좋아하세요? 길 건너에 토마토스파게티를 잘하는 집이 있어요."

그녀가 나를 건널목 쪽으로 이끌었다. 나는 그녀가 이끄는 대로 몸을 맡겼다. 사실 스파게티는 내 취향이 아니었다. 오래간만에 우아하게 식사를 하고 위스키도 한 잔 마셨다. 얼마간 영화 이야기가 이어졌다. 그녀에 대해 궁금한 게 많았지만 끊어질듯 이어지는 영화 이야기 때문에 번번이 기회를 놓쳤다. 그녀는 내 이름이나 나이 따위 같은 개인적인 이력에는 관심도 없었다. 자리를 옮겨 두 잔의 위스키를 더 마시고 일어날 때까지 그녀는 비슷비슷한 내용의 영화를 매번 새롭게 들려주었다. 그녀가 들려준 영화 이야기는 내용이 상투적이라는 데 공통점이 있었다. 나는 자꾸 하품이 나오려는 걸 간신히 참았다. 그녀는 상황을 비현실적으로 몰고 가는데 탁월한 재능이 있었다. 나는 내가 왜 이 시간에 여기 나와 앉아 있는지, 그녀 몰래 시계를 들여다보았다. 늦은 밤이 깊어가고 있었다. 그녀에 대해 품었던 기대와 스릴이 가차 없이 무너지는 밤이었다. 인스턴트 우동에 끼워오던 나무젓가락의 설렘은 사라졌다. 대신 천 밀리리터 우유에 딸려오던 이백 밀리리터 우유의 비애만 남았다.

왕돈가스와
오붓한 돈가스

지독한 몸살을 앓고 난 것처럼 몸이 자꾸 까부라졌다. 기운도 없고 입안이 깔깔해서 물조차 삼키기 힘들었다. 가까스로 목을 축이고 이불 속으로 또 기어들어갔다. 그녀의 얼굴이 어른거렸다. 그녀의 영화 이야기는 두 번째 만남까지 이어졌다. 아내가 '싼 맛에 사' 하던 것처럼 끼워 팔기의 한계였을까. 명랑만화 속에서 튀어나온 것 같던 캐릭터도 점점 시들해졌다. 연인도 애인도 아버지도 아니었다. 사이트 속의 그녀가 훨씬 매력적이었다. 그래도 혹시나. 나는 최면에 걸린 사람처럼 세 번째 약속 장소로 향했다. 다행히 그날 그녀는 예전의 만화 캐릭터로 돌아왔다.

만남 내내 나는 그녀를 위해 무엇인가를 해야만 될 것 같은 일종의 의무감에 시달렸다. 그것은 외도가 아닌 장사를 하고 있다는, 스스로를 위한 마인드 컨트롤에 가까웠다. 그래서 그녀와 잤다. 황홀하지만 찜찜한, 떳떳하지만 비굴한 밤을 보내고 그녀와 헤어졌다. 그녀는 이튿날 돈을 송금해왔다. 기분이 이상했다. 비로소 간밤에 내가 한 짓의 실체를 보는 듯했다. 그녀에게 전화를 걸기 위해 휴대폰 폴더를 열었다. 돈을 다시 되돌려줄 생각이었다. 찜찜함과 떳떳함 사이에서 잠깐 고민을 했다. 그러나 이내 폴더를 닫아버렸다. 찜찜하고 엿 같지만 떳떳함을 택하기로 했다. 간밤에 나는 돈을 받고 내 몸을 팔았다. 믿든 안 믿든 나중에라도 아내가 알게 되면 그렇게 말하리라. 그런데 그게 과연 떳떳함이란 형용사 하나로 해결되어질 문제일까. 그럴 수만 있다면 더없이 좋으련만. 따뜻한 국밥이 먹고 싶었다.

깊은 잠에서 깨어났을 때 집 안은 어둠으로 덮여 있었다. 허기가 졌다. 점퍼를 걸치고 밖으로 나왔다. 불을 밝힌 아파트 광장에 낙엽이 굴러다녔다. 퇴근해서 들어오는 차들이 줄을 이었다. 노란 불빛이 모여 있는 상가는 제법 따뜻해 보였다. 내 발길은 상가 지하로 향했다. 지하에는 식당들이 모여 있었다. 하지만 그곳에 국밥집 따위는 없었다. 가족 단위의 손님을 겨냥한 갈빗집과 칼국수집, 돈가스 전문점이 넓은 실내를 환하게 밝히고 손님을 기다렸다. 벌써부터 외식을 나온 가족들로 붐볐다. 어디를 기웃거려도 혼자 온 손님은 없어 보였다. 그나마 돈가스 전문점이 덜 붐볐다. 구석에 자리를 잡고 앉았다.

종업원이 메뉴판을 가지고 왔다. 생전 처음 보는 가지각색의 돈가스 메뉴들이 나를 당혹스럽게 했다. 돈가스에도 이렇게 다양한 메뉴들이 있는 줄은 몰랐다. 어느 것을 시켜야 할지. 아내가 옆에 있었다면 이런 경우 다 알아서 할 텐데. 아내는 삶의 복병처럼 숨어 있다가 부지불식간에 예고도 없이 툭툭 튀어나왔다.

“왕돈가스요.”

가격도 제일 저렴하고 양도 많을 것 같은 왕돈가스를 시켰다. 예상대로 왕돈가스는 혼자 먹기에 벅차 보였다. 먹어도 먹어도 줄어들지 않을 것 같았다. 부지런히 칼질을 했다. 그리고 열심히 입안에 쑤셔 넣었다. 무슨 맛인지도 모르고 오로지 그릇을 비우는 목적으로 돈가스를 섭렵해갔다. 얼른 자리를 뜨고 싶었다. 반 정도 먹었을 때 두 아이를 데리고 온 젊은 부부가 옆 테이블에 자리를 잡고 앉았다.

“수진이 뭐 먹을래?”

엄마가 큰애한테 물었다. 큰애가 내가 먹는 돈가스를 흘깃거렸다.

“저거.”

아이가 손가락으로 내 자리를 가리켰다. 젊은 부부의 시선이 내 접시로 쏠렸다. 소스가 뒤범벅이 된 접시에는 먹다 만 돈가스 조각이 널렸다.

“저건 별로야. 크기만 컸지. 아줌마, 여기 오붓한 돈가스 넷이요.”

엄마가 주방을 향해 소리쳤다. 갑자기 내가 못 먹을 것을 먹고 있는 것처럼 느껴졌다. 아이는 왕돈가스의 미련을 못 버렸는지 자꾸 이쪽을 쳐다봤다. 나는 티슈를 뽑아 입을 닦았다. 그때 휴대폰이 울렸다. 티슈를 내려놓고 휴대폰을 꺼냈다.

“여보세요?”

“형님, 저예요.”

정 과장이다.

"웬일이야?"

"아니 웬일 있어야만 전화하나요? 섭섭합니다."

정 과장은 이미 한 잔 걸친 목소리다.

"그게 아니고. 무슨 일이라도……."

"그냥 걸었습니다. 형님 생각이 나서. 지금 어디 계십니까?"

"식사 중이야."

차마 혼자서 왕돈가스를 먹고 있다는 말은 하지 못했다. 아이가 나를 빤히 쳐다봤다.

"어디신데요? 댁이세요?"

"아니."

"제가 그리로 가겠습니다."

"그럴 필요 없어. 내가 지금 좀 멀리 와 있거든."

"아, 그러세요. 뭐 좋은 데 있나 봅니다."

정 과장이 큰 소리로 웃었다. 그 소리가 어찌나 큰지 휴대폰 밖으로 쩌렁쩌렁 울렸다. 얼른 전화를 끊고 싶었다. 그새 옆 테이블에 오붓한 돈가스가 나왔다. 그들의 시선이 나에게서 돈가스로 옮겨갔다. 오붓한 돈가스는 왕돈가스와 격조가 달랐다. 접시도 훨씬 고급스러웠고 세팅도 품격이 있어 보였다. 양은 왕돈가스의 반밖에 안 됐다. 그들은 우아하게 칼질을 했다.

"조만간 연락할게."

같은 돈가스를 먹는데 왜 그리 느낌이 다를까. 정 과장은 내 말에 아랑곳 않고 계속 뭐라 지껄였다. 나는 한 손으로 먹다 남은 돈가스 조각을 뒤적거렸다. 다음부터는 나도 오붓한 돈가스를 우아하고 오붓하게 먹으리라.

“형님. 한 잔 합시다!”

“응. 그럼 이만 들어가.”

서둘러 전화를 끊었다. 옆 테이블의 접시는 벌써 바닥을 드러내고 있었다. 내 접시에는 먹다 남은 돈가스가 아직 반도 넘게 남았다. 다 식은 돈가스는 뻣뻣했다. 결국 반도 못 먹고 일어섰다. 아이 엄마가 아이에게 뭐라 귓속말을 했다. 나를 두고 하는 말인지 왕돈가스를 두고 하는 말인지. 빠른 걸음으로 돈가스 전문점을 빠져나왔다. 정 과장에게 다시 전화를 걸까. 상가 입구 가로등 아래서 잠깐 망설였다. 이대로 집에 들어가기도 싫고. 그렇다고 정 과장을 만나는 것도 부담스러웠다. 분명한 것은 아직도 따뜻한 국밥이 그립다는 사실이다.

방향을 반대로 틀었다. 무작정 걸었다. 왕돈가스와 오붓한 돈가스의 차이도 모르고 사는 건 비참한 일이라는 생각이 들었다. 그런 세상이다. 그 정도의 차이는 인지하고 있는 센스가 필요한 시대다. 마치 다른 별에 와 있는 느낌. 어느 날 갑자기 내가 모르는 새 이 세상 모든 만물이 교체된 느낌. 이건 비단 지금에만 느끼는 기분은 아니었다. 그럼 언제부터였을까. 그 시발점을 기억해내려고 애를 썼다. 도로에 불빛이 넘쳐났다. 아파트가 멀어지고 있었다. 그녀는 지금 무엇을 하고 있을까.

포장마차 안은 꽁치 굽는 냄새로 가득했다. 모든 게 오랜만이다. 포장마차도 꽁치도 오이도 당근도 소주도 반가웠다. 정 과장을 불러낼까. 아니다. 오래간만에 이 반가운 것들과 즐거운 재회의 기쁨을 만끽해야지. 소주를 털어 넣었다. 바로 이 맛이다. 비로소 낯선 이방인이 아니라 제대로 발붙이고 살고 있다는 자각이 들었다.

왕돈가스와 오붓한 돈가스의 차이 같은 건 몰라도 돼. 이 맛을 기억한다면. 휴대폰을 꺼냈다. 머릿속으로는 정 과장을 떠올리면서 정작 누른 번호는 그녀의 휴대폰 번호였다. 연결음인 우울한 상송이 이어지는 동안 소주 두 잔을 연거푸 마셨다. 그녀는 전화를 받지 않았다. 다행인지도 모른다. 그러면서도 계속 전화를 걸었다. 이러다가 그녀가 덜컥 전화를 받으면. 정말 불행 중 다행이었다. 그녀 휴대폰에서는 상송이 계속 이어졌다.

취기가 올랐다. 자리에서 일어나 계산을 하고 나왔다. 무작정 걸었다. 오로지 할 수 있는 거라곤 그것밖에 없는 사람처럼 걷고 또 걸었다. 집으로 가는 방향인지 아닌지 확인도 않고 발길 닿는 데로 걸었다. 그녀와 지냈던 며칠이 꿈만 같았다. 지금 곁에 누군가가 있었으면 좋겠다. 그녀처럼 누군가를 살 수만 있다면. 골목길로 접어들자 붉은 모텔 간판이 즐비했다. 설악파크, 다이애나궁, 붉은 선인장, 캘리포니아 모텔. 그중에 세 번째 집 '붉은 선인장' 유리문을 밀고 들어섰다.

"아가씨 넣을까요?"

기다렸다는 듯 늙은 여자가 물었다. 고개를 끄덕거렸다. 내 의지와 상관없는 완전 전자동이었다. 방에서는 습한 곰팡이 냄새가 났다. 침대 위에 그대로 고꾸라졌다. 얼마나 지났을까. 누군가가 뺨을 두드려댔다.

"아저씨! 그냥 자면 어떡해. 돈은 줘야지."

눈을 떴다. 검은 슬립 차림의 여자가 껌을 질겅질겅 씹으며 쳐다봤다.

"뭐야, 당신."

정신이 번쩍 들었다.

"호호호. 이 아저씨 좀 봐. 할 거 다 하고 오리발이네."

그제야 이상한 느낌이 들었다. 정신을 차리고 몸을 살폈다. 옷이 다 벗겨져 있었다. 축 늘어진 성기가 볼품사납게 드러났다. 얼른 이불을 끌어당겼다.

"에이에스 좀 받아야겠어. 기능이 영 아니야. 그래 가지고 어떻게 영욕의 밤을 지새우겠어."

여자가 팔짱을 끼고 풍선을 불었다. 아무리 기억을 더듬어도 까마득했다.

"빨리 돈이나 줘. 한가한 몸이 아니라고."

여자가 불었던 풍선을 터뜨렸다. 풍선이 터지면서 여자 입 주위에 껌이 들러붙었다. 여자가 손으로 껌을 떼어 입에 다시 넣었다. 바닥에 있는 바지를 더듬어 지갑을 꺼냈다. 지갑에는 돈이 그대로 들어 있었다. 내가 돈을 꺼내는 동안 여자가 쳐다보며 뭐라 중얼거렸다. '지갑에 손을 대지 않은 것만 해도 다행인 줄 알아'라고 비웃는 듯했다.

"아저씨 다음엔 술 적당히 먹고 와. 서비스 잘해줄게. 굿 나이트."

돈을 받아든 여자가 질끈 한쪽 눈을 감았다. 여자가 나간 후 한참을 멍하니 누워 있었다. 옆방에서 샤워하는 소리가 들렸다. 물소리는 길고 오래 이어졌다. 주섬주섬 옷을 주워 입기 시작했다. 팬티가 보이지 않았다. 일어나 이불을 들추자 그 속에서 팬티가 나왔다. 팬티를 입고 바지에 발을 꿰었다. 유리문을 밀치고 나왔다. 찬바람이 옷깃 속으로 스며들었다. 어렴풋이 여자와 뭔 짓을 한 것 같기도 했다. 느닷없이 입속의 구멍이 떠올랐다. 혀를 움직여 구멍을 찾았다. 구멍은 그 자리에 그대로 잘 있었다. 조만간 치과에 한 번 가봐야겠어. 너무 오랫동안 구멍을 잊고 있었다. 야경 속에 붉은 선인장이 차츰 묻혀갔다.

두 번 사라진 남자

그 일은 아주 서서히 일어났어요. 그 변화의 조짐이 얼마나 미세했으면 가족 중 아무도 그 일을 눈치 채지 못했겠어요. 사실은 비바람에 바위가 깎이듯 엄연히 조금씩 달라지고 있었는데. 그래요. 우리가 너무 둔한 것인지도 모르지요. 아니면 무심했던 것인지도. 비바람에 살이 깎일 때 그 고통이 얼마나 컸겠어요. 그 비명을 아무도 모르게 다시 삼키느라 또 얼마나 힘들었겠어요. 그렇게 아버지는 서서히 당신 모습을 감추기 시작했어요. 그리고 어느 날 문득 사라졌어요.

엄마는 예상했던 일이라는 듯 그걸 가지고 뭘 그렇게 놀라느냐는 투로 여느 때처럼 쌀을 박박 씻었어요. 오히려 아버지의 그런 행동에 대해 화가 난 듯했어요. 엄마한테 말을 더 시켰다가는 욕을 바가지로 얻어먹기 십상이었어요. 발길을 돌려 오빠 방을 기웃거렸지요. 오빠 역시 그런 일 따위는 안중에도 없다는 듯 여자 친구와 통화를 하고 있었어요. 가끔 내 눈치를 보며 "나도" 했어요. 아마 저쪽에서 "사랑해"라고 한 모양이에요. 그러니까 "나도"에 함축된 의미를 제대로 풀어쓰면 "나도 사랑해"쯤 되었을 거예요. 사랑에 눈이 먼 오빠에게 아버지가 사라진 것 같은 사소한 일은 관심 대상에도 못 끼었어요. 그래요. 엄마에게도 오빠에게도 그 일은 사소하고 하찮은 일에 불과했으니까요.

안방을 기웃거렸어요. 아버지는 신문을 보고 있었어요. 아버지가 사라졌다면서 어찌된 일이냐고요? 그게 좀 그래요. 제 말을 끝까지 다 들어보세요. 아버지가 사라진 건 확실하니까요. 제 말을 다 듣고 나면 아마 당신도 고개를 끄덕일 거예요. "으음. 정말 아버지가 사라졌군" 하고 말이에요. 어디까지 말했지요? 맞아. 신문, 신문이요. 아버지는 매일 아침 엄마가 아침상을 다 차릴 때까지 신문을 보거든요. 원래는 두 가지를 봤는데 얼마 전 엄마가 아버지의 허락도 없이 일방적으로 신문 하나를 끊어버렸어요. 아버지 또한 엄마에게 아무런 말도 하지 않았어요. 그 후로 아버지는 신문을 전보다 더 꼼꼼히 읽기 시작했어요. 일 면에서 시작해서 삼십육 면까지 중간 중간에 나오는 전면 광고까지 하나도 빠뜨리지 않고 다 읽는 듯했었어요. 어쩌면 읽은 기사를 읽고 또 읽고 했는지도 몰라요. 위기의식 같았어요. 엄마가 남은 하나마저 끊어버릴까 봐 일부러 엄마 보란 듯이 손에서 신문을 놓지 않는 것 같았거든요.

조용히 아버지에게 다가갔어요. 아버지는 내가 들어온 걸 아는지 모르는지 신문 읽기에 열중해 있었어요. 나는 무슨 말을 해야 될지 몰라 한동안 서 있었어요. 제가 들어온 걸 눈치 챘는지 아버지가 신문을 뒤적거렸어요. 예전 같으면 얼른 신문을 접고 "우리 딸 아빠한테 할 얘기 있어?" 아니면 "용돈 떨어졌구나" 하며 웃으실 텐데. 신경이 둔화되거나 감각이 없는 사람 같았어요. 나는 머뭇머뭇 입을 열었어요.

"누가 될 것 같으세요?"

아버지가 저를 힐끔 쳐다보았어요. 꼭 정치 이야기를 할 생각은 아니었어요. 그냥 나도 모르게 튀어나왔어요. 요즘 텔레비전에서 하도 떠들어대서 그랬나 봐요. 아버지도 정치에 관심이 많은 건 아니었거든요.

"그중에 하나는 될 거 아니에요."

어떻게든 아버지의 말문을 틔어나야겠다는 생각뿐이었어요.

"글쎄다."

아버지가 짧게 한마디 했어요. 순간 저는 왈칵 눈물이 나올 뻔했어요. 아버지를 와락 끌어안고 싶었어요. 정말 얼마 만에 들어보는 목소리인지 몰라요. 아버지가 말을 안 하기 시작한 게 언제부터인지는 잘 모르겠어요. 그런 것을 일일이 기억할 정도로 한가한 애가 아니거든요. 지금 생각하면 관심이 없어서 그랬던 것 같아요. 아버지가 뭐를 하든 말든 그런 것은 저와 상관이 없었거든요. 처음에는 엄마하고 싸웠는지 알았어요. 그런데 가만히 보니 그것도 아니더군요. 엄마는 엄마대로 아버지에 대해서 별 신경을 쓰지 않는 눈치였어요.

"난 다 별로인데."

아버지는 내 말에 아랑곳없이 다시 신문을 보기 시작했어요. 아버지의 입은 언제 그랬냐는 듯 굳게 닫혔어요. 그런 아버지의 얼굴은 뭐라 설명할 수 없을 지경이었어요. 무표정도, 성난 것도, 분노하는 것도, 슬픈 것도 아닌 한 번도 본 적이 없는 야릇한 표정이었어요. 어떤 상황에서 나타나는 표정인지도 감이 잡히지 않았어요. 아버지가 읽고 있는 신문 난을 살폈어요. 뜻밖에도 만화였어요. 음식을 소재로 한 만화로 아버지는 전혀 관심이 없는 분야였어요. 아버지의 관심이 언제

만화로까지 확대되었는지 모를 일이었어요. 그렇잖아요. 사람 일이라
는 게 자신의 의지와 무관하게 다른 방향으로 가고 있을 때가 종종 있잖
아요. 아버지도 그런 게 아닐까. 아무튼 더 이상 아버지에게 말을 걸을
수가 없었어요. 얇고 투명한 막이 아버지를 감싸고 있는 느낌이 들었
어요. 손을 대면 금세 바스러져 내릴 것만 같은. 우리가 알고 있던 아버
지는 그곳에 없었어요. 아버지가 사라졌습니다. 우리 아버지를 찾아주
세요.

결국 사라진 아버지를 찾아달라는 주문이었다. 아버지를 빌려
달라면 달랬지 찾아달라는 건 또 뭐야. 여기가 무슨 경찰서도 아니
고. 담배를 피워 물었다. 실제로 아버지가 자취를 감춘 것도 아니
고. 내용도 알쏭달쏭했다. 그냥 건성으로 넘어갔다. 그런데 자꾸
누군가가 뒷덜미를 잡아당기는 기분이 들었다. 담배를 끄고 다시
사연을 읽어 내려갔다. 그러자 이상한 일이 벌어졌다. 치과에서 느
꼈던 그때 그 기분이 되살아났다. 턱이 빠져서 입을 있는 대로 벌
리고 이십여 분을 대책 없이 앉아 있던. 고이는 침 때문에 숨이 막
혀오던 그 우스꽝스런 고통 아닌 고통이 떠올랐다. 사연이 남 일
같지 않게 느껴졌다. 신문을 읽고 또 읽는 아버지의 모습이 떠올
랐다. 그렇다. 아버지는 거기 없었다. 신문을 읽고 있는 것은 이
미 아버지가 아니었다. 나는 점점 그녀의 아버지 찾기에 동화되
고 있었다.

그녀의 의뢰를 받아들인 건 그 때문이었다. 처음에는 아버지를
모시고 병원을 찾아보는 게 어떻겠냐고 말할 참이었다. 정신과 치
료를 받으면 아버지가 다시 예전의 모습으로 돌아올지도 모른다

고. 하지만 그것은 내 편에서 용납이 안 되는 거였다. 흰 가운을 입은 전문가와 고품격 대화를 나누고 몇 대의 주사와 한 움큼씩 털어넣는 알약으로 치료될 문제가 아니라는 걸 누구보다도 내 자신이 너무도 잘 알고 있었다. 치료 차원이 아니었다. 그녀의 말대로 찾아야 했다. 아버지는 잃어버린 것이었다. 막상 의뢰를 받아들이고 보니 난감했다. 어디서부터 무엇을 어떻게 해야 하는지.

두 시간째 이구아나를 들여다보고 있다. 요 며칠 새 이구아나는 부쩍 컸다. 사육장이 좁게 느껴질 정도다. 사진을 찍어 아내에게 보내주어야겠다, 는 생각을 하면서도 한쪽 뇌에서는 끊임없이 그녀의 사라진 아버지를 떠올리고 있었다. 이만큼 큰 이구아나를 보면 아내는 감격의 눈물을 흘릴지도 모른다. 떼어놓고 온 어린 자식이 안 보는 새에 대견하리 만큼 성장해 있는 것처럼 마음이 '울컥'할 것이다. 그러고도 남으리라. 아내는 이구아나를 끔찍이 위했으니. 데려갈 수만 있다면 벌써 데려갔을 것이다.

— 아버지를 만나주세요.
— 만나는 거야 어렵지 않지만⋯⋯.

자신이 없었다. 사라진 아버지를 무슨 수로 찾아내란 말인가.

— 아저씨라면 가능할지도 몰라요. 같은 입장이잖아요.

틀린 말은 아니었다. '아버지' 라는 공통분모를 가지고 있었다.

또 한 가지 '이 시대의' 라는 같은 수식어를 취하는 것도. 이 시대
의 아버지. 그것만으로는 부족한 느낌이었다. 혹시 "기러기 아빠
인가요?"라고 물을 뻔했다. 그녀가 올린 사연의 정황으로 봐서 그
것은 해당 사항이 아닌 것 같았다. 그렇다면 그녀의 아버지와 소통
할 수 있는 게 뭐가 있을까.

　　—혹시 이구아나를 키우나요?

왜 그런 질문이 나왔는지 나도 모르겠다.

　　—아니요. 예전에 작은 개를 키우긴 했었는데. 이구아나 하고 아버
　　　지가 사라진 것 하고 무슨 관련이 있나요?
　　—아닙니다. 혹시나 해서요. 사실은 제가 이구아나를 키우고 있거
　　　든요. 아니 정확히 말하면 아내가 키우고 있습니다. 아버지를 이
　　　해하는 데 도움이 될까 해서요.
　　—아, 유감이네요. 이구아나를 키우고 있지 않아서요.

그녀는 진심으로 유감스러워하는 듯했다. 아버지를 이해하는
데 이구아나가 무슨 도움이 되는지. 내가 뱉어놓고도 이해가 되지
않았다.

　　—아, 있어요. 달팽이요. 달팽이를 키워요. 아니 모르겠어요. 키우
　　　는 건지 뭔지.
　　—달팽이?

— 네. 근데 등에 집이 없는 놈이에요. 징그러워요. 어디서 생겼는지 모르겠는데 아버지는 매일 그걸 들여다봐요. 신문을 안 볼 때는 틀림없이 달팽이가 든 상자를 들여다보거든요.

일단 그녀의 아버지를 만나기로 했다.

오후가 훌쩍 넘은 시간인데도 그녀의 아버지는 신문을 읽고 있었다. 나는 조심스럽게 인사를 건넸다. 낯선 사람의 등장에 읽던 신문을 내려놓을 법도 한데 그는 신문에서 눈을 떼지 않았다. 힐끔 눈길을 한 번 주었을 뿐이다.

"요즘 신문에 뭐 재미난 거라도 있습니까?"

"……."

역시 말이 없었다.

"하긴 신문을 재미로 읽는 사람이 몇이나 되겠어요."

그가 한참동안 쳐다보더니 나지막이 중얼거렸다.

"당신도 할 일이 없는 것 같은데. 이거라도 들여다보시오. 그냥 앉아 있는 것보다 나을 거요."

그가 읽던 신문 중에 한 장을 건네주었다.

"읽고 또 읽고 그러다 보면 새 신문이 들어와요. 그럼 그놈을 읽고 또 읽고."

그는 반쯤 정신이 나간 사람처럼 보였다. 그녀의 말에 의하면 그 동안 아버지를 충격에 몰아넣을 만한 어떤 특이한 일도 일어나지 않았다는 것이다. 여느 집처럼 별 탈 없이 무난하게 잘 굴러가는 집이라고. 무엇이 아버지를 저렇게 빈껍데기로 만들었는지 모르겠다고.

"예전의 아버지는 무서울 정도였어요. 엄마나 저희들에게 꽤 엄했거든요. 그러면서도 다정다감했고요."

그녀는 예전이 그립다는 투로 말했다. 그녀가 작은 상에 소주와 멸치를 내왔다.

"아버지 말동무나 하시라고 제가 모시고 왔어요."

그는 딸의 말에도 별 반응을 보이지 않았다. 그리고 말없이 소주를 마셨다. 나 또한 말없이 소주를 따랐다. 말이 없어도 별로 불편하지 않았다. 그는 간간이 신문을 뒤적거렸다. 내가 누구인지도 왜 자신에게 술을 따라 주는지도 묻지 않았다. 어쩌다 가끔 신문에서 읽은 기사를 화제에 올렸다. 그러나 그뿐이었다. 기사에 대해 열변을 토하거나 열띤 토론이 오가지도 않았다. 그냥 "이런 게 있습디다" 정도였다. 술이 다 떨어지자 그는 슬그머니 일어나 방으로 들어갔다. 나는 남은 멸치를 한 줌 집어 들고 자리에서 일어났다. 그를 제자리로 되돌리는 것은 불가능해 보였다. 멸치를 입에 넣고 씹었다.

이튿날 그를 다시 찾았다. 그는 여전히 같은 모습으로 앉아 있었다. 딸이 바둑판을 들고 왔다. 꽤 값이 나가 보였다.

"아버지, 심심하신데 바둑이나 한 판 두세요."

딸이 나에게 눈을 찡긋 감아 보였다. 내 바둑 실력은 어디다 내놓을 만한 것은 못되지만 그래도 동네 바둑 수준은 되었다. 축구로 말하면 조기 축구 정도다. 그를 위해서라면 볼보이도 마다하지 않을 참이었다.

"그러지요. 마침 출출한데 칼국수 내기 어때요?"

　신문에서 눈을 뗀 그가 나를 잠시 쳐다봤다. 무심한 그의 눈빛이 "칼국수 먹고 싶으면 너나 먹어라" 하는 것 같았다.

　"아니, 제가 사겠습니다. 지금 당장 일어나셔도 좋습니다."

　그의 무심한 눈빛에 움찔한 나는 마음에도 없는 말을 쏟아놓았다. 하지만 그는 내 말에 아랑곳 않고 시선을 신문으로 돌렸다. 잘생긴 바둑판도, 그것을 가지고 나온 딸도, 시답지 않게 등장한 칼국수도 모두 뒤통수를 긁으며 물러나야 할 판국이었다. 그에게는 무엇 하나 신문만 한 게 없어 보였다. 그 속에 모든 게 다 있는 듯 보이기도 하고 다 없는 듯 보이기도 했다. 그때 문득 난데없는 장난기가 발동했다. 그의 눈앞에서 신문을 모두 치워버린다면. 집을 나서는 길에 나는 딸에게 은밀히 그 방법을 제시했다. 그녀는 차마 그 일은 못하겠다며 고개를 가로저었다. 얼마 후 그녀에게 전화가 왔다. 막 잠이 들려던 참이었다. 그녀는 다급한 목소리로 말했다.

　"아버지가 사라졌어요."

　"진정해요. 시간을 좀 두고 지켜보자구요."

　"진짜로 사라졌다니까요! 다 그 신문 때문이에요. 엄마가 그나마도 다 끊어버렸거든요."

　잠이 확 깼다. 휴대폰 건너 그녀의 목소리는 거의 울고 있었다. 뭐라 할 말이 없었다. 그녀를 위로해줄 적당한 말이 떠오르지 않았다. 한참 후 겨우 생각해낸 것은 돈을 환불해주겠다는 말이었다. 전화를 끊고 베란다로 나갔다. 담배를 피워 물었다. 그녀를 위로해야 하는지 그녀의 사라진 아버지를 위로해야 하는지. 담배를 힘껏 빨았다. 잠이 오지 않는 나는 컴퓨터 앞에 늦도록 앉아 있었다. 채팅창을 클릭하자 아이디 민달팽이가 들어왔다.

─ 민달팽이도 아주 오래전에는 튼튼하고 견고한 집을 등에 지고 다
녔답니다. 그런데 어느 날부터인가 이 집이 너무 무겁게 느껴지
더랍니다. 그 무게에 짓눌려 죽을 판이었습니다. 그래도 집이 없
으면 안 되지, 하고 안간힘을 다해 집을 지고 다녔습니다. 그러다
가 새끼를 낳았습니다. 작디작은 새끼들 등에도 저마다 투명하
고 얇은 집들이 붙어 있었습니다. 이를 본 어미 달팽이는 그제야
안심이 되었습니다. 이제 집이 없어도 되겠구나. 어미 달팽이는
사력을 다해 집을 떼어놓기 시작했습니다. 살갗이 찢어지고 피
가 흘렀습니다. 마침내 빈껍데기만 남았습니다. 집은 결국 빈껍
데기에 불과했습니다. 이 사실을 깨달은 민달팽이는 그 후로 아
예 집을 짓지 않았습니다. 상처와 굴욕으로 얼룩진 집은 떠올리
기조차 싫은 추억으로 남아 있기 때문입니다.
─ 굴욕이라니요?

누군가가 끼어들었다.

─ 어미 달팽이는 집이 아름다운 성은 못되더라도 견고한 방패막이
는 되는 줄 알았습니다. 그렇게 철썩 같이 믿고 아무리 무겁고 힘
이 들어도 이를 악물고 집을 지고 다녔습니다. 그런데 뭡니까. 보
잘 것 없는 빈껍데기에 지나지 않잖습니까. 이런 굴욕이 또 어디
있습니까.

나는 자꾸 하릴없이 턱을 매만졌다. 치과에서 턱이 빠졌을 때처
럼 난감한 기분이었다.

— 흥! 웃기고 있네. 아예 소설을 써라. 원래 태생이 그런 걸 가지고
  무슨 소리야.

— 님은 낭만이라곤 눈곱만치도 없네요.

— 아직 세상을 덜 살아서 그래요. 그쪽이 이해하시구려.

누군가가 이 모든 상황을 다 지켜보고 있었다는 듯 한마디 툭 던
지고 사라졌다. 나는 한동안 자리를 뜨지 못했다. 어깻죽지가 결렸
다. 손을 뻗어 등을 더듬었다. 딱딱한 등뼈가 만져졌다. 민달팽이
한 마리가 등뼈를 횡단하고 있었다.

그래도
로망이잖아

아침 일찍부터 아내한테 전화가 왔다.

"요새 거기 날씨 어때?"

"응. 꽤 쌀쌀해."

"그럼 아침저녁으로 램프 켜줘야겠네. 안 켜줬지?"

"아직 그 정도는 아니야."

"뭐가 아니야. 벌써 켜줬어야 하는데. 실내온도 확인해봐. 이십오도도 안 되는 거 아니야? 밥 잘 안 먹지?"

"잘 먹어. 어제도 호박 반쪽을 다 먹어 치웠는걸."

이구아나는 온도가 내려가면 스트레스를 받는다. 먹이를 잘 안 먹고 먹어도 소화를 잘 못 시켰다. 온도 조절을 위해서는 사육장 안에 스팟램프를 켜줘야 한다. 아내에게 한 말은 솔직히 거짓말이었다. 이구아나는 어제 사료를 조금밖에 먹지 않았다. 귀찮아서 요즘에는 야채도 잘 주지 않는다. 야채 대신 사료를 먹인다. 아내가 하루에 한 번씩 주던 칼슘제도 몇 번 안 주고 끊은 지 오래다. 칼슘이 부족하면 꼬리가 갈라지고 발육도 부실해진다. 사육장 안의 온도를 점검한 지도 꽤 오래되었다.

"귀찮다고 사료 같은 거 먹이는 건 아니겠지."

"그럼. 당신처럼 매일 신선한 야채를 준다고. 어제는 요기 마트 앞에서 브로콜리를 사왔어."

"웬일로 브로콜리까지. 많이 컸겠다. 그러지 말고 사진 좀 찍어서 보내줘. 얼마나 컸는지 눈으로 확인을 해야지 안심이 될 것 같아."

"알았어."

"대답만 하지 말고. 오늘 당장. 일요일이라 출근 안 하잖아."

일요일이구나. 그것도 모르고 있었다. 아내는 아예 작정을 하고 전화를 한 모양이다. 사진을 찍으려면 목욕도 시켜야 하고 사육장 청소도 해야 하는데.

"피곤해. 나중에 해서 보낼게."

나는 피곤한 척 짜증 난 목소리로 말했다.

"그래. 내가 당신 피곤한 거 생각을 못했네. 미안. 그럼 오늘 말고 며칠 내로 부탁해. 피곤할 텐데 쉬어."

아내가 전화를 끊으려고 하는 찰라 말을 가로챘다.

"애들은? 잘 있지? 당신도 잘 있고?"

"응. 다 잘 있어. 밥 잘 먹고 다니는 거지? 된장이랑 고추장이랑 다 떨어졌을 텐데."

"아직 있어. 내 걱정은 하지 마. 알아서 먹어."

1502호 여자가 준 된장이 냉장고 구석에 그대로 처박혀 있었다.

"일은 힘들지 않아?"

"괜찮아. 할 만해. 그래도 라몬을 두고 와서 마음이 놓여."

"그게 무슨 소리야?"

"당신 혼자만 두고 왔으면 좀 그럴 텐데. 걔가 있어서 마음이 놓
인다 이 말이야."

아내가 희미하게 웃었다.

"그 반대 아니야? 이구아나 옆에 내가 있어서 마음이 놓이는 거
아니냐고."

"아무튼. 둘이라서. 혼자보다는 낫잖아."

아내는 유쾌하게 웃다가 전화를 끊었다. 전화를 끊은 후에도 아
내의 웃음소리가 들리는 것 같아서 한동안 전화기를 내려놓지 못
했다. 정말 오래간만에 들어보는 아내의 웃음소리다. 그녀는 잘 살
고 있는 듯이 보였다. 다행이다. 그 먼 곳에 가서 잘 못 살고 있으면
그것도 마음 아픈 일이다. 내가 없어도 별 문제 없이 잘 꾸려가고
있는 것 같았다. 그런데 마음이 가볍지만은 않았다. 한구석이 무거
웠다. 아내와 아이들에게서 차츰 잊혀지고 있는 것은 아닐까. 이구
아나보다 덜 보고 싶은 존재가 되어가고 있는 듯했다. 아내는 이구
아나 사진은 재촉하면서 내 사진 따위는 안중에도 없었다. 이구아
나에게 순위를 빼앗긴 걸까. 가만히 생각해보면 이구아나가 우리
집에 들어오면서부터 내 순위는 그 다음으로 자연스럽게 밀려났
다. 차라리 파충류로 태어날 것을. 아내 전화를 받고 나면 기분이
씁쓸했다.

이불 속에서 뒹굴다가 오후 늦게야 일어났다. 아내 말이 떠올랐

다. 거실로 나갔다. 이구아나는 추운지 바닥에 몸을 바싹 붙이고 꼼짝도 하지 않았다. 사육장에는 배설물이 지저분하게 널렸다. 욕조에 미지근한 물을 받아놓고 이구아나를 조심스럽게 들어올렸다. 녀석이 눈을 이리저리 굴렸다. 날카로운 발톱이 손등을 긁어댔다. 소름이 끼쳤다. 하마터면 이구아나를 바닥에 떨어뜨릴 뻔했다. 손에 힘을 주어 이구아나를 움켜쥐었다. 녀석도 발톱에 힘을 주었다. 손이 얼얼했다.

"절대 지면 안 돼. 그러면 녀석이 깔봐. 자기보다 약한 놈이라고."

처음으로 녀석을 품에 안았을 때의 일이다. 녀석이 낯가림을 하는지 지금처럼 발톱을 세우고 공격 태세를 취했다. 당황한 나는 어쩔 줄을 몰라 했다. 쩔쩔매는 내가 안돼 보였는지 옆에서 아내가 코치를 했다. 다행히 아내 덕분에 가까스로 이구아나를 제압했다. 그 후론 이구아나가 더 싫어졌다. 도무지 정이 안 가는 녀석이다.

욕조에 들어간 이구아나는 스르륵 눈을 감았다 떴다. 잠이 오는 모양이다. 화장실 문을 닫고 거실로 갔다. 장갑을 끼고 사육장 청소를 시작했다. 배설물을 치우고 물로 씻어냈다. 이제 사육장은 놈에게 비좁다. 아내라면 벌써 큰 것으로 바꾸어주었을 것이다. 청소를 마치고 화장실로 갔다. 문을 연 순간 텅 빈 욕조가 눈에 들어왔다. 있어야 할 이구아나가 보이지 않았다. 그러나 곧 수납장 위에 떡하니 올라가 앉아 있는 녀석을 금세 발견할 수 있었다. 이구아나는 원래 높은 곳을 좋아하는 습성이 있다. 녀석이 사라지면 높은 곳부터 살펴볼 일이다. 이것도 아내가 가르쳐준 상식이다.

수납장 위에 꼬리를 늘어뜨리고 앉아 있는 이구아나는 화장실을 장식하기 위한 조형물 같았다. 나는 욕조를 딛고 올라섰다.

"괜찮아. 이리 와."

녀석을 향해 천천히 손을 뻗었다. 마땅히 피할 곳을 찾지 못한 녀석을 손쉽게 손에 넣었다.

"목욕하자."

이구아나를 다시 욕조 속에 집어넣었다. 녀석은 고분고분 물속으로 들어갔다. 아기를 다루듯 한 손으로는 배를 받치고 다른 한 손으로 등을 살살 문질렀다.

"어머 얘 좀 봐. 좋은가 봐. 등에 푸른빛이 짙어져."

아내 호들갑에 어깨 너머로 이구아나를 들여다보았다. 물속에 들어가기 전이나 들어간 후나 푸른빛의 농도는 별 차이가 없었다. 내가 보기에는 그랬다.

"뭐가 어떻다고 그래. 그게 그거네 뭐."

"마음의 눈으로 봐야지. 이게 어떻게 똑같아?"

아내는 마음의 눈 어쩌고 하며 푸른 이구아나의 등을 연신 쓰다듬었다. 아내 눈에는 푸른빛이 짙어졌다가 흐려졌다가 하는 듯했다.

목욕을 마치고 마른 수건으로 물기를 닦아주었다. 그래도 푸른빛은 변함이 없었다.

사육장에 이구아나를 집어넣고 사진기를 꺼내왔다. 이구아나는 아예 눈을 감아버렸다. 졸음이 오는 듯했다.

"여기를 봐."

이구아나는 좀처럼 눈을 뜨지 않았다. 손으로 이구아나를 툭툭 쳤다. 놀란 녀석이 몸을 일으켰다. 이때다. 찰칵 셔터를 눌렀다. 녀석이 사진 찍는 것을 눈치라도 챈 것일까. 그다음부터는 알아서 포즈를 취했다. 꼬리를 치켜세웠다가 몸을 납작하게 엎드렸다가 부조물 위로 비스듬히 올라갔다가 했다. 녀석을 따라 열심히 셔터를 눌렀다. 호흡이 척척 맞았다. 아내가 봤으면 감탄을 했을 것이다. 파인더 속의 녀석은 꽤 멋졌다. 몸통 전체를 물들이고 있는 푸른빛은 그냥 봤을 때와 사뭇 느낌이 달랐다. 신비로움을 넘어 황홀하기까지 했다. 징그럽다고 느낀 생김새도 파인더 속에서는 훌륭한 한 마리 생물체로 다가왔다. 아내는 나 몰래 파인더 속의 녀석 모습을 들여다보기라도 한 것일까. 한참 동안 파인더 속을 들여다보았다.

사진은 예상보다 잘 나왔다. 그중에 가장 나은 놈으로 여러 장 골라 아내에게 보냈다. 떼어놓고 온 아이를 만난 것처럼 기뻐하리라. 내가 없는 새 이렇게 많이 자랐구나. 건강해 보여서 고맙구나. 정말 대견하구나. 보고 싶구나. 그리고 미안하구나. 새로운 사진을 클릭할 때마다 한마디씩 쏟아놓을 아내 모습이 눈에 선했다. 말미에 내 사진을 한 장 첨부할까 하다가 그만두었다. 모처럼 밀려올 아내의 감동을 훼방 놓고 싶지 않았다.

도대체 먹이를 주긴 주는 거야? 사료만 먹이는 건 아니겠지. 너무 말랐잖아. 전보다 별로 안 컸어. 혹시 어디 아픈 건 아니야? 시간 내서 병원에 데리고 가봐. 아무래도 마음이 안 놓여. 달걀을 삶아서 흰자만

먹여. 단백질을 보충해야겠어.

이구아나 사진을 받은 아내가 답신을 보내왔다. 내 사진을 첨부하는 게 옳았는데. 후회가 되었다. 내 사진을 봤어도 아내가 이런 반응을 보였을까. 가슴이 답답했다. 화도 분노도 아닌 야릇한 감정이 명치를 치고 올라왔다. 서글픔도 쓸쓸함도 아니었다. 그것은 두려움에 가까웠다. 근원을 알 수 없는 불안감 같은 게 밀려왔다. 입 속에 구멍을 지니고 사는. 혓바닥이 저절로 구멍 있는 데로 향했다. 이제는 구멍처럼 느껴지지도 않는 구멍이 여전히 존재하고 있었다.

집을 나와 마트로 향했다. 편의점에는 이구아나가 먹을 수 있는 신선한 야채 따위는 팔지 않았다. 야채를 구하기 위해서는 마트에 가야 했다. 마트로 가는 길 주머니 속의 휴대폰이 부르르 떨렸다.

고운이 치과입니다. 김승주 님 방문 날짜가 많이 경과되었습니다. 미리 전화 주시고 방문해주시면 감사하겠습니다.

치과에서 또 문자가 왔다. 저만치 마트가 보였다. 천천히 삭제 버튼을 눌렀다.

카트 손잡이를 움켜쥐었다. 고개를 사십오 도로 한 채 카트를 밀고 마트를 누볐다. 우선 이구아나가 먹을 수 있는 야채를 샀다. 애호박, 오이, 무, 상추, 양배추, 브로콜리. 보이는 대로 야채를 주워 담았다. 그리고 소주 두 병을 더 샀다.

이구아나는 내가 소주 한 병을 채 비우기도 전에 오이 하나를 거의 다 먹어 치웠다. 오이를 다 먹은 녀석이 나를 쳐다보았다. 마치 소주 한 잔을 달라는 것처럼 보였다. 아내 말대로 이구아나가 있어서 그나마 다행인가. 문득 녀석이 친밀하게 다가왔다. 같이 소주잔이라도 기울이면 더없이 좋을 텐데. 술기운이 몸 구석구석으로 퍼졌다. 나른한 졸음이 몰려왔다. 이구아나가 흐릿하게 멀어졌다. 그래도 로망이잖아. 나는 잠꼬대 아닌 잠꼬대를 중얼거렸다.

비굴함을
팝니다

진우를 기억해내는 건 어렵지 않았다. 아버지를 대신해 담임선생님을 만나 달라던 대범하면서도 소심했던 그 아이는 내 머릿속에 오래 남아 있었다. 진우에게서 또 연락이 왔을 때 설마 그 애가 나를 또 찾으리라고는 생각하지 못했다. 뜻밖의 소식에 우선 반가움이 앞섰다. 인창이나 인석이를 보는 것 같아서였는지도 모른다. 진우는 겨우 겨우 입을 떼는 듯 작은 소리로 말했다.

"아저씨, 부탁을 또 해도 되지요?"

"이번에도 학교니?"

"네. 담임선생님을 한 번만 더 만나주세요."

수화기 저편에서 가는 한숨이 들렸다.

"그거야 어렵지 않지만."

"부탁이에요. 이번이 마지막이에요."

진우는 다급한 목소리로 애원했다. 전과는 상황이 다른 듯했다. 거절해서는 안 될 것 같은 위급함이 서려 있었다.

"무슨 일인데? 또 성적 때문이니?"

"아니요. 다른 문제에요. 잠깐만요."

옆에 누군가가 있는 것 같았다. 잠시 후 진우 목소리가 아닌 젊은 남자 목소리가 들려왔다.

"누구신가요?"

"사장님 비서되는 사람입니다. 진우군 보호자라고도 할 수 있지요."

목소리가 굵은 젊은 남자는 예의가 발랐다.

"보호자요?"

그렇다면 굳이 나를 찾는 이유가 뭐지.

"지난번에도 신세를 진 거로 알고 있는데 이거 인사가 늦었습니다. 일단 만나뵙고 말씀드리겠습니다."

초가을의 한강변은 바람이 찼다. 여기저기 운동복 차림의 사람들이 눈에 띄었다. 무슨 드라마를 찍는 것도 아니고. 좋은 데 다 놔두고 굳이 이런 곳에서 만나는 건 또 뭐람. 찬바람이 옷깃을 파고들었다. 몸을 잔뜩 움츠리고 주위를 둘러보았다. 어디에도 진우 비슷한 학생은 보이지 않았다. 그때 저쪽에서 검은 승용차 한 대가 미끄러지듯 굴러오더니 내 앞에서 멈추어 섰다. 운전석에서 검은 양복을 차려 입은 젊은 남자가 내렸다. 남자는 재빨리 뒷문 있는 곳으로 다가와 공손히 문을 열었다. 열린 문으로 누군가가 내렸다. 진우였다.

"진우야!"

"아저씨!"

진우가 나를 알아보고 인사를 했다.

"아니 이게 어떻게 된 일이야?"

진우는 다리에 붕대를 감고 목발을 짚고 있었다. 걷기도 불편해 보였다. 발을 옮길 때마다 옆에서 젊은 남자가 부축을 했다.

"괜찮아요. 인사하세요. 제가 말씀드린 아저씨예요."

젊은 남자가 허리를 숙여 인사를 했다. 나도 얼떨결에 고개를 숙였다.

"사장님께서 부탁을 하셨습니다. 수고비는 섭섭지 않게 드리겠습니다."

"아저씨하고 할 이야기가 있어요. 한 시간 후에 데리러 오세요."

젊은 남자는 허리를 한 번 더 숙여 인사를 하고 차에 올랐다. 차가 멀어지자 진우가 걸음을 옮겼다. 나는 주변 벤치 있는 곳으로 진우를 부축해갔다.

"재수가 없었어요. 문제가 커졌어요. 학교를 그만두게 될지도 몰라요. 아빠는 어떻게 해서든지 그것만은 막아보려고 하는데. 아마도 방법을 못 찾은 것 같아요. 제발 학교를 그만두고 싶어요. 학교에 아빠의 존재가 알려지면 일이 저절로 해결될지도 몰라요."

"그게 무슨 소리야?"

"아빠는 깡패예요. 깡패 두목. 밖에서는 사장님이라고 부르지요. 엄마는 그런 아빠 때문에 손목을 그었어요."

진우는 예전에 봤던 모습과 달라져 있었다. 어느 게 본래 모습인지는 알 수 없었다.

"깡패 아들이 깡패 짓한 게 뭐 부끄러운 일이라고 이 난리인지 모르겠어요. 아빠가 저를 끔찍이 생각하는 것은 알아요. 그래서 지난번에도 아빠를 대신해 아저씨를 부른 거고요. 물론 제가 꾸민 일이지만 그렇게 할 수밖에 없었어요. 아빠가 깡패라고 이야기할 수도 없고 사장님이라고 말할 수도 없었어요."

진우는 차분하게 말을 이어갔다. 전에 보지 못한 나이답지 않은 성숙함이 묻어났다.

"그래. 이번에 내가 할 일은 뭐니?"

"지난번처럼 담임선생님을 만나서 일을 처리하시면 돼요."

"일?"

"잘못했다고, 자식을 잘못 키워서 죄송하다고 뭐 그렇게 빌어야겠죠. 죄송해요. 아저씨."

진우는 진심으로 죄송하다는 듯 내 손을 잡았다.

"그게 다야?"

"아마 전학 처리가 될 거예요. 그나마 다행이라고 생각하고 있겠지요. 아빠는. 미리 무슨 수를 썼을 거예요. 그렇지 않고 이런 선에서 끝날 리가 없어요. 겉으로는 학칙대로 처리하는 것처럼 보일 거라나. 젠장, 아주 확 뒤집어엎을 걸 그랬나 봐요."

진우는 돌아서서 먼 곳을 바라보았다. 한참을 그러고 서 있었다. 그의 뒷모습은 전장에서 돌아온 패잔병 같았다. 괜히 마음이 시렸다.

정확히 한 시간 후 승용차가 돌아왔다.

"가 볼게요. 그럼 다음에 또 봬요."

진우를 태운 승용차가 멀어졌다. 깡패의 아들과 사장님의 아들 중 어떤 것이 더 잘 어울릴까. 나는 벌써 만나지도 않은 진우의 담임을 떠올리고 있었다. 어떻게 해야 최대한 비굴해 보일까.

학교로 향하는 발걸음은 무거웠다. 왜 사장님이 직접 찾지 않고. 이런 일을 꾸미는 진우 아버지가 못마땅했다. 나라면 깡패가 아니라 그보다 더한 위치에 있어도 아들이 보는 앞에서 버젓이 아버지를 사지는 않을 테다. 아니다. 어쩌면 이것이 아들을 위한 최선의 일인지도 모른다. 두 가지 생각이 팽팽히 맞섰다. 어느 게 옳은 것인지 판단이 서지 않았다. 진정으로 아들을 위하는 일이란 옳고 그름의 잣대로 젤 수 없는, 그런 시대에 살고 있다는 사실만은 부정할 수 없었다. 나라면 어떻게 했을까 따위는 부질없는 질문인지도 모른다. 나 역시 아버지를 팔고 있지 않은가. 철저하게 객관적인 입장에서 내게 주어진 임무만 완수하면 되는 것 아닌가. 도덕성이니 부성이니 그런 것을 따질 계제가 못되었다. 그래도 자꾸 그런 쪽으로 생각이 기울었다. 멀리 있는 두 아들 때문이었을까.

안면이 있는 담임선생님은 냉담한 표정으로 나를 맞았다.

"실망이네요. 진우가 이 정도인지는 몰랐어요."

"죄송합니다."

"도와드릴 방법이 없네요. 일을 워낙 크게 벌려놔서요. 학칙대로 처리하는 수밖에 없습니다."

"정말 죄송합니다. 다 이 애비가 잘못 가르쳐서. 면목이 없습니다. 잘 좀 봐주십시오."

말을 하면서도 무엇을 잘 봐 달라는 건지 나조차도 헷갈렸다. 나는 최대한 비굴하게 보이려고 애를 썼다. 지난번과 달리 담임선생님은 낮은 목소리 톤을 유지했다. 일은 다 끝났는데 뭣 하러 왔느냐는 투였다.

"전학에 대한 업무는 서무실에서 처리해주실 겁니다."

"감사합니다."

"그럼 이만."

내 말이 끝나기도 전에 담임선생님이 먼저 일어났다. 비굴함의 극치였다.

"감사합니다."

뭐가 감사한지도 모른 채 감사하다는 말만 되풀이했다. 그렇게 해야 될 것만 같은 분위기였다. 어색해하기는 담임선생님도 마찬가지였다. 어떻게든 빨리 상황을 종료하고 싶어하는 눈치였다. 무엇에 쫓기듯 교실을 빠져나왔다. 서무실에 들러 바삐 운동장을 가로질렀다. 이번에도 아버지가 해야 할 일은 별로 없었다. 담임선생님을 굳이 만나야 할 이유도 없었다. 단지 예의상 인사를 하는 정도였다. 나는 아버지를 파는 일에 점점 능숙해지고 있었다.

농담

아버지는 농담을 잘했습니다. 밥을 먹으면서 길을 가면서 운전을 하면서 텔레비전을 보면서 줄곧 농담을 했습니다. 나중에는 어느 게 진담이고 어느 게 농담인지 헷갈릴 정도였습니다. 어느새 우리에게는 아버지의 말을 들을 때마다 '이건 농담이야' 혹은 '이건 진담이야' 하고 구별하는 버릇이 생겼습니다.

"아빠는 너희들과 있을 때가 가장 행복해."

모처럼 외식으로 감자탕을 먹고 있는 우리들을 둘러보며 아버지는 행복한 웃음을 지었습니다. 언니가 손가락으로 내 허벅지를 쿠욱 찔렀습니다.

'농담이야.'

언니의 눈빛이 그렇게 속삭였습니다.

"여기 감자탕 정말 맛있네."

아버지가 김이 설설 나는 감자를 반으로 쪼개며 말했습니다. 언니가 또 내 허벅지를 찔렀습니다.

'진담이야.'

'아니야. 농담이야.'

나는 언니의 옆구리를 쿡 찔렀습니다. 그 집 감자탕은 별로였으니까요. 감자는 너무 물렀고 고기에서는 냄새가 났습니다.

'진담이래도.'

언니가 큼직한 뼈다귀를 입에 문 채로 나를 째려봤습니다.

'농담이라니까.'

나도 질세라 두 눈을 모아 언니를 흘겨봤습니다.

"어휴, 우리 공주님들 감자탕 잘 먹네. 많이 먹어."

아버지 말이 떨어지기 무섭게 언니가 허벅지를 찔렀습니다.

'진담이야.'

'응. 진담이야.'

나도 고개를 끄덕였습니다. 그건 진담이었습니다. 아버지는 정말로 우리를 사랑했으니까요. 모처럼 언니하고 의견이 맞았습니다. 언니와 나는 각자 옆에 있던 물 컵을 들고 맞부딪쳤습니다. 말하자면 우리식 건배를 한 거지요. 낄낄 터지는 웃음을 참아가며 감자탕을 먹었습니다.

세월이 흘렀습니다. 수많은 농담과 진담을 가려가며 언니와 나는 서로의 허벅지와 옆구리를 찔러댔습니다. 정확하진 않지만 단연코 농담이 우세했습니다. 아버지는 언제나 껄껄 웃으며 "농담이야" 입버릇처럼 말했습니다. 그것이 훗날 우리 가족을 힘들게 할 줄은 꿈에도 몰랐습니다. 아버지에게 여자가 생겼습니다. 그것도 엄마보다 더 젊고 예쁜 여자가 말입니다. 그 여자도 아버지의 농담에 홀딱 반했나 봅니다. 엄마는 수면제라도 모으고 있는 중인지도 모릅니다. 내색은 안 했지만 아예 체념을 한 듯했습니다. 언니는 더 이상 내 허벅지를 찌르지 않습니다. 자기 방에 틀어박혀서 나올 생각을 안 합니다. 언니가 내 허벅지를 찌르며 "농담이야"라고 말해주기를 기다리지만 언니는 막무가내입니다. 진담인지 농담인지 언니도 아직 판단이 서지 않은 모양입니다. 나도 마찬가지입니다. 진담인지 농담인지 모르겠습니다. 아버지가 웃으며 "농담이었어" 하고 들어오기를 바랄 뿐입니다.

그런데 어제 모든 게 진담이라는 사실을 알게 되었습니다. 아버지가 엄마에게 이혼을 요구했습니다. 결혼이나 이혼을 농담으로 할 리는 없지 않습니까. 혹시 모르지요. 그보다 더한 농담도 있을지. 하지만 이번 일은 명백한 진담이었습니다. 그럼 엄마와의 결혼생활은 농담이었을까요. 엄마를 사랑한 것도 농담이었구요? 아버지를 빌리기로 한 것은 그 때문입니다. 배신감. 아버지는 우리에게 한낱 농담에 지나지 않았다는 것을. 순전히 우리 자신을 위로하기 위한 겁니다. 이 무슨 소용이 있겠습니까마는 그래도 조금이나마 위안이 되지 않을까 해서요. 아버지는 우리에게 너무 거대한 농담이었으니까요.

— 아버지를 빌려서 무엇에 쓸 작정입니까?
— 그냥 낯선 사람을 아버지라 생각하고 함께 감자탕을 먹고 싶어요.
— 그럼, 감자탕 한 번만 먹으면 되는 건가요?
— 네. 가끔 만나서 감자탕을 먹어요. 아버지와 딸처럼.
— 후회하실 텐데요.
— 왜죠?

─ 그런다고 아버지가 농담이 될까요?

─ 안 되면 그렇게 만들어야죠. 감자탕 열 번을 먹어서라도.

그녀는 막무가내였다. 졸지에 감자탕을 먹게 생겼으니 내 입장
에서야 나쁠 건 없었다. 문제는 그녀들이었다. 그런다고 아버지가
농담처럼 느껴질까. 아버지와 딸의 관계가 농담이 될 수 있을까.
아무튼 재미있는 의뢰였다. 세상에는 내가 알지 못하는 재미있는
일들이 의외로 널렸다. 그런데 이런 게 재미인가. 내 마음은 금세
뒤집어졌다. 재미라고 하기에는 슬픈 가족사다.

감자탕집은 대청마루가 넓은 한옥이었다. 그녀가 가족들과 가
끔 들르던 곳이다. 그녀는 인창이보다 두어 살 더 먹었다 뿐이지
아들과 어울릴 법한 발랄한 대학생이다. 희고 작은 얼굴 어디에도
그늘이라고는 찾아볼 수 없었다. 그녀는 혼자 나왔다.

"언니는 나오고 싶지 않대요."

언니와 함께 오지 못한 것이 못내 아쉬운 듯 그녀가 먼저 입을
열었다.

"아마도 농담을 즐길 기분이 아닌가 봐요."

그녀가 농담을 하듯 가볍게 웃었다. 처음 만나는 사이인데도 전
혀 어색해하거나 부담스러워하지 않았다. 그렇다고 필요 이상으
로 친절하거나 상냥한 것도 아니었다. 적당히 상대방이 불쾌감을
느끼지 않을 정도로 친절하고 상냥했다. 그녀는 영리해 보였다. 타
협의 적정선을 잘 터득하고 빠르게 대처하는 듯했다. 돌아선 아버
지를 원망하며 기다리기보다는 그 사실을 그대로 받아들이고 나

름대로 새로운 아버지를 만들어가고 있었다. 그게 바로 아버지 빌리기였다.

"아버지하고 연배가 비슷하신 것 같아서 다행이에요. 굉장히 늙은 아버지가 나올까 봐 조금 걱정했는데."

그녀가 물을 따라 주며 익살스런 표정을 지었다.

"늙은 아버지는 싫어요?"

"말씀 놓으세요. 그럼 아버지 같지가 않아요. 늙은 아버지는 오래 만나지 못할까 봐서요. 나이가 들면 아픈 데가 많잖아요. 그래도 젊은 게 좋잖아요. 아니 그렇게 젊지도 않고 딱이예요. 제가 상상했던 거와 거의 일치해요."

그녀는 조잘조잘 떠들었다. 나는 가끔 그녀 말에 고개를 젖히고 웃기까지 했다. 누군가 옆에서 지켜봤다면 마치 재미있는 농담을 주고받는 부녀지간처럼 느꼈을지도 모른다. 그녀는 귀여웠다. 우리가 떠드는 사이 감자탕이 끓었다. 그녀가 그릇에 감자탕을 덜어 내 쪽으로 드밀었다.

"많이 드세요."

푸짐한 감자탕은 맛있었다. 그녀도 열심히 먹었다.

"궁금한 게 있는데요. 왜 이런 일을 하세요?"

뜨거운 감자 한쪽을 막 입에 넣으려던 순간이었다. 나는 감자를 다시 내려놓았다. 갑자기 마땅한 대답이 떠오르지 않았다. 치과에 갔다가 턱이 빠진 이야기를 해줄 수도 없고 고층 건물에서 추락하는 인부를 목격한 것을 말할 수도 없고 다니던 회사에 그만 나가게 되었다는 사실을 설명할 수도 없었다. 그 모든 일을 말한들 이해는 할까. "이게 나의 로망이야"라고 말하면 고개를 끄덕여줄까. 감자

한쪽 귀퉁이를 젓가락으로 으깨며 적당한 답을 찾고 있었다.

"대답 안 하셔도 돼요."

"로망이야."

나도 모르게 말이 튀어나오고 말았다.

"로망 때문에 이런 일을 하신다구요?"

"그래. 못 믿겠지만 이게 나의 처음이자 마지막 로망이야."

"피~ 거짓말. 농담이지요?"

"믿고 싶지 않으면 안 믿어도 돼."

나는 감자를 한입에 먹어버렸다. 한동안 침묵이 흘렀다. 숟가락질 소리만 조용히 오고 갔다. 그녀가 이윽고 입을 열었다.

"아버지도 로망이었을까요. 설마 농담이겠지요."

"글쎄."

"농담일 거예요. 아니 아무래도 상관없어요. 전 이미 농담을 즐기기 시작했으니까요. 아저씨 같은 사람이 있어서 우리나라가 좋은 나라예요. 아세요?"

가라앉은 분위기를 띄우기 위해 그녀는 정말로 농담을 했다. 그녀 말대로 나중에는 어느 게 진담이고 어느 게 농담인지 알 수 없을 지경이었다. 그것을 구분 짓는 것조차 쓸데없는 일로 느껴졌다.

"로망이라? 누가 감히 이런 로망을 꿈꾸겠어요. 멋져요."

"그렇게 멋있는 일이 절대 아니야. 뭐 그렇게 추켜세울 것까지 없다고."

"그래도 나름대로 로망이라고 믿고 있잖아요. 안 그래요?"

"그건 그렇지. 누구나 로망 하나쯤 꿈꾸고 있을 테니까."

그건 맞는 말이었다. 내가 로망이라고 믿으면 로망인 것이었다.

로망에 어떤 철칙이나 규정이 있는 것은 아니었으니까. 그런데 나는 나의 로망을 제대로 즐기고 있긴 한 건가. 돼지 뼈에 붙은 살점을 발라 먹으며 새삼 의구심이 들었다.

　그 후로 몇 번 더 그녀와의 저녁 식사가 이어졌다. 그녀의 언니는 끝내 나오지 않았다. 그녀의 아버지와 엄마는 이혼을 했고 엄마는 시골 어느 작은 암자로 들어갔다고 했다. 언니는 곧 유학을 떠나고 졸업을 앞둔 그녀는 취업 준비에 여념이 없었다. 그녀는 처음보다 더 명랑하고 밝아졌다. 그녀의 스물두 번째 생일 날 그녀에게 예쁜 손수건을 선물했다.
　"뭐예요? 아빠 노릇 그만 하시겠다는 건가요?"
　"아직도 아버지가 농담처럼 생각돼?"
　"꼭 대답해야 돼요?"
　"하기 싫으면 안 해도 돼."
　"어느 땐 농담이 되었다가 또 어느 땐 안 그래요. 아무래도 아저씨하고 더 열심히 감자탕을 먹어야 될라나 봐요."
　그녀의 목소리가 떨렸다.
　"결혼할 때 오실 거지요? 가끔 농담처럼 만나서 농담처럼 밥을 먹고 농담처럼 떠들다가 가요. 이 모든 게 농담이었으면 좋겠어요."
　그녀가 다시 활짝 웃었다.
　"자주 놀러 갈게요. 문전 박대나 하지 마세요."
　그녀는 하루가 멀다 하고 사이트에 들어와 쫑알쫑알 떠들다가 돌아갔다. 둘 다 약속이나 한 듯 '아버지' 이야기는 꺼내지 않았다.

무궁한 발전을
기원합니다

샤워를 하고 나오니 부재중 전화에 낯익은 번호가 찍혀 있었다. 그것도 무려 다섯 통이나. 정 과장이다. 그동안 정 과장을 잊고 있었다. 아니 일부러 피했다. 그는 이제 나와 같은 편이다. 같은 입장이라는 말이다. 무엇을 하며 어떻게 지내고 있는지 가끔 궁금하지만 내 처지를 전혀 모르고 있는 정 과장이 아직은 불편하다.

걸어? 말아? 몇 번을 망설이는 사이 다시 전화벨이 울렸다.

"왜 이렇게 바빠요!"

정 과장 목소리는 나쁘지 않았다.

"응. 좀 일이 있어서."

"형님, 내일 가게 오픈합니다! 오실 거지요?"

이게 무슨 뚱딴지같은 소린가. 가게라니. 어디서 술이나 퍼 마시고 있을 줄 알았는데. 그새 창업 준비를 했다는 말인가.

"그게 무슨 소리야? 가게라니?"

"아, 형님도. 그럼 처자식 손가락 빨고 앉아 있게 놔두란 말입니까. 탈탈 털었어요. 콧구멍만 한 치킨집이에요. 마장동에 오셔서 전화주세요. 내 쌩하고 달려 나갈 테니까. 그럼 내일 봅시다!"

"아니, 이……."

말이 끝나기도 전에 전화가 끊겼다. 무지 바쁜 모양이었다. 정 과장과 치킨집. 아무리 연결을 시키려고 해도 그림이 그려지지 않았다. 매일 책상 앞에 앉아서 컴퓨터와 씨름을 하던 정 과장이 닭다리를 튀긴다? 출출한 속을 달래기 위해 냉장고를 열었다. 마땅히 먹을 게 없었다. 시리얼을 먹을까, 컵라면을 먹을까. 나는 잠깐 동안 고민에 빠졌다. 그 와중에서도 닭다리를 튀기는 정 과장 모습이 떠올랐다. 컵라면을 꺼내 뜨거운 물을 부었다. 손바닥으로 뚜껑을 누르고 라면이 익기를 기다리는 삼 분 동안에도 닭다리를 튀기는 정 과장의 모습을 온전하게 그려내지 못했다. 닭다리 대신 자꾸 덩치 큰 컴퓨터가 그려졌다. 자칫 잘못하다가는 컴퓨터를 기름에 튀겨낼 뻔했다. 뚜껑을 벗기고 라면을 먹기 시작했다. 닭다리를 튀기든 컴퓨터를 튀기든 아무튼 다행이었다. 나처럼 아버지를 팔지 않는 것만 해도 어디야. 덜 익은 라면이 이 빠진 구멍에 가 끼었다. 혓바닥으로 라면 가닥을 빼냈다. 금세 또 박혔다. 컵라면 하나를 다 먹을 때까지 구멍은 라면 가닥으로부터 자유롭지 못했다.

전철을 타고 마장역에서 내렸다. 그래도 명색이 가게 오픈 하는데 빈손으로 갈 수는 없었다. 마침 지하도에 꽃집이 보였다. 아내와 연애하던 시절 몇 번 들러 본 것을 제외하곤 꽃집은 처음이었다. 주인 여자의 도움으로 작은 화분 하나를 골랐다.

"뭐라고 쓸까요? 축 번창? 아니면 무궁한 발전을 기원합니다, 는 어때요?"

주인 여자가 리본에 쓸 말을 주문했다.

"예. 그게 좋겠네요."

"무궁한 발전을 기원합니다?"

주인 여자가 동의를 구하듯 눈을 동그랗게 뜨고 쳐다봤다.

"네."

주인 여자가 분홍색 리본에 글씨를 써내려갔다. 무궁한 발전을 기원합니다. 화분을 들고 출구를 나와 정 과장에게 전화를 걸었다.

"아, 오셨군요. 삼 분 내로 나가겠습니다!"

주위를 둘러보았다. 어디를 봐도 삼 분 내로 올 만한 거리에 치킨집 따위는 눈에 띄지 않았다. 그때 마침 길 맞은편에서 탈탈거리는 오토바이 소리가 들렸다. 정 과장이었다. 정확히 딱 삼 분이었다.

"타세요."

얼떨결에 오토바이에 올라탔다.

"꽉 잡으십시오. 갑니다!"

오토바이가 움직이기 시작했다. 한 손으로는 정 과장의 옷자락을 잡고 다른 한 손으로는 화분이 든 봉지를 움켜쥐었다.

"오토바이는 언제 배웠어?"

"안 들려요!"

"치킨집 말이야."

정 과장 등 뒤에 대고 소리를 질렀다. 화분이 든 봉지가 바람에 펄럭였다.

"이판사판입니다. 뭐라도 해야지요. 어쩌겠어요."

덩치가 크고 뚱뚱한 정 과장의 등판은 생각보다 넓지 않았다. 찬바람이 머릿속까지 들어왔다. 오토바이는 좀 달리는가 싶더니 곧 멈춰 섰다. '꼬꼬마 치킨'. 색색가지 풍선으로 만든 아치 앞에서 배꼽을 다 드러낸 행사 도우미들이 시끄러운 음악에 맞추어 율동을 하고 있었다. 가게 앞에는 몇 개의 화환과 화분이 역시 무궁한 발전을 기원한다느니 축 발전이라느니 하는 비슷한 문구가 쓰인 리본을 달고 손님을 맞았다. 들고 온 화분을 그 옆에 슬그머니 내려놓았다. 또 하나의 무궁한 발전이 보태졌다. 가게 안은 그리 넓지 않았다. 이렇게 작은 데서 뭘 하나 싶을 정도로 비좁았다. 정 과장 말대로 콧구멍만 했다. 비좁은 실내는 북적대는 손님과 연신 뿜어대는 기름 냄새로 꽉 찼다. 정 과장이 부인을 인사시켰다. 그녀는 우스꽝스런 닭 캐릭터가 그려진, 어울리지 않는 검은 앞치마를 두르고 머리에는 빨간색 베레모를 쓰고 있었다. 그녀 자체가 하나의 캐릭터 같았다. 나는 정 과장이 마련해준 구석 자리에 엉덩이를 걸쳤다. 가게가 워낙 옹색해서 온전히 바르게 자리를 잡고 앉아 있기에도 미안했다. 정 과장은 밀려드는 손님을 맞느라고 정신이 없었다. 한참 후에 정 과장이 튀겨진 닭다리와 생맥주 한 잔 그리고 콜라를 내왔다.

"큰일 했어."

"두고 봐야 알지요. 여기에 몽땅 다 털어 넣었는데."

정 과장이 콜라를 들이켰다. '오 해피데이'에서의 모습은 찾아볼 수 없었다. 뭔가 새로운 인생을 시작하는 사람의 냄새가 풍겼다.

"부장님, 아니 형님은 어떻게 지내세요?"

뭘 해먹고 사느냐는 질문이었다.

"나야 뭐 만날 그렇지."

차마 아버지를 팔고 있다고. 나도 엄연한 사업을 하고 있다고. 입이 떨어지지 않았다. 솔직하게 말을 한들 정 과장이 그 사실을 믿어줄까도 의심스러웠다. 다행히 정 과장은 더 이상 묻지 않았다.

"이거 잘되면 형님도 체인점 하나 내요. 이게 우습게 보여도 잘되기만 하면 괜찮을 것 같아요."

잘되기만 하면 안 괜찮은 게 또 어디 있겠는가. 생맥주 한 잔을 마시고 밀려드는 손님을 핑계로 자리에서 일어났다. 부인이 웃으며 인사를 했다. 다시 봐도 그녀에게 앞치마와 베레모는 부자연스러웠다. 정 과장에게 오토바이가 어울리지 않듯이. 잘되기만 하면 모든 게 자연스러워질까. 행사 도우미들은 여전히 같은 동작을 반복하고 있었다.

'꼬꼬마 치킨'을 나와 아까 그 꽃집 앞을 지나 전철 승강장으로 내려갔다. 정 과장이 들려준 봉투에서 치킨 냄새가 솔솔 올라왔다. 안 가져간다는 것을 떠맡기듯 품에 안겨주었다. 냄새가 올라오지 않도록 봉지를 단단히 여며 묶었다. 그래도 소용없었다. 전철을 타고 자리를 잡고 앉았다. 옆에 앉은 꼬마가 닭 캐릭터가 그려진 봉투를 뚫어져라 쳐다봤다. 꼬마는 마침내 엄마를 조르기 시작했다.

"엄마, 치킨, 나 치킨 먹고 싶어."

꼬마 엄마가 나를 힐끗 쳐다봤다.

"알았어. 내려서 사줄게."

나는 모른 척 지그시 눈을 감았다. 마음 같아서는 보따리를 풀어 꼬마에게 닭다리 하나를 내주고 싶었지만 다른 사람들 눈도 생각

해야 했다. 꼬마는 계속 칭얼댔고 급기야 화가 난 엄마가 소리를
질렀다.

"여기서 어떻게 치킨을 먹어. 내려서 사준다니까!"

꼬마가 울음보를 터뜨렸다. 호주머니에 껌이라도 있으면 주고
싶었다. 물론 꼬마의 목적은 껌이 아니라 치킨이었지만. 꼬마 엄마
가 우는 아이를 데리고 빨리 내려주기만을 빌었다. 꼬마의 울음소
리는 점점 더 커지고 내 갈등은 더 깊어졌다. 이걸 줘야 돼 말아야
돼. 나는 결국 자리에서 벌떡 일어나 중간에서 내리고 말았다.

다시 전철을 타기도 버스를 타기도 뭐했다. 치킨 보따리가 애물
단지였다. 걷기 시작했다. 날은 어느새 어두워지고 있었고 거리에
는 낙엽이 굴러다녔다. 불 꺼진 집이 스쳐갔다. 집에 들어가기가
싫었다. 아내와 아이들은 지금쯤 무얼 하고 있을까. 어울리지 않는
오토바이였지만 정 과장이 부러웠다. 부자연스러운 앞치마와 베
레모였지만 그의 아내는 행복해 보였다. 한낱 닭다리에 인생을 걸
었지만 그들의 저녁은 풍성하고 따뜻할 것 같았다. 허기가 졌다.
종이 봉지를 뒤적거렸다. 다 식어 눅눅해진 닭다리가 손에 잡혔다.

튜닝할래요

그녀의 집에 도착했을 때 눈에 제일 먼저 띈 것은 초록 물고기가 그려진 노란색 냉장고였다. 그리 크지 않은 아담한 사이즈의 그것은, 언뜻 보면 잠수함을 모로 세워놓은 것처럼 보였다. 위아래로 나란히 자리한 검은색 손잡이만 아니었다면 나는 기괴하게 생긴 저 물건이 무엇인지 한참을 들여다보고 탐구했을 것이다. 주방 한가운데 떡하니 버티고 서 있는 요상한 물건이 냉장고임을 알아차리는 데에는 거기에 붙어 있는 메모지도 한몫했다. 보통 그런 것은 냉장고에 붙어 있기 마련이었다. 노란색 냉장고에 홀리기 전 내 관심은 냉장고 위쪽에 붙어 있는 노트 반쪽만 한 메모지에 집중되었다. 거기에는 오늘 내가 해야 할 일들이 조목조목 적혀 있었다.

아버지, 당신의 방문을 환영합니다. 그런데 어쩌지요. 제가 오늘도

늦을 것 같네요. 그래서 말인데요. 밀린 집안일을 좀 해주셔야겠어요.
아, 열다섯 가지 꿈 중에 한 가지가 오늘 이루어지네요. 아주 오래전부
터 아버지를 튜닝해보고 싶었거든요. 그건 냉장고나 가구를 튜닝하는
것과는 색다른 느낌일 테니까요. 그렇게 긴장을 하실 필요는 없어요.
뭐 대단한 걸 기대하는 건 아니니까요.

우선 창문을 활짝 열고 청소를 해주세요. 청소기를 돌린 후 스팀걸
레로 구석구석 닦아주시고요. 주방 싱크대는 락스를 이용해 닦아주시
고 전자레인지와 토스트기는 얼룩 제거에 신경써주세요. 물기가 들어
가지 않도록 주의하시는 거 잊지 마시고요. 청소가 끝나면 베란다로
가서 막힌 배수구를 뚫어주세요. 그다음은 작은 방과 화장실 전등을
갈아주세요. 새 전등은 베란다 붙박이장에 있어요. 전등을 다 갈아 끼
우셨으면 냉장고에서 삼계탕 재료를 꺼내 삼계탕을 끓여주세요. 삼계
탕이 끓을 동안 야채 박스에서 쪽파와 마늘을 꺼내 쪽파는 다듬고 마
늘은 껍질을 깐 다음 절구에다가 곱게 찧어주세요. 아, 그 전에 손 씻는
거 잊지 마시구요. 마늘이 다 찧어졌으면 죄송하지만 또 한 번 손을 깨
끗이 씻어주세요. 운동화에서 마늘 냄새가 나면 안 되거든요.

자, 이제 오늘 할 일 중에 하이라이트에요. 마지막으로 신발장을 열
어보세요. 거기 흰 운동화가 두 켤레 있을 거예요. 그중에 하나를 골라
튜닝을 해주세요. 오늘의 이 역사적인 순간을 기념해야죠. 저런 삼계
탕이 끓어 넘치려 하네요. 주의를 하셔야겠어요. 아참, 깜박 잊을 뻔했
네요. 한 가지 빼먹은 게 있어요. 진짜 마지막이에요. 거실 테이블 위
에 꽃다발이 보일 거예요. 어제 공연 끝나고 받은 건데 시간이 없어서
그만……. 그걸 멋지게 꽂아주세요. 화병은 따로 없구요. 여기저기 뒤
져보면 꽂을 만한 게 있을 거예요. 이로써 저의 열다섯 가지 꿈 중의 하

나인 '아버지 튜닝하기' 작업을 마칩니다. 저는 열한시에 돌아올 예정입니다.

그야말로 우렁각시다. 나는 오늘 팔자에도 없는 우렁각시가 되어야 할 듯했다. 아니면 도우미 아주머니 노릇을 하든지. 왜 아버지가 필요한 것인지. 요즘 도우미 아주머니 구하기가 어지간히 어려운 모양이다. 메모지에 적힌 글귀를 다시 한 번 읽었다. 무슨 소리인지 대충 다 알겠는데 맨 마지막에 '운동화를 튜닝해주세요'에서 걸렸다. 운동화 튜닝하기? 나더러? 가만 있자, 이 아가씨 꿈이 아버지를 튜닝해보는 거라지. 아버지를 튜닝한다? 아버지라는 종이 위에 자신이 원하는 그림을 마음대로 그린다? 아버지를 자기 마음대로 바꾼다? 이 정도로 해석하면 될까. 그래도 명료하게 다가오지 않았다. 자동차나 오토바이를 튜닝하는 건 봤어도 아버지를 튜닝한다는 소리는 처음 듣는다. 아무튼 그놈의 튜닝인지 뭔지 덕분에 나는 졸지에 운동화와 동일 선상에 올려졌다. 이게 무슨 경우인지. 웃어야 할지 울어야 할지. 그럼 나는 지금 튜닝을 당하고 있는 건가. 누군가가 내 얼굴이나 등짝에 락카를 들이대고 분사할 준비를 하고 있는 것 같았다. 그래 이건 분명 웃을 일은 아니다. 나는 손을 허공에 대고 휘휘 저었다. 그건 그렇다 치고 그전에 삼계탕을 끓여야 한다. 삼계탕도 튜닝만큼 만만치 않았다. 삼계탕은커녕 매운탕도 끓여본 적이 없었다. 대체 아버지를 뭘로 보고. 어느 것 하나 만만한 게 없었다.

그녀는 열한시에 돌아온다고 했다. 시간이 없었다. 청소는 비교적 쉽게 마쳤다. 전자레인지와 토스트기에 진 얼룩을 닦는 일이 쉽지 않았지만 그나마 난이도가 낮은 일이었다. 물론 집에 있는 전자레인지와 토스트기는 한 번도 닦아본 적이 없었다. 이런 것도 닦아 줘야 한다는 새로운 사실을 터득했다. 아내는 나 모르게 이런 것들을 닦고 살았을까. 불현듯 그런 생각이 났다. 청소를 하는 내내 입 안에서 '튜닝'이 맴돌았다. 그러다 가끔 확 하고 뒤를 돌아보았다. 그러나 기습적으로 분사되는 락카 공격은 일어나지 않았다. 청소를 끝내고 베란다로 갔다. 베란다는 물이 흥건했다. 배수구는 쉽게 찾았다. 그녀 말대로 배수구가 막혔다. 공구함에서 몇 가지 간단한 공구를 꺼내 익숙하게 일을 해나갔다. 막힌 배수구를 두어 번 뚫어 본 게 도움이 되었다. 다행히 큰 공사가 필요한 것은 아니었다. 펑 소리가 나며 베란다 물이 배수구로 흘러들어갔다. 속이 다 시원했다. 다음 할 일은 전등 갈아 끼우기다. 이 일도 운동화 튜닝하기에 비하면 아무것도 아니다. 집에서 늘 해오던 일이다.

다음부터가 문제였다. 그녀의 당부대로 일단 손을 씻고 냉장고를 열었다. 삼계탕 재료가 담겨 있는 투명 플라스틱 그릇을 꺼냈다. 삼계탕을 먹어보긴 했어도 끓여보진 않았다. 아내가 끓여준 삼계탕을 떠올리려 했지만 너무 오래된 일이라 가물가물했다. 가끔 삼계탕 집에서 먹던 기억을 더듬어 냄비에 물을 붓고(물의 양을 몰라 닭이 반 잠길 정도로 부었다) 닭과 인삼, 황기, 대추, 마늘, 찹쌀을 넣었다. 있는 재료를 다 넣었으니 이제 끓이기만 하면 되겠지. 뚜껑을 닫고 가스레인지 불을 켰다. 어쩐지 허전했다. 삼계탕 끓이기가 이렇게 간단한 일이었나. 아내의 그것은 그래 보이지 않았는데. 삼계탕을 끓일 때면 아내는 부산하게 주방을 오가고 오래도록 자리를 뜨지 못했던 것 같은데. 그래서 아내가 끓여주는 삼계탕은 각

별하게 느껴졌었다. 뭔가가 빠진 듯했지만 나는 그 뭔가를 기억해
내지 못했다.

이제 마지막 두 관문만 남았다. 저것만 잘 끓어준다면. 물을 한
모금 마셨다. 그새 누군가 등 뒤에 대고 유성매직이나 락카로 낙서
나 욕 따위를 갈겨낸 것은 아닌지. 손을 뻗어 등을 더듬었다. 남은
물을 마저 마시고 일어났다. 빨리 이 집을 벗어나고 싶었다. 거실
테이블 위에 아름드리 큰 꽃다발이 보였다. 아직 생생했다. 집 안
을 기웃거리며 꽃을 꽂을 만한 그릇을 찾았다. 장식장에 빈 유리병
이 몇 개 있었지만 너무 작았다. 한참 만에 베란다 구석에서 플라
스틱 양동이를 찾아냈다. 아무리 둘러봐도 양동이만 한 게 없었다.
포장지를 벗겨내고 꽃을 대충 섞어 꽂았다. 플라스틱 양동이는 훌
륭한 화병이 되었다. 아내도 이 맛에 화분을 사들이고 꽃을 사다
꽂았나보다. 나는 내가 생전 처음 꽂아놓은 꽃을 구경하느라 쪽파
와 마늘 까기를 새까맣게 잊었다. 삼계탕이 냄새를 풍기며 끓어 넘
치고 나서야 뒤늦게 그 일을 기억해냈다. 가스레인지는 끓어 넘친
국물로 온통 얼룩이 졌다.

냉장고에서 쪽파와 마늘을 꺼내 마늘부터 깠다. 다 깐 마늘을 작
은 절구에 넣고 찧었다. 둥근 마늘은 쉽게 찧어지지 않았다. 손아
귀에 힘을 주고 절굿공이를 내려쳤다. 얼굴에 마늘이 튀었다. 얼굴
이 금세 화끈거렸다. 마늘과 한참 씨름을 하고 나자 온몸에 힘이
빠졌다. 손목도 시큰거렸다. 다음은 쪽파 다듬기다. 생전 처음 보
는 쪽파 다발(물론 쪽파를 처음 보는 건 아니다. 그런데 마트 진열장에
서나 봄 직한, 가지런히 묶여 있는 그것을 보는 순간 생소하게 느껴졌다)
을 물끄러미 내려다보았다. 일단 붉은 철끈을 끌렀다. 파를 앞에

두고 이렇게 난감하기는 처음이었다. 무얼 어떻게 해야 하는지 머릿속에서 '튜닝'이 싹 지워졌다. 한참을 연구한 끝에 파의 하얀 속살을 드러내는데 성공했다. 내가 생각하는 쪽파 다듬기는 버리는 게 더 많았다.

신발장에는 흰 운동화 두 켤레와 색색가지 유성매직과 아크릴 물감이 있었다. 그중에 발목이 긴 운동화를 꺼냈다. 하얀 운동화는 그 모습 그대로 아름다웠다. 여기다가 왜 무엇인가를 그리고 칠하라는지 도무지 알 수 없다. 이것도 난감하긴 쪽파와 마찬가지였다. 에라 모르겠다. 푸른색 유성 매직을 빼들고 운동화 측면에 그림을 그리기 시작했다. 별다른 생각 없이 손이 가는 대로 선을 그려 나갔다. 툭 불거진 눈과 긴 몸통, 짧은 다리. 도마뱀이나 도롱뇽, 혹은 고생대에 이미 멸종해버린 기괴한 생물처럼 보이는 못생긴 이구아나가 그려졌다. 운동화 한 켤레에 크기가 다른 이구아나 두 마리와 꽃잎이 다섯 개 달린 노란 꽃 두 송이를 그리고 뭔지 모르겠는 해괴한 무늬들을 그려 넣었다. 마지막 마무리에 몰두해 있는 순간 코끝에 탄내가 진동했다. 아뿔사, 삼계탕! 그녀의 튜닝은 그렇게 엉망으로 끝났다.

행진

잇몸이 잔뜩 부었다. 양치질할 때 피가 섞여 나왔다. 그냥 가라앉기를 바랐는데. 욱신욱신 쑤시기까지 했다. 그냥 두었다가는 지난번 꼴이 날 것 같았다. 종일 비비적거리다가 다 늦게 치과로 향했다. 비워둔 구멍이 자꾸 마음에 걸렸다.

간호사는 여전히 친절했다. 그때 그 자리에 누웠다. 노란 안전모를 쓴 인부가 순식간에 사라져버린 그곳에는 반듯하고 웅장한 건물이 들어섰다. 언제 거기에서 그런 일이 일어났느냐는 듯 모든 게 새롭고 감쪽같았다.

"아 해보세요."

언제 왔는지 마스크와 의료용 고무장갑으로 중무장을 한 의사가 다가와 앉았다. 나는 천천히 입을 벌렸다.

"좀 더 크게."

'좀 더 크게'를 외치는 의사는 벌써 그날 일을 잊은 듯 보였다.

아니나 다를까 턱에서 불길한 징조가 포착되었다. 기분 나쁜 소리가 턱관절에서 새어 나왔다. 나는 불안해지기 시작했다. 한 번 빠진 턱은 또 빠진다던데.

"좋습니다."

내 염려는 아랑곳없이 의사가 오케이 사인을 보냈다.

"염증이 심합니다."

입안을 살피던 의사가 한마디 내뱉었다. 그러고는 잇몸을 사정없이 쑤셔댔다. 물로 여러 번 헹구어 내도 피는 멈추지 않았다.

"왜 이제 오셨습니까. 너무 오래되어서 잇몸이 상했습니다."

"이틀 밖에 안 되었는데요?"

사실 잇몸에 통증이 느껴진 것은 딱 삼 일 전이었다.

"이거 말고 여기 어급니요."

의사가 구멍에 손가락을 갖다 댔다. 닝닝한 고무 느낌이 났다.

"이렇게 오래 방치하면 나중에 더 고생합니다. 잇몸이 변형되어서 이를 할 수 없거든요."

의사는 말 안 듣는 초등학생을 타이르듯 설득 반 협박 반으로 말했다.

"오늘 오신 김에 본뜨고 가시지요?"

"아, 제가 급히 외국에 나갈 일이 있어서요. 다녀와서 하겠습니다."

내 말이 끝나기가 무섭게 의사는 뒤도 안 돌아보고 나가버렸다.

"어디 좋은 데 가시나 봐요?"

턱에 두른 냅킨을 떼어주면서 간호사가 웃었다.

"아, 네."

　건성으로 대답을 하고 간호사 뒤로 보이는 새 건물을 힐끔거렸다. 오래전의 그 일들이 모두 꿈결 같았다. 턱이 빠진 채로 입을 헤 벌리고 대책 없이 앉아 있던 일도, 노란 안전모를 쓴 인부가 순간적으로 사라져버린 일도. 그런데 왜 나는 아버지를 팔고 있는 걸까.

　약을 먹어도 부은 잇몸은 좀처럼 가라앉지 않았다. 그나마 식욕도 더 떨어졌다. 아무것도 하기 싫었다. 죽은 듯이 누워 있었다. 더 이상 아버지를 파는 일도 하고 싶지 않았다. 로망도 그 무엇도 다 필요 없었다. 가까스로 나를 지탱하고 있던 것들이 하나 둘 무너졌다. 지금에라도 아내가 돌아온다면 이 모든 것을 집어치워도 될 텐데. 나는 잔뜩 곪아 터진 잇몸처럼 성이 나 있었다. 도대체 나를 이루는 건 무엇일까. 몸속에서 악취가 올라오는 듯했다. 머리도 아프고 속도 메스꺼웠다. 집 안으로 스며든 어둠이 내 몸속까지 넘보는 것 같았다. 나는 어둠의 그 거대한 아가리 속에 머리를 처박고 있었다.

　속이 쓰렸다. 목도 말랐다. 입안에서 단내가 났다. 훤하게 드러난 실내는 차라리 어둠 속에 있는 것만 못했다. 다시 눈을 감았다. 그때였다. 쉬익스윽. 낯익은 소리가 들렸다. 눈을 뜨고 소리가 나는 곳으로 시선을 옮겼다. 이구아나다. 이구아나가 푸른 몸을 잔뜩 뻗어 침대 쪽으로 다가오고 있었다. 순간 이구아나가 애완견처럼 보였다.

　"라몬!"

　나도 모르게 이구아나의 이름을 불렀다. 처음이었다. 애완견이

나 집고양이를 다루듯 가만히 손을 뻗어 이구아나를 잡아 올렸다. 녀석은 고분고분하게 내 품에 안겼다. 마치 안아달라고 일부러 내 품을 찾은 듯이 보였다. 아내가 있었으면 침대에서 함께 뒹굴며 지냈을 텐데. 손으로 녀석의 등을 쓸어주었다. 그걸 아는지 녀석은 잠자코 있었다. 이름을 불러서일까. 눈에는 여전히 징그러웠지만 전 같지 않은 친밀감이 느껴졌다. 얼마 후 이구아나를 품에서 놓아주었다. 녀석은 느리게 방 여기저기를 기어 다녔다. 아내의 화장대 위로 의자 위로 침대 가장자리로. 녀석의 행진은 쉽게 끝날 것 같지 않았다.

방을 빠져나간 이구아나는 거실과 주방을 돌아다녔다. 나는 이구아나가 가는 대로 내버려두었다. 녀석도 좁은 사육장 속에 갇혀 있느라고 오죽 답답했을까. 오래간만에 사육장을 벗어난 녀석은 산보를 하듯 느리게 집 안 구석구석을 염탐했다. 푸른빛이 옮아가는 대로 내 눈길도 따라 갔다. 녀석은 가끔 식탁 밑이나 장식장 아래 후미진 곳에 몸을 감추고 엎드렸다. 그러나 얼마 못 가 다시 움직이기 시작했다. 소파를 타고 올라간 녀석은 텔레비전 위까지 거뜬하게 옮겨갔다. 녀석은 어디를 가도 훌륭한 장식품 역할을 톡톡히 해냈다. 이상하게도 어디에나 어울렸다. 푸른빛이 주는 색감은 이국적 정서를 풍겼고 기이한 형태는 식상한 배경에 새로운 상상력을 불어넣었다. 녀석의 동선에 따라 집 안 풍경이 달라졌다. 이제껏 알지 못한 새로운 발견이었다. 어느새 머리가 맑아졌다. 희한했다.

주방 바닥을 기어 다니던 녀석이 거실로 나왔다. 베란다 앞 햇볕이 드는 창문 옆에 자리를 잡고 움직이지 않았다. 녀석의 행진이 끝난 모양이다. 녀석을 잡아 사육장 안에 집어넣었다. 미안하지만 어쩔 수 없었다. 안 그러면 나중에 녀석을 다시는 볼 수 없게 될지도 모른다. 그 후로 가끔 이구아나를 풀어주었다. 물론 아내에게는 비밀이었다. 그러다가 밖으로 나가버리기라도 하면 어쩌려고 그러냐고 펄쩍 뛸 게 뻔했다. 아내는 나를 믿지 못했다. 자신이 있을 때만 이구아나의 외출을 허락했다.

며칠이 지나자 부었던 잇몸이 깨끗하게 가라앉았다. 뭔가 새로운 힘이 필요했다. 이대로 눌러 앉아버릴 수는 없었다. 잇몸도 상했다가 다시 정상으로 돌아오는데. 아내가 돌아올 때까지 만이라도 어떡하든 견뎌보자. 자리를 박차고 일어났다. 샤워를 하고 면도를 했다. 좋은 날이 있을 거야. 거울 속의 초췌한 중년 남성을 향해 끊임없이 주문을 외었다. 좋은 날. 좋은 날. 좋은 날. 어쩌면 지금이 좋은 날인지도 몰라. 어쨌든 너의 로망을 즐기고 있잖아. 거울 속의 남자가 어설프게 웃었다. 그래. 행진하는 거야.

그동안 '아버지를 빌려드립니다'에는 여전히 발길이 끊이지 않았다. 아버지는 없어도 아버지가 필요하긴 필요한 시대임에는 분명했다. 아이러니다. 아버지의 자질이 문제였을까. 그 많고 많은 아버지들은 모두 어디로 갔단 말인가. 진정 아버지를 필요로 하긴 하는지 의심이 들었다. 나 자신부터가 그랬다. 지금 나, '아버지' 맞아? 누군가를 만나면 그렇게 물어보고 싶을 지경이었다. 수많은 아버지들이 자신의 의지와 무관하게 편의점에서 쉽게 살 수 있는 일회용 티슈처럼 필요할 때만 사서 쓰는 소모품으로 전락하고 있었다.

물론 '아버지를 빌려드립니다'를 찾는 사람들 중에는 그렇지 않은 사람들도 있었다. 그들의 아버지는 오래되고 낡은 사진처럼 아스라했다. 아직도 아버지는 지구 한 곁에 불후의 명작이나 고전으로 남아 있었다. 훗날 나는 어느 쪽으로 분류될까. 내가 아버지였다는 사실을 그들은 기억해낼까. 그래도 행진은 계속되어야 하는 걸까.

동물원을
모독하다

'아버지를 빌려드립니다'의 장점은 끊임없는 변화에 있었다. 많은 아버지들은 사십 대의 '나'를 한시도 가만두려 하지 않았다. 사십 대는 물론 이른 오십 대, 야박한 육십 대 그리고 시퍼런 삼십 대까지 나는 종횡무진 날고 기어야 했다. 이것을 어떻게 장점이라고 말할 수 있냐고? 그것은 간단한 문제다. 그렇지 않으면 나는 진작 아파트 옥상에서 뛰어내리거나 면도칼로 동맥을 그어야 했다. 살기 위해서, 다시 말하면 아파트 옥상에서 뛰어내리거나 면도칼로 동맥을 그을 자신이 없었기 때문에 치사하고 이치에 맞지 않지만 나는 그것을 긍정적으로 받아들이기로 했다. 긍정의 힘이 아파트 옥상에서 바라본 세상 풍경까지 단숨에 바꿔놓을 수 있다는 비열한 꼼수 정도는 알고 있었다. 사십사 년을 살면서 체득한 노하우다. 그나마 불행 중 다행이었다. 나는 역시 로망을 즐기고 있는 게 틀림없었다.

오늘 또다시 젊은 아빠가 되었다. 아이는 나를 한눈에 알아봤다. 나 또한 아이를 금방 알아볼 수 있었다. 아이의 엄마, 잘나가는 쇼핑호스트는 이번에도 모습을 드러내지 않았다. 장난감 대여점에서 장난감을 빌리듯이 아이에게 아빠를 빌려주었다. 아이를 내려준 후 그녀의 은회색 승용차는 아무 미련 없이 낙엽 위를 미끄러졌다. 바람에 낙엽이 휘날렸다.

"아저씨!"

아이가 나를 향해 달려왔다. 달려오는 아이를 향해 두 팔을 벌렸다. 영화에서 보면 다들 그렇게 상봉이 이루어졌다. 드디어 아이가 내 품에 안기고 나는 아이를 번쩍 들어 공중에서 한 바퀴 돌리려했다. 그러나 무리였다. 그동안 아이의 체중이 부쩍 늘었다. 허리에 무리가 왔다. 아이를 그냥 바닥에 내려놓았다.

"그새 많이 컸네. 이제 아저씨가 번쩍 못 들겠는걸."

아이가 배시시 웃었다.

"엄마한테 아저씨 만나게 해달라고 졸랐어요."

"그래서 엄마가 뭐라시든?"

"당연히 아저씨라고 안 했지요. 아빠 보고 싶다고 거짓말했어요."

"엄마가 그 말을 믿으실까?"

"믿든 안 믿든 상관없어요. 아니 엄마도 안 믿는 것 같았어요. 그냥 믿는 척하고 들어준 거지요."

"그런데 오늘은 놀이동산이 아닌데?"

"어차피 아빠는 놀이 기구를 만들지도 않잖아요."

빈 코끼리 열차가 우리 앞에 와서 섰다. 아이를 안아 코끼리 열차에 태웠다. 아이는 벌써 신이 나 있었다. 코끼리 열차가 움직이기 시작했다. 와우, 아이가 소리를 질렀다. 다정하게 아이의 어깨에 손을 얹었다. 아이의 엄마는 요즘 무엇을 팔고 있는지 궁금했다. 아이는 종알종알 말을 늘어놓았다. 새 유치원에 다닌다고 했다. 유치원에서 가족 그림을 그리면 아빠 자리에 내 모습을 그려 넣는단다. 허허. 웃었다. 이게 웃음이 나올 일인가. 또 허허 웃었다. 아내 모르게 늦둥이가 생겼다. 허허, 그저 웃음만 나왔다. 웃다가 보니 코끼리 열차가 동물원 정문에 도착했다.

휴일도 아닌데 동물원은 사람들로 붐볐다. 아이들을 데리고 나온 젊은 부부며 다정하게 팔짱을 낀 연인들이 동물들보다 더 많았다. 동물 구경을 하러 온 건지 사람 구경을 하러 온 건지 모를 지경이었다. 정작 아이는 동물들에 별 관심이 없었다.

"어딜 먼저 갈까? 무슨 동물 좋아해?"

"아빠가 그것도 모르면 어떡해요."

"사자? 호랑이?"

아이가 고개를 절레절레 흔들었다.

"그럼, 하마? 코끼리?"

"병아리요."

"병아리?"

"왜요? 여기 병아리는 없어요?"

나는 천진난만한 아이 얼굴을 한참 쳐다봤다. 동물원에 와서 병아리를 찾다니. 고작 그걸 보러 동물원까지 와.

"정말 병아리가 제일 보고 싶어?"

다시 물었다.

"그러면 안 돼요?"

이번에는 아이가 내 얼굴을 빤히 쳐다봤다.

"아니 그건 아니지만. 그래도 여기까지 왔는데."

아이 손을 잡고 병아리를 찾아 나섰다. 동물원에 몇 번 안 와봤지만 병아리를 본 기억은 없었다. 다른 누구도 동물원에 가서 병아리를 봤다는 말을 하는 사람은 없었다. 신선하다고 해야 하나 어처구니없다고 해야 하나. 아이는 씩씩하게 앞장서서 걸었다. 그런데 병아리가 있긴 있는지. 병아리는 어디 있지요? 대놓고 물어보기에도 좀 그랬다. 일단 조류가 있는 곳으로 향했다.

조류 우리에는 갖가지 새들이 있었다. 마침 홍학이 무리를 지어 군무를 즐기고 있었다. 아이는 홍학 따위에는 관심도 없었다. 오로지 병아리 찾는 데 열중했다. 아무리 둘러봐도 병아리는 보이지 않았다.

"닭은 있는데."

"병아리가 다 커버렸나 봐요."

아이가 오히려 나를 위로했다. 이상했다. 닭장에 닭들은 많은데 병아리는 눈에 띄지 않았다. 아이 말대로 병아리가 다 커서 닭이 되기라도 한 것처럼.

"병아리가 안 보이는데. 어떡하지? 우리 돌고래 쇼 보러 갈까."

아이 얼굴에 실망하는 빛이 역력했다. 이럴 때 어떻게 해야 하는지 내 경험으로 비추어봐도 답이 나오지 않았다. 다행히 아이는 아이답지 않았다. 울음을 터뜨리거나 막무가내로 떼를 쓰지도 않았다. 간혹 그런 모습들이 나를 더욱 당혹스럽게 했다. 아빠를 대여해 쓰는 아이는 뭔가 달라도 달랐다. 동물원에 와서 병아리를 찾는 것은 동물원에 대한 모독이었다. 적어도 코끼리나 사자 정도는 봐 줘야 하는 것 아닌가. 나는 아이의 모독을 함께 즐겼다. 그것은 어쩌면 아버지를 빌려주는 엄마에 대한 엿 먹임, 모독인지도 몰랐다. 이 상황을 즐기는 나 같은 어른들에 대한, 엄마에게 일등급 정자를 제공한, 얼굴도 이름도 없는 아빠에게 날리는 한 방 감자인지도.

병아리를 찾다가 지친 아이와 나는 음료수를 사들고 그늘을 찾았다.

"진짜 아빠가 보고 싶지 않니?"

그만 실수를 하고 말았다. 아이가 입에 물고 있던 빨대를 빼 장난을 쳤다. 나는 다시 화제를 돌리기 위해 아이 눈치를 살폈다.

"음, 가끔 궁금하긴 해요."

화제를 돌리기에는 이미 늦었다.

"어떻게 생겼는지. 나하고 닮았는지 안 닮았는지."

아이가 돌리던 빨대를 땅에 떨어뜨렸다. 나는 얼른 땅에 떨어진 빨대를 주워들다가 말아버렸다. 아이가 땅에 떨어진 빨대를 다시 입에 넣지는 않을 것 같았다.

"스파게티를 좋아하는지 아니면 피자를 더 좋아하는지."

아이는 노래 부르듯 흥얼거렸다. 심각하거나 우울한 기색은 전혀 없었다. 옆집 아저씨 이야기를 하듯 있어도 그만 없어도 그만 딱 그 정도로 들렸다.

"요즘에도 바이킹하고 모노레일 중에 어느 것을 먼저 탈까 고민하니?"

"아니요. 둘 다 안 타기로 했어요. 재미없어요."

아이는 그새 훌쩍 커버린 것 같았다. 아버지가 없는 세상을 일찌감치 파악한 듯, 아니면 아빠를 빌려 쓰는 재미를 알아버렸든지. 아이에게 아빠는 동물원의 병아리만큼도 궁금한 대상이 아니다. 시큰둥한 아이를 데리고 돌고래 쇼를 보고 원숭이 재롱도 봤다. 아이는 어느 것을 봐도 흥이 안 나는 모양이었다. 하마 우리에서 새끼 하마가 똥 싸는 것을 보고 조금 웃었다. 굳이 동물원을 고집할 필요도 없었다. 아이에게는 병아리만 있으면 될 것처럼 보였다.

"병아리 때문이니?"

"아니요."

"기분이 별로인데?"

"……."

아이가 바닥에 침을 뱉었다. 아이 머리 위로 낙엽이 떨어졌다. 엄마는 요새 무엇을 팔고 있니? 말이 입안에서 맴돌았다. 있긴 있을 텐데. 병아리를 못 찾은 게 유감이었다. 그날 밤 텔레비전에서 아이의 엄마를 볼 수 없었다.

두 시간짜리
아버지

딱 두 시간만 빌릴 수 있을까요. 딱 두 시간만 저하고 술 한 잔 하시면 됩니다. 제 인생에 딱 두 시간만 아버지가 있었으면 좋겠거든요. 소주하고 아버지하고 나하고 셋이서 오붓하게 더도 말고 딱 두 시간만.

저녁 무렵 이구아나 먹이를 챙겨주고 집을 나섰다. 아파트 광장 가로등에는 벌써부터 불이 들어와 있었다. 앙상한 가로수가 가로등 불빛에 긴 그림자를 늘어뜨렸다. 며칠 전까지만 해도 낙엽이 뒹굴던 광장은 횡 하니 텅 비었다. 간간이 노란 전조등을 켠 차들이 아파트 입구로 들어왔다. 퇴근하고 집으로 돌아오는 사람들이었다. 점퍼 깃을 잔뜩 세우고 호주머니에 손을 찔러 넣었다. 소주 한 잔이 그리운 저녁이다.

포장마차 안은 아직 한산했다. 테이블 두 곳에서 술판이 벌어지고 있었다. 두 곳 모두 젊은 연인들이 차지했다. 그는 아직 오지 않은 모양이다. 구석진 자리에 자리를 잡고 앉았다. 약속 시간 십 분 전이다. 소주 한 병을 시켰다. 그렇지 않아도 술 생각이 간절했는데. 소주를 들이켰다. 여느 때보다 쓰다. 어린 아이들을 재워놓고 아내와 가끔 포장마차에 온 적이 있었다. 물론 신혼 초의 일이다. 아내는 못 마시는 소주를 연거푸 털어 넣으며 쫑알거렸다.

"우리 애들 다 크면 전원주택에서 살자. 아파트는 사람 사는 냄새가 안 나. 개도 키우고 텃밭도 가꾸고. 당신 좋아하는 고추도 심고 애들 좋아하는 방울토마토도 심고."

아내가 꽁치를 발라 내 입에 넣어주었다.

"애들이 언제 커? 그때까지 어떻게 기다려."

아내 잔에 술을 채웠다.

"지금은 안 돼. 애들 공부하고 대학까지는 가야지. 그때까진 참아야지 뭐."

아이들만 잘되면 무슨 일이든 얼마든지 참을 수 있다, 아니 참아야 한다는 투로 들렸다. 아이들에게 너무 집착하는 것 같아서 우려가 되긴 했지만 싫지는 않았다. 이 세상이 그렇게 돌아가고 있었으니까. 아내가 그런 식으로 말하는 것은 지극히 당연한 일이다. 아내가 믿음직스러워 보이기까지 했다.

"애들 빨리 독립시키고 우리도 즐기면서 한가하게 사는 거야."

아내는 오로지 행복한 노년을 위해 살고 있기라도 한 듯, 삶의 목적이 거기 있는 것처럼 말했다.

"노년도 노년이지만 지금 행복해야지."

"무슨 소리야? 그럼 당신은 지금 불행하다는 말이야?"

술잔을 입으로 가져가던 아내가 눈을 흘겼다.

"불행한 건 아니지만 그렇다고 행복하다고 볼 수도 없지? 아마."

한쪽 눈을 찡긋 감았다. 아내가 픽 하고 웃으며 술잔을 부딪쳤다. 아내는 행복해 보였다. 나 또한 행복했다. 지금도 그 말이 유효할까. 지금 아내와 아이들은 행복할까. 세 번째 술잔을 털어 넣었다.

소주 반병을 먹을 때까지 그는 오지 않았다. 약속 시간은 십오 분을 훌쩍 넘겼다. 전화를 할까 하다가 빈 잔에 술을 채웠다. 한 쌍의 연인이 일어섰다. 남자가 몹시 취한 여자를 부축해 나갔다. 어깨를 마주 댄 둘은 행복해 보였다. 포장마차의 단점은 밖을 내다볼 수 있는 유리창이 없다는 거였다. 지금은 그게 다행으로 여겨졌다. 퇴근길 풍경은 별로 보고 싶지 않았다. 집으로 향하는 그들의 활기찬 발걸음이 나를 더 우울하게 만들었다. 한때 내가 그랬던 것처럼 그들도 집에 대한 환상을 가지고 있겠지. 아버지와 딱 두 시간만 술을 마시고 싶다던 그는 어떻게 된 것일까. 포장마차 안이 차츰 붐비기 시작했다.

소주 한 병을 거의 다 비웠을 때 건장한 청년이 들어섰다. 급하게 실내를 둘러보는 그의 얼굴에는 초조함이 서렸다. 나는 한눈에 그가 나를 만나러 온 의뢰인이라는 것을 직감했다. 그와 눈이 마주쳤다. 그가 먼저 눈인사를 보내왔다. 입가에 미소만 띠었을 뿐인데 "아버지, 맞지요?" 하고 물어오는 듯했다. "그렇소. 내가 아버지요." 나 또한 엷은 미소로 화답했다. 그제야 그는 참았던 숨을 몰아쉬며 내 맞은편에 앉았다. 오늘은 내 나이보다 훨씬 많은 아버지가 되어야 할 듯했다.

"죄송합니다. 갑자기 일이 생기는 바람에 늦었습니다. 두 시간짜리 아버님."

그는 나를 '두 시간짜리 아버지'라고 불렀다.

"벌써 취하셨네요. 반갑습니다."

그가 채워준 잔을 들어 건배를 했다. 매서운 눈매가 인상적이었다. 한동안 어색한 기류가 흘렀다. 말없이 서로의 빈 잔을 채워주며 탐색전을 벌였다. 저놈은 왜 아버지를 딱 두 시간만 빌릴까. 저 양반은 왜 아버지를 팔고 있을까. 먼저 입을 연 것은 그였다.

"얼마 안 있으면 결혼을 합니다."

"그래요? 축하해요."

"아, 말씀 놓으세요."

그가 내 잔에 술을 따랐다.

"결혼을 하면 자연스럽게 아버지가 되겠지요. 아버지가 되기 전에 아버지에 대한 추억을 만들어야겠다고 생각했습니다."

거기까지 말한 그가 연거푸 술을 들이켰다.

"추억? 좋지."

추억이라는 단어가 새삼스럽게 들렸다. 그런 단어가 있었나 싶게 생소하고 생경하게 다가왔다. 오래간만에 발음해보는 단어다.

"문제는 아버지가 없다는 사실입니다."

"돌아가셨나?"

"모르겠습니다. 살아 계신지 돌아가셨는지. 제 기억 속에 아버지가 존재한 적은 한 번도 없으니까요. 아버지가 없어서 불편한 적은 있었지만 슬프거나 우울한 적은 없었습니다. 아버지는 저에게 셔츠의 단추 같은 거였습니다. 셔츠에 단추 하나가 없다고 슬프고 우울한 건 아니잖습니까. 보기에 안 좋고 셔츠가 제대로 여며지지 않아 좀 불편한 정도입니다. 떨어져버린 혹은 사라져버린 단추, 그 자리에 언제든지 새로운 단추를 달을 수도 있었습니다. 하지만 그까짓 단추 하나 없다고 뭐 그리 나쁠 것까진 없었습니다. 이십구 년을 단추 없는 셔츠를 입고 지냈습니다."

그의 빈 잔에 술을 따라 주었다. 그의 말을 듣고 있자니 마치 내가 셔츠에서 떨어져 나온 단추처럼 느껴졌다. 셔츠 주인은 단추를 찾을 생각도 않고, 사람들이 마구 단추를 밟고 지나간다면? 얼굴까지 올랐던 취기가 갑자기 깨기 시작했다. 후르륵 몸이 떨렸다.

"이제 셔츠 단추를 채워줄 여자가 생겼습니다. 비로소 잃어버린, 사라져버린, 잊고 있었던 단추가 떠올랐습니다."

"자네 말대로 하면 그럼 내가 단추네?"

"아하 그런가요? 유머도 풍부하시네요?"

우리는 약속이라도 한 듯 마주보고 웃었다.

"뭐 고민할 것도 없어. 단추가 무슨 고민이 있겠어. 그냥 누군가가 잘 채워주면 그게 다 아닌가. 안 그래?"

"단추의 행복, 뭐 그런 거네요."

"단추의 행복? 그거 좋군."

나는 많이 취해 있었고 그 또한 취기가 올랐다. 그는 쉬지 않고 떠들었다. 결혼할 여자에 대해, 그녀의 잠버릇에 대해, 그녀의 쇼핑 중독에 대해. 그리고 다시 단추에 대해. 그리고 침묵이 이어졌다. 서로의 술잔을 채우고 각자의 채워진 술잔을 비웠다. 오랜 침묵 끝에 그가 입을 열었다.

"말은 이렇게 해도 사실 걱정이 됩니다."

"뭐가?"

"아버지, 그 자리에 앉기가 두렵다고 할까요."

"갑자기 왜 그러나. 소심하긴."

나야말로 말은 그렇게 했지만 그에게 정작 뭐라고 말해주어야 하는지 난감했다. "아버지가 한 번 돼봐. 그 자리가 얼마나 맥없는 자리인지. 한마디로 무서운 자리야"라고 말할 수도, 그렇다고 "그 자리 별거 아니야. 자네 말대로 단추라고 생각하면 딱 맞을 거야. 그러니 미리부터 겁먹을 거 없다"라고 말해줄 수도 없었다.

"아버지를 빌릴 수 있다면 함께 술을 마시고 싶었습니다. 지금처럼 말입니다. 아저씨 같은 두 시간짜리 아버지가 제격입니다. 아저씨와 난 과거도 미래도 아무것도 공유하지 않았습니다. 그게 제일 마음에 들어요. 아버지와 너무 많은 것을 공유해도 별로일 것 같거든요."

"아버지를 빌리는 대부분의 사람들은 자네와 달라. 잃어버리거나 잊어버린 기억이나 과거를 함께 공유하고 싶어하지. 그들에게 아버지는 피하고 싶지만 피해지지 않는 악몽 같기도 해. 슬픈 일이야. 나 같은 사람이 있다는 사실이."

그가 뭐라고 말을 받았다. 머릿속이 쿵쿵 울렸다. 그의 말소리가 북소리가 되어 돌아왔다. "겁먹을 것 없어. 어차피 다 그렇게 살고 있으니까. 자네만 그런 게 아니야." 진심으로 그렇게 말해주고 싶었지만 말이 소리가 되어 나오지 않았다. 웅웅 입안에서 맴돌았다. 포장마차 안은 취객들이 쏟아놓은 말들이 토사물처럼 떠다녔

다. 그와 약정한 두 시간이 훨씬 넘었다. 그가 먼저 일어났다. 나도
그를 따라 일어났다. 두 시간이 지났지만 그에게 충분한 '추억'을
제공해주지 못한 것 같았다. 우리는 포장마차를 나와 걸었다.

"설마 할증 요금을 받으시는 건 아니겠지요?"

"그렇게 쩨쩨한 아버지를 원하는가?"

우리는 나란히 서서 남의 집 담벼락에 대고 오줌을 누었다. 그의
오줌발이 더 오래 이어졌다. 그리고 편의점 앞에서 두더지 잡는 게
임을 했다. 처음 하나 둘 천천히 출몰하던 두더지들은 갈수록 그
속도가 빨라졌다. 그와 나는 열심히 방망이를 두들겨댔다. 술기운
탓인지 방망이는 자꾸 엉뚱한 데를 조준했다. 순식간에 두더지굴
이 잠잠해졌다.

"뭐야. 이거. 벌써 끝난 거야?"

우리는 방망이를 내동댕이쳤다. 인사를 하고 헤어지려는 그를
사우나로 끌고 들어갔다. 비누를 듬뿍 칠해 그의 등을 닦아주었다.
그의 등은 넓고 듬직해 보였다. 샤워를 마친 그와 나는 약속이라도
한 듯 곯아떨어졌다. 두 시간짜리 아버지와 아들은 누군가 떨어뜨
리고 간 단추처럼 말이 없었다. 단추는 행복했다.

이구아나에
사랑을 싣고

이구아나 먹성이 전보다 못하다. 아침에 넣어준 애호박이 그대로 있다. 어디가 아픈 걸까. 이십칠 도. 온도에 이상이 있는 것은 아니다. 날씨가 추워지면서 온도에 신경을 쓰고 있지만 녀석은 좀처럼 움직이려고 하지 않는다. 얼마 전부터 일광욕을 위해 켜주던 UVB램프 외에 스팟램프를 더 켜주었다. 물론 아내의 성화에 못 이겨서 한 일이지만.

이럴 때 미지근한 물로 목욕을 시켜주면 좋다는 아내 말이 떠올랐다. 욕조에 미지근한 물을 채우고 사육장이 있는 곳으로 갔다. 사육장 문을 열고 녀석을 조심스럽게 들어올렸다. 전보다 묵직한 무게가 느껴졌다. 예전보다 체중이 많이 늘어난 듯했다. 튼실한 골격이 제법 어른스러워졌다. 녀석은 내 손에 몸을 맡긴 채 두 눈을 이리저리 굴렸다. 물속에 들어가자 긴장이 풀린 듯 눈을 감았다. 손바닥으로 살살 등을 어루만졌다. 단단하게 여문 비늘이 손끝에 걸렸다. 아내가 봤으면 호들갑을 떨며 좋아했을 텐데. 얼마 전 사진을 다시 찍어서 보내주었다. 생각보다 많이 자랐다며 흐뭇해 했다. 녀석은 물속 깊이 몸을 담갔다.

요즘 별다른 일이 없는 날에는 이구아나와 논다. 서툴지만 핸들링도 한 번씩 해준다. 아직 노는 수준까지는 아니지만 전보다 이구아나를 들여다보는 횟수가 는 것은 확실하다. 별안간 녀석에게 없던 정이 새록새록 생겨난 것은 아니다. 말 그대로 딱히 할 일이 없어서다. 솔직히 말하면 언제부터인가 뭔지 모르는 의무감 같은 게 생겼다. 녀석을 잘 돌봐야만 하는, 그거라도 하지 않으면 안 되는 절박감이랄까. 할 일이 없어서 심심풀이로 하는 일이 아니었다. 아침에 눈을 뜨고 혼자라는 사실을 체득하기까지 멍하니 천장을 바라봤다. 자리에서 일어나 화장실을 다녀오면서 습관적으로 이구아나 사육장으로 발길이 향했다. 물론 얼마 전까지 없던 버릇이었다. 아침나절 녀석은 사육장 바닥에 엎드려 있곤 했다.

"잘 잤어?"

마음에도 없는 친절을 불쑥 베풀었다. 마음에도 없는 친절임을 눈치라도 챈 듯 녀석은 두 눈을 껌벅거렸다. 아직 손을 내밀어 녀석을 쓰다듬어주거나 아내처럼 볼에 대고 비비고 품에 안는 짓 따위는 할 수 없었다. 그래서일까. 녀석은 돌아서는 내 뒤통수에 대고 카악 요상한 소리를 냈다. 처음에는 그 소리가 귀에 거슬렸다. 하지만 시간이 지나면서 달라졌다. 지금은 일부러 그 소리를 듣고 싶어 녀석의 꼬리를 건드리거나 등을 손가락으로 톡톡 쳐대는 장난을 한다. 내가 이구아나와 이렇게 친밀한 관계임을 아내는 상상이나 할까. 나 역시 이렇게 될 줄은 꿈에도 생각하지 않았다. 동물이나 생물, 살아 있는 그 무엇을 키우거나 재배하는 일은 별로 좋아하지 않는다. 하물며 보기에도 흉측한 파충류라니. 그런데 이제는 내가 파충류가 다 되었다. 베란다에 해가 들면 이구아나처럼 일광욕이라도 해야 될 것 같이 등 여기저기가 근질거렸다.

물속에 몸을 담그고 있던 이구아나가 슬슬 움직였다. 그 움직임에 따라 몸통의 푸른빛이 물결치듯 출렁였다. 아내 말대로 물속에 있을 때 녀석의 푸른빛은 더 돋보였다. 녀석이 움직이는 대로 그냥 내버려두었다. 느리게 욕조 밖으로 기어 나온 녀석이 변기 뚜껑을 타고 욕실 바닥으로 내려왔다. 수건으로 몸통의 물기를 닦아주자 꼬리를 좌우로 흔들어 남은 물기를 털어냈다. 목욕을 마친 녀석의 몸체는 윤이 흘렀다. 푸른빛과 초록색이 어우러져 기묘한 조화를 빚었다. 녀석의 몸통 빛깔이 어떻든 그런 것은 문제가 되지 않았다. 문제는 내가 녀석을 어떻게 보느냐에 있었다. 오히려 내 쪽에서 녀석의 환심을 사기 위해 애썼다. 그거라도 하지 않으면 불안했다. 녀석의 꽁무니라도 붙잡고 늘어져야 될 것만 같았다. 그것은 단지 혼자라는 느낌이 주는 위기의식 때문만은 아니었다. 지치고 힘들었다. 내가 할 수 있는 일은 별로 남아 있지 않았다. 작고 낮은 목소리로 이구아나의 이름을 불렀다. 라몬.

눈을 뜨면 먹이를 주고 배설물을 치워주고 목욕을 시키고. 그러다가 또 먹이를 주고 배설물을 치워주고. 그러다 보면 해가 저물고 새 아침이 왔다. 이구아나가 못 견디게 사랑스럽거나 예뻐서가 아니다. 그런데 자꾸 그렇게 되어가고 있었다. 나도 모르게 이구아나에게 기대고 있었다. 이구아나를 잘 기르는 남자로 남고 싶었다. 빈 집에서 그나마 내가 할 수 있는 일은 그것밖에 없었다. 아내를 위하든 이구아나를 위하든. 어떤 의미를 부여하든 부여하지 않든지.

잠이 들었는지 이구아나는 기척이 없다. 텔레비전 볼륨을 줄이고 소파에 누웠다. 아이들이 보고 싶다. 지금쯤 무엇을 하고 있을까. 전화를 걸까. 몸을 일으켜 세웠다가 다시 누워버렸다. 아내와 아이들 얼굴을 떠올렸다. 다들 따뜻하고 행복한 모습들이다. 행복하다면 이까짓 외로움쯤이야. 소파에서 일어나 거실로 방으로 돌아다녔다. 이까짓 고통쯤이야. 베란다로 나가 담배를 피워 물었다. 수많은 불빛들이 허공에 반짝였다. 수많은 아버지들과 가족들이 사는 집들이다. 저중에 과연 외롭지 않은 아버지는 얼마이며 고통스럽지 않은 아버지는 또 얼마나 될까. '아버지들'이 있긴 있는 걸까. 내가 빌려준 아버지들이 하나 둘 스쳐갔다. 그들도 이구아나를 키울까.

아홉시 뉴스가 끝나갈 무렵 이구아나가 부스스 몸을 움직였다. 냉장고에서 싱싱한 야채를 꺼내왔다. 녀석은 잘게 썰어준 당근을 금세 먹어치웠다. 나도 배가 고팠다. 오후 내내 아무것도 먹질 않았다. 냉장고를 열고 시리얼을 꺼내 그릇에 쏟았다. 다행히 유효기간이 이틀 지난 우유가 남아 있었다. 시리얼 그릇에 우유를 채웠다. 식탁 의자에 엉덩이를 걸친 채로 시리얼을 입속에 퍼 넣었다. 입속에서 유기농 오곡 시리얼이 와사삭 부서졌다. 이구아나를 잘 키우자. 녀석을 잘 키우면 될 거야. 그릇을 기울여 남은 우유를 마셨다. 들척지근한 우유가 식도를 타고 내려갔다.

마침내 이구아나를 사랑하기로 마음먹었다. 그것은 아내를 사랑하기로 마음먹었을 때와는 판이하게 다른 느낌이었다. 곤혹스러웠다. 그러나 그렇지 않고서는 더 곤혹스러운 날들이 생겨날 거라는 판단에서였다. 아버지를 팔기로 마음먹었을 때와 비슷한 기분이 들었다. 턱이 빠진 것도 아니고 인부가 추락하는 것을 본 것도 아닌데. 또 다른 아버지를 팔기로 마음먹은 것처럼 씁쓸하고 쓸쓸했다. 이것도 로망이라고 위안을 해보지만 그마저 먹혀들지 않았다. 이제 누군가를 사랑하는 것보다 이구아나를 사랑하는 게 훨씬 더 쉬울 거라는, 전에는 한 번도 떠올려본 적이 없는 이상하고 야릇한 상상을 했다.

이구아나를 사랑하는 일은 그닥 어려운 일은 아니었다. 조금 더 들여다보고 조금 더 싱싱한 먹이를 챙겨주고 조금 더 깨끗하게 해주면 되었다. 이를 아는지 모르는지 녀석은 나날이 튼실해졌다. 길고 멋진 꼬리를 꿈틀거렸다. 내일은 녀석에게 먹일 칼슘제를 사와야겠어. 나는 입안의 구멍을 혓바닥으로 꾹 틀어막은 채 이구아나에 사랑을 싣고 또 실었다.

아내는 출장 중

　　　　복층으로 된 그의 집은 세 식구가 살기에는 너무 넓어 보였다. 위층은 사업을 하는 아내의 서재 및 작업실로 쓰고 그는 주로 살림집인 아래층에 거주한다고 했다. 집 안에서는 은은한 발라드 곡이 흘렀다. 그는 중간 키에 마른 몸집을 하고 있었다. 그가 두르고 있는 주황색과 노란색이 배합된 앞치마는 희고 갸름한 그의 얼굴과 조화를 잘 이루었다. 그는 자신을 베테랑 전업주부라고 소개했다.

　"가계부를 쓰기 시작한 지 벌써 십 년이 다 되었습니다. 이것 보십시오. 이제 이런 것은 눈 감고도 할 수 있습니다."

　그는 정말 눈을 감고 사과 껍질을 까기 시작했다. 시작부터 끝까지 껍데기를 한 번도 끊어뜨리지 않고 매끈하게 사과 껍질을 벗겼다. 무슨 마술을 보는 듯했다. 그가 씽긋 웃으며 눈을 떴다. 다 깍은 사과를 가지런히 접시에 담아냈다. 그 손놀림이 하도 능숙하고 세련되어서 여자하고 마주 앉아 있는 착각까지 들었다. 그가 타온 커피는 적당히 진하고 향기로웠다. 실내에 흐르는 음악과 잘 어울렸다. 그가 남자라는 사실만 빼면 모든 게 완벽했다.

"말동무를 구하신다고요?"

커피를 한 모금 마신 후 입을 열었다.

"네. 보시다시피 집 안에서만 지내니까 친구 만날 시간도 없고 친구가 있어도 직장생활을 하니 저와 시간이 안 맞더군요. 제가 한가할 때 걔네들은 바쁘고 걔네들이 숨 돌릴 만할 때는 내가 바쁘고. 그리고 솔직히 어쩌다가 만나거나 통화라도 하면 서로 화제가 달라서. 지금은 전화로 수다 떨 만한 친구도 없습니다. 게다가 아내가 해외 출장 중이라 집도 비고 해서요."

그의 말투 어디선가 여성스런 냄새가 묻어났다. 나는 사과 한쪽을 베어 물고 오래 씹었다. 다리가 짧고 몸통이 긴 애완견 쭈쭈가 나를 보고 짖어댔다. 그가 손가락을 입에 갖다대는 시늉을 하자 애완견은 금방 꼬리를 내리고 얌전해졌다.

"그냥 수다를 떨 수 있는 친구요. 남자가 수다라고 하니까 이상합니까?"

"아, 아뇨. 괜찮습니다. 그런데 왜 하필이면 제 사이트에서……."

남자가 수다라니. 난 수다 같은 거하고는 거리가 멀었다.

"아하, 별 뜻은 없어요. 그냥 필이 확 왔어요."

그가 옅은 한숨을 내쉬었다.

"여자를 집 안에 끌어들일 수는 없잖아요. '아버지'는 '여자'가 아닌 게 확실하니까요. 이성이 아닌 동성을 원하다 보니까 그렇게 됐네요. 집에서 살림을 하다 보니까 밖에 나가기가 귀찮아져요. 집에서 빨래도 하고 청소도 하고 쭈쭈 목욕도 시키고. 할 일이 많긴 해요. 어느 땐 재미가 없어요. 지겹기도 하고요. 하지만 이 일이 저한테 맞나 봐요. 그러다가도 금방 오늘 저녁은 뭘 해 먹을까, 요리 채널을 틀곤 하거든요. 아내가 좋아하는 낙지전골을 할까, 아이가 좋아하는 오징어 찌개를 할까. 낙지와 오징어를 저울질하는 묘미를 혹시 아세요?"

"아니요. 그래 본 적이 없어서요."

마트에서 사온 된장과 1502호 여자가 준 된장을 놓고 갈등을 해본 적은 있어도 낙지와 오징어를 두고 고민을 해본 적은 없었다.

"낙지와 오징어, 사실 뭐 그게 그거죠. 오늘 낙지전골을 하면 내일은 오징어 찌개를 하면 되는 거구요. 헌데 그게 그렇게 단순한 게 아니더라고요. 낙지와 오징어, 개네들이 문제가 아니라 사실은 그 뒤에 숨은 아내와 딸아이가 문제인 거죠. 아내는 오징어를, 딸아이는 낙지를 별로 좋아하지 않거든요. 결국에는 낙지도 오징어도 아닌 생태찌개를 해버리죠. 생태찌개는 둘 다 좋아하거든요. 그런 식으로 하다 보니까 편식을 조장하는 결과를 낳더군요. 그래서 머리를 썼지요. 낙지와 오징어를 반반씩 섞는 거예요."

그는 대단한 발명이라도 한 것처럼 목소리 톤을 높였다. 낙지와 오징어가 뭐 그리 대단하다고. 나는 사과를 한 접시 다 먹어버렸다.

"사과 맛이 좋지요? 지금이 사과 맛이 제대로 들었을 때거든요."

그는 살림살이에 대해 모르는 게 없었다. 진짜 베테랑 주부와 마주 앉아 있는 기분이었다.

"사과를 살 때는 생김새가 일단 예쁜 걸 골라야 해요. 그리고 표면이 매끄럽고 빛깔이 골고루 붉은 게 일조량이 많아 당도가 높아요. 속은 아기 속살처럼 우윳빛이 돌아야 하고요."

슬슬 지루해지기 시작했다. 긴장이 풀어지고 졸음이 몰려왔다. 그는 정말 수다를 떠는 게 목적인 듯했다. 저렇게 할 이야기가 많은데 하루 종일 입이 근지러워서 어떻게 혼자 있을까. 자꾸 하품이 나오려는 걸 꾹 참았다.

"할 일이 많은 것 같다가도 어느 순간 할 일이 없어지는 게 또 집안일의 특성이죠. 그럴 땐 차라리 일이 밀려 있는 게 나요. 쇼핑도 해보고 비디오도 빌려보고 십자수도 해보고. 그래도 딸아이가 올 때까지는 시간이 많이 남는 거예요. 누군가와 이야기를 하고 싶은데. 밤늦게 들어오는 아내는 피곤하다고 들어오자마자 쓰러져 잠들어요. 회식하고 오는 날은 옷도 안 갈아입고 그대로 쓰러져요. 그럼 잠든 아내의 스타킹과 블라우스를 벗기고 잠옷으로 갈아입히죠. 아내는 나보다 주량이 세지만 거의 매일 그런 식이죠. 딸아이가 돌아오면 간식을 챙겨주고 유치원 알림장을 확인해요. 혹시 준비물 같은 게 있을지 모르니까요. 학원 숙제를 봐주고 저녁을 먹이고 텔레비전 시청을 도와주고 자기 전 한 시간 동안 놀아줘요. 한때는 그 시간이 그래도 제일 행복했는데 지금은 꼭 그렇지만도 않아요. 딸아이도 저하고 노는 걸 별로 시답지 않게 생각하거든요. 그보다 요새는 혼자 게임에 열중하곤 해요. 아내가 알면 큰일 나죠. 아내는 일부러 아빠하고 유대감을 갖게 하기 위해 그러는데."

눈꺼풀이 그만 감기고 말았다. 그러고 얼마를 있었는지. 깜짝 놀라 눈을 퍼뜩 떴다. 그는 언제 꺼내들었는지 뜨개질을 하고 있었다. 나는 두 손으로 얼굴을 비볐다. 그가 뜨고 있는 것은 목도리 같았다.

"뜨개질도 하시네요?"

"심심해서 시작한 게 이제는 웬만한 목도리쯤은 만들어낼 수 있지요. 이건 딸아이 줄 겁니다. 애도 내가 떠주는 목도리를 좋아해요."

그의 손놀림은 유연하다. 많이 해본 솜씨다. 그는 무엇을 해도 이상해 보이지 않았다. 자연스럽고 잘 어울렸다.

"언제부터 이런 일을 하시게 되었나요?"

하품이 계속 나오고 앉아 있기에 좀이 쑤셨다. 그렇다고 그 앞에서 계속 졸고 앉아 있을 수는 없었다. 내키지 않았지만 그에게 말을 걸었다.

"결혼하고 얼마 안 있어 실직을 했어요. 나 대신 아내가 일을 하게 된 것도 그때부터고요. 처음에는 아내 눈치를 보기 싫어서, 아내에게 미안하기도 하고요. 집안일에 손을 대기 시작했습니다. 제일 먼저 시작한 게 아마 설거지였을 겁니다. 그 전에는 숟가락 하나 닦는 법이 없었습니다. 아내가 출근하고 난 뒤 설거지를 하고 청소를 했어요. 아내가 돌아올 때까지 멍하니 이불 속에서 뒹구는 것보다 훨씬 시간도 잘 가고 그런대로 재미가 있었습니다. 저녁을 해먹고 아이를 재우고 하는 일들이 적성에 맞더라고요. 아내도 싫어하는 기색이 아니더군요. 이거다 싶어 눌러앉았지요."

"후회는 안 하십니까?"

수다를 떠느라고 잘못했는지 그가 뜨고 있던 목도리를 풀었다.

오글오글한 털실이 그의 무릎 한가득 쌓였다.

"전혀요. 오히려 감사하지요."

뺐던 대바늘을 도로 끼우고 다시 뜨기 시작했다. 손놀림이 좀 전보다 더 빨라졌다.

"그렇지 않으면 이런 시간을 어떻게 꿈이나 꿀 수 있겠어요. 안 그래요? 이게 제 유일한 취미이자 낙입니다. 수다 떠는 거 말입니다."

그가 웃으며 쳐다봤다.

"아, 네."

"여자들이 왜 수다를 떠는가 했는데 제가 겪어보니까 그럴 수밖에 없겠더라고요. 남자는 남자대로 밖에서 피곤해서 들어오지요. 거기다가 대고 미주알고주알 할 수는 없잖습니까. 저도 늦게 들어오는 아내에게 그렇게는 못하겠던데요. 아내가 별로 좋아하지도 않고요. 사실 그래서 문제긴 해요. 아내와 자꾸 거리감이 생기는 것 같더라고요. 밤일도 예전같이 안 되고. 아내와 남편, 여자와 남자, 무엇이 바뀌고 있는 건지 헷갈려요. 애도 헷갈려 하는 것 같습니다. 그렇다고 지금 와서 돌이킬 수도 없고."

"무엇이 문제지요? 행복하다고 하지 않았습니까?"

그가 뜨개질하던 손놀림을 멈추고 옅은 한숨을 쉬었다. 그런 그의 모습은 영락없는 주부였다. 나는 주부 고민 상담소에 앉아 있는 기분이었다. 그는 실상 현재 내 위치와 별다를 게 없었다. 가족들과 떨어져 지내는 것만 다를 뿐이지 그나 나나 전업주부이긴 마찬가지였다. 물론 나보다 그가 더 확실한 '전업'이었지만. 또 한 가지 나는 어쩔 수 없이 그렇게 된 경우였고 그의 경우는 좀 달랐다.

그는 그 스스로 그 길을 개척, 발전시켜 나가고 있었다.

"외롭습니다. 가끔 아빠도 엄마도 아닌 내 자리. 남편도 파출부도 아닌 어정쩡한 이 자리가 불안합니다."

이곳이 포장마차가 아닌 게 아쉬웠다. 뜨개질을 앞에 두고 커피를 우아하게 마시며 할 이야기가 아니었다. 소주라도 한 잔 들이키면서 잔을 부딪쳐야 하지 않겠는가. 그때 그가 자리에서 일어나 주방으로 가더니 와인 한 병을 들고 왔다.

"아끼는 놈입니다. 귀한 손님이 오셨는데 개봉해야지요."

그는 능숙한 솜씨로 와인 마개를 땄다. 그리고 두 개의 잔에 와인을 채웠다.

"자, 우리들을 위하여!"

그의 구호 제창에 얼떨결에 잔을 부딪쳤다. 그런데 '우리들을 위하여' 라니. 우리 같이 못난 아버지들을 위한다는 말인가 아니면 밤일을 마음 놓고 하지 못하는 아버지들을 위한다는 말인가. 목을 축인 그가 치즈와 육포를 내왔다.

"전에는 와인 맛을 몰랐는데 이제는 이놈이 좋습니다. 아내가 가져오기도 하지만 요새는 제가 직접 사옵니다. 애 급식 당번도 제가 갑니다. 애는 싫어하는데 다른 엄마들이 아주 좋아합니다. 애는 엄마 얼굴 볼 새도 없어요. 그건 나도 마찬가지입니다. 그러니 이런 거 사들이는 재미라도 붙여야지요. 어서 드십시오."

값이 제법 나가는 놈이라지만 내 입에는 영 아니었다. 들척지근한 게 소주만 못했다. 그는 잔을 금방 비웠다. 얼마간의 수다가 이어졌다. 그는 그러기 위해 작정한 사람처럼 보였다. 나는 별다른 대꾸 없이 그의 말에 고개를 끄덕이거나 간간이 웃는 척을 했다.

그와 공통적으로 대화를 나눌 만한 게 아주 없었던 것도 아닌데 어쩐지 그의 유쾌하지 못한 수다에 선뜻 동참하고 싶지 않았다.

　그와의 만남은 이상했다. 딱히 '아버지'를 빌리는 것도 아니고 '친구'나 '동료'를 원하는 것도 아니었다. 함께 차를 마시고 와인 이야기를 하고 딸아이 숙제에 대해 고민했다. 언제나 그렇듯이 돈에 의한 계약 관계 그 이상은 아니었다. 하지만 굳이 돈을 버려가며 나를 부르는 이유를 알 수 없었다. '아버지'에 대한 반발도 모욕도 아니었다. 미련이나 그리움 따위와는 더더욱 거리가 멀었다. 그는 아내가 출장 중이라는 게 즐거운 듯 보였다. 아내의 부재가 인생의 중요한 터닝 포인트라도 되는 양 그의 수다는 길고 활기찼다.
　"무슨 음식을 좋아하세요? 한식? 양식? 아니면 일식?"
　"글쎄요. 아무 거나 가리지 않고 다 잘 먹습니다."
　그가 오븐에서 커다란 빵을 꺼내왔다. 표면이 반질반질 윤이 나는 빵은 웬만한 공보다 컸다.
　"이태리 빵이에요. 딸아이가 좋아해서 가끔 구워줍니다."
　그를 따라 빵 한쪽을 뜯었다. 그러자 커다랗게 부풀어 있던 빵이 순식간에 푹 꺼져 부피가 작아졌다. 그가 따로 준비한 키위 잼에 빵을 찍어 먹었다. 단백하고 고소한 맛이 일품이었다. 그의 입은 잠시도 닫히지 않았다 어차피 고객의 입장에 맞춤 서비스를 하는 게 내 사업의 목적이었다. 나는 마음을 바꾸어 먹었다. 순하고 잘 길들여진 양처럼 그의 수다를 받아주었다. 가끔 맞장구나 큰 소리로 웃기까지 해가며 후렴구를 넣었다. 그럴수록 그의 수다는 물이 올랐다.

"회사에서 상사 눈치 보랴, 새 계획안 짜내랴 전전긍긍하는 것보다 사실 이 짓이 훨씬 낫습니다."

그의 말이 맞는지도 모른다. 상사 눈치 안 보고 일에 대한 스트레스 없이 살고 있는 것은 그나 나나 똑같았다. 하지만 아버지를 파는 일도 만만치 않았다. 그에게 그것까지 설명하고 싶지는 않았다. 그와 나는 비슷하지만 전혀 다른 길을 걷고 있었다. 그는 나를 샀고 나는 그에게 팔려왔다. 하지만 시간이 지날수록 그 경계는 모호해졌다. 나도 모르게 그의 수다에 중독되고 있었다. 그 현상은 그를 만나고 온 날 더 심했다. 하루 종일 그의 수다를 듣고 오면 녹초가 되어 쓰러졌다. 눈을 잠깐 부치고 일어나면 고요한 주위가 낯설게 느껴졌다. 매일매일 빠짐없이 챙겨보던 일일 연속극을 빼먹은 것처럼 뭔지 모르게 허전하고 공허했다. 하릴없이 텔레비전 볼륨을 키워보기도 하고 평소 듣지 않던 음악을 온 집 안이 울리도록 틀어놓기도 했지만 그 공허함은 채워지지 않았다. 나는 마침내 이구아나를 들여다보며 중얼중얼 떠들기 시작했다.

"오늘은 날씨가 별로야. 차라리 비가 오든가. 안 그래? 이런 날씨에는 뭘 해도 머리가 아파. 느이 엄마는 이런 날이면 부침개를 했는데. 부추를 듬뿍 넣고 청양고추를 곁들인 부추전이 저녁 밥상에 올라올 때쯤이면 밖에 비가 부슬부슬 내리곤 했지. 남들은 비가 오면 전을 부친다는데 느이 엄마는 반대였어. 부침개가 마치 비를 재촉하는 주문처럼 느껴졌지. 아, 부추전이 생각나는 저녁이야. 오늘 밤에는 비가 오려나. 그러고 보면 느이 엄마는 신통한 재주를 가진 것 같아. 안 그래? 느이 엄마가 누구냐고? 누구긴 누구야. 내 마누라지. 여태 그것도 몰랐어? 이런 맹추 같으니라고."

그것은 독백과는 달랐다. 비록 그 상대가 이구아나이긴 했지만 그렇게 한참을 떠들고 나면 속이 후련해졌다. 명백한 수다였다. 하지만 얼마 못 가 그 후련함의 정체를 알아버리고 말았다. 떠들어대면 떠들어 댈수록 공허해졌다. 그 비애를 알고부터는 점점 그의 수다에 익숙해졌다. 그를 이해하려고 작정한 것도 아닌데 자연스럽게 그의 수다를 즐기게 되었다.

"가끔 아내가 없었으면 할 때가 있어요. 아침저녁으로 얼굴 마주치는 것 외에 딱히 함께 보내는 시간이 많은 것도 아닌데. 왜 있잖아요. 어느 날 문득 아내가 너무 싫어지는 거. 특별한 이유 없이 그냥 한동안 그런 감정이 들 때가 있어요. 아, 내가 왜 저 여자랑 결혼을 했지. 마주 앉아서 밥 먹기도 싫을 때가 있어요. 정말로 이유 없이 그냥요. 그러다가 이유 없이 또 좋아져요. 이런 감정이 왔다 갔다 해요. 이런 걸 권태기라고 해야 하나. 이번에는 아주 절묘하게 그 타이밍이 딱 맞아떨어졌어요. 혹시 모르지요. 아내도 문득 내가 싫어져서 떠났는지. 그렇다고 아내를 사랑하지 않는 건 아니에요. 내일은 마늘장아찌를 담가야겠어요. 아내가 좋아하거든요."

춤추는 산타

달력이 두 장 남았다. 얼마 전부터 편의점 앞에 산타가 등장했다. 산타는 지나가는 사람들의 시선을 한 몸에 받았다. 뚱뚱하고 익살맞게 생긴 산타는 음악에 맞추어 하루 종일 춤을 추었다. 그 큰 엉덩이를 흔들어대며 춤을 추는 모습이란 보기만 해도 웃음이 절로 나왔다. 사람들은 그 앞을 지나갈 때마다 씰룩거리는 엉덩이를 한 번씩 툭툭 치거나 쓰다듬었다. 어린 학생들은 그 우스꽝스런 몸짓을 똑같이 따라 하다가 까르륵 웃음보를 터뜨렸다.

편의점에서 라면과 햇반을 사 가지고 나왔다. 거리는 텅 비었고 산타는 여전히 같은 동작을 반복하고 있었다. 옆에 있는 가로수에서 노란 은행잎이 우수수 떨어졌다. 뭐가 급해서 벌써 나왔을까. 크리스마스가 되려면 아직도 두 달은 더 있어야 하는데. 적어도 두 달은 저러고 있어야겠군. 노란 은행잎과 산타의 빨간 복장이 어딘지 모르게 어색해 보였다. 신나고 즐겁기보다는 처량하고 쓸쓸해 보였다. 춤을 추는 게 아니라 구걸을 하고 있는 듯했다. 당장이라도 산타에 연결된 코드를 뽑아주고 싶었다. 그냥 서 있는 것도 그런데 춤이라니. 천천히 발길을 돌렸다. 산타에서 흘러나오는 반복된 리듬이 차차 멀어졌다.

라면에 햇반을 말아먹고 있는데 전화벨이 울렸다. 정 과장이었다.

"열심히 닭 튀기고 있을 사람이 이 시간에 웬일이야?"

"술 한 잔 했습니다."

정 과장의 목소리는 이미 취해 있었다.

"무슨 일 있어? 지금 거기 어디야?"

"그냥 팍팍해서요."

"왜? 장사가 안 돼?"

정 과장은 뭐라고 몇 마디 중얼거리다가 전화를 끊었다. 전화를 걸어보았지만 받지 않았다. 내려놓았던 숟가락을 집어 들었다. 그릇을 기울여 국물 속에 퍼진 밥알을 퍼 올렸다. 그새 풀어진 허연 밥알이 숟가락 한가득 올라왔다. 밥을 입안에 넣고 천천히 씹었다. 식어버린 라면 국물이 느끼했다. 남은 밥알을 개수대에 쏟아버렸다. 또다시 전화를 걸었지만 여전히 통화불능이었다. 해마다 연례행사처럼 불거지는 조류독감 때문에 닭고기 수요가 많이 줄었다. 정 과장 가게도 거기서 자유롭지 못한 모양이다. 텔레비전을 틀었다. 오락 프로그램이다. 아무 생각 없이 습관적으로 채널을 돌렸다. 채널이 열 개 정도 지나갔을 때였다. 익숙한 얼굴이 환하게 웃었다. 쇼핑호스트인 그 아이 엄마다. 이번에는 이불을 팔고 있었다. 프린트가 화려한 겨울 이불이다.

트윈 사이즈는 방금 매진되었습니다. 고객님들 성원에 다시 한 번 감사드립니다. 자, 싱글 사이즈도 남은 물량이 얼마 없습니다. 이 좋은 찬스에 저렴한 가격으로 장만하셔서 이왕이면 따뜻하고 포근한 겨울을 보내세요.

아이는 병아리를 보러 동물원에 또 가진 않았는지. 병아리를 찾아 헤매던 아이의 눈망울이 떠올랐다. 다음에 기회가 있으면 그때는 병아리를 꼭 보여주리라. 채널을 돌렸다. 비슷한 포맷과 비슷한 내용의 오락 프로그램들이 줄줄이 이어졌다. 정 과장에게 다시 전화가 온 것은 채널을 오락 프로그램 중 하나에 고정시켜놓고 생각없이 화면을 바라보고 있을 때였다. 택시를 잡아타고 정 과장이 있는 곳으로 향했다.
정 과장은 거의 인사불성이 되다시피 취해 있었다.
"왜 그래? 너무 취했어."
정 과장은 테이블 위로 그대로 고꾸라졌다. 그리고는 그대로 잠이 들어버렸다. 벌어진 입에서 침과 함께 지독한 술 냄새가 뿜어져 나왔다. 퉁퉁한 체구의 정 과장은 덫에 걸린 멧돼지 같았다. 가끔씩 신음처럼 힘겨운 소리를 냈다. 한참 지나도 깨어나지 않았다.
미리 연락을 받은 정 과장의 아내가 가게 앞에 나와 있었다. 정 과장을 부축해 가게 안으로 들어갔다. 불이 훤하게 켜져 있는 가게 안은 텅 비었다. 닭튀김 냄새도 불기의 흔적도 없었다. 아내도 평범한 일상복 차림이었다. 우스꽝스런 캐릭터가 그려진 앞치마를 두르지도 빨간 베레모를 쓰지도 않았다. "무슨 일이 있습니까?"
하고 물어보려다가 말았다. 그의 아내가 돌아서는 나를 향해 깍듯
이 허리를 숙였다.

"감사합니다. 고맙습니다."

그녀의 인사를 받는 둥 마는 둥 서둘러 가게를 빠져나왔다. 편의
점에 들러 소주를 샀다. 편의점 앞 산타는 여전히 춤을 추고 있었
다. 가로등 불빛에 드러난 산타의 얼굴은 울고 있는 것처럼 보였
다. 누군가 이 율동을 멈추어주기를 바라는 듯이. 산타에게 소주
한 잔을 따라 주고 싶었다. 정 과장의 닭다리도 함께 춤추기를 기
원하면서. 밤 기온이 쌀쌀했다. 몸을 잔뜩 움츠리고 옆구리에 소
주병을 낀 채로 걸었다. 저만치 불야성을 이룬 아파트 단지가 보
였다.

소주 한 병을 다 마셨을 즈음 전화벨이 울렸다. 아내였다. 전화
를 받지 않았다. 전화벨이 그쳤다. 마지막 소주잔을 입으로 막 가
져가는데 또 전화벨이 울렸다.

"집에 있으면서 왜 전화를 안 받아?"

아내는 바로 집 밖에서 전화를 하듯 퉁명하게 말했다.

"왜?"

"왜라니?"

할 말도 하고 싶은 말도 없었다.

"잘 있어. 머이도 잘 먹고 잠두 잘 자."

아내가 묻지도 않았는데 나도 모르게 이구아나 안부에 대해 떠
들었다.

"그거 때문이 아니라 당신 잘 지내고 있나 궁금해서."

"글쎄, 잘 먹고 잘 자고 그런다니까."

"술 마셨구나. 혼자 마셨어?"

"응."

"애들 방학하면 한 번 나갈까 생각 중이야."

"나온다고?"

술이 확 깼다.

"아직 결정한 건 아니고 마음이 그렇다는 거지. 한 번 움직이면 돈이 장난이 아닌데. 쉽지 않을 거야."

나온다고 해도 걱정이었다. 아내는 내가 아직도 직장에 다니고 있는 줄 알고 있었다. 아버지나 팔고 다닌다는 사실을 알면 당장 이혼이라도 불사할지 모른다. 차라리 그편이 나을 수도 있다. 아버지도 아닌 아버지로 사느니 아버지를 거부하는 게 현명한 방법일지도 모른다. 그런데 아버지를 거부한다고 아버지가 안 될까. 머릿속이 쿵쿵 울렸다.

"술 많이 마시지 말고 밥 잘 챙겨 먹고. 힘들어도 애들 생각해서 조금만 참자."

아내 목소리에도 힘이 빠져 있었다. 마냥 씩씩할 줄만 알았던 아내에게도 그런 모습이 있다니. 마음이 안 좋았다.

"그래. 당신 말대로 조금만 더 참고 견디자. 난 괜찮아. 당신이나 끼니 거르지 말고. 여기는 걱정하지 마. 녀석도 제법 컸어. 나중에 보면 몰라볼 거야."

"여보, 우리 춤출까?"

"갑자기 춤은 무슨?"

"우리 신혼 때 생각 안 나? 당신 한 잔 하고 오면 음악 틀어놓고 블루스 췄잖아. 당신이 먼저 내 팔을 잡아당겼잖아. 지금 와서 얘기인데, 당신 춤 정말 못 추더라.”

수화기 저편에서 아내 웃음소리와 함께 음악 소리가 흘러나왔다. 신혼 시절 자주 들었던 귀에 익은 곡이다.

“보여? 당신도 일어나야지.”

술잔을 밀어두고 자리에서 일어났다.

“자, 허리에 손을 둘렀어. 당신도. 그렇지. 자 오른발부터 시작.”

수화기를 귀와 어깨 사이에 밀어 넣은 채 아내 지시에 따라 움직였다. 퀵퀵 스텝. 아내의 숨소리가 수화기를 타고 흘러나왔다. 가볍게 부드럽게. 아내는 노래를 부르듯 흥얼거렸다. 나는 편의점 앞에 서 있던 춤추는 산타처럼 같은 동작을 반복했다. 지나가는 누군가가 내 엉덩이를 툭툭 치며 농을 걸어올 것 같았다. 제법인걸.

보물을
낚으세요

사람들은 마켓크래프트를 보물 상자라고 불렀
다. 운이 좋으면 오백 원짜리 동전을 넣고 그 몇 배 되는 물건을 건
져 올릴 수 있었다. 물론 운이 좋으면 말이다. 그 속에 무엇이 들었
는지는 별로 중요하지 않았다. 건져 올렸다는 데 의의가 있었다.
그게 보물이었다. 그는 마켓크래프트에서 물건을 낚는 아버지가
필요하다고 했다. 그런 일쯤이야. 고개가 갸웃거려지긴 했지만 이
런저런 일을 가릴 경황이 없었다. 어차피 아버지를 파는데. 그보다
더한 일이 또 있을까. 망설임 없는 내 승낙에 오히려 그가 당혹스
러워했다. 그 자신이 아버지인지 아닌지가 궁금했다. 하지만 물어
보지 않았다. 그가 아버지이든 아니든 나와는 상관없는 일이었다.
그의 요구대로 물건만 낚아주면 그만이었다. 그리고 돈을 받으면
뜨끈한 설렁탕을 한 그릇 먹을 작정이었다.

내가 일을 할 곳은 그가 운영하는 작은 슈퍼 앞이다. 슈퍼 뒤로

는 주택가들이 밀집해 있고 옆으로는 카센터와 미용실, 베이커리가 있다. 그 앞으로는 버스가 지나다녔다. 다행히 내가 살고 있는 동네와는 멀리 떨어졌다. 아무리 사십오 도 인생이라지만 동네 사람들이 오가는 앞에서 종일 인형을 낚아 올리고 있을 수는 없었다. 그것은 아내와 아이들과 이구아나에 대한 모독이었다. 나에 대한 모독은 집구석에 굴러다니는 모자 하나로 해결했다. 푹 눌러쓴 모자 때문에 내 얼굴은 반 이상 가려졌다. 누가 봐도 내가 누군지 알아볼 수 없었다.

그가 들려준 오백 원짜리 동전 꾸러미를 들고 마켓크래프트 앞으로 갔다. 샛노란 색의 네모반듯한 기계는 선물 상자 같았다. 위가 투명한 유리로 되어 있어서 안이 다 들여다보였다. 그 안에는 가지각색의 물건들이 선택되기를 기다리고 있었다. 크고 작은 봉제 인형에서부터 장난감 자동차, 화장품, 껌, 값비싼 양담배, 싸구려 시계, 질 나쁜 양주까지 편의점처럼 웬만한 게 다 있었다. 저 속을 뒤지면 칫솔이나 햇반, 된장이 있을지도 모른다. 운이 좋으면 유기농 오곡 시리얼이 걸릴지도. 투입구에 동전을 집어넣고 조종 바를 움켜잡았다. 갈고리처럼 생긴 기계가 유연하게 움직였다. 무엇을 건져 올릴까.

그가 원하는 것은 '좋은 거'였다.

"그냥 좋은 거로 뽑아주세요."

그는 씽긋 웃었다. 좋은 거라니. 사람마다 취향이 다른데, 그걸 어떻게 알아. 유리 박스 안을 다시 살폈다. 좋은 거, 좋은 거라. 모두가 다 좋아 보이기도 했고 전부 다 안 좋아 보이기도 했다. 좋은 거는 둘째 치고 갈고리에 잘 걸려들만 하느냐 안 하느냐가 문제였다. 일단은 부피가 큰 봉제 인형이 쉬울 것 같았다. 혹시 모른다. 그가 인형을 좋아하는지. 봉제 인형에 갈고리를 조준했다. 갈고리를 천천히 내렸다. 드디어 갈고리가 봉제 인형을 물었다. 조종 바를 움직여 갈고리를 서서히 들어올렸다. 갈고리가 움직이면서 봉제 인형이 따라 올라왔다. 별거 아니군. 한 손으로 모자를 벗었다가 다시 썼다. 출입구까지 거의 다 올라왔을 즈음 갑자기 갈고리에 물려 있던 봉제 인형이 맥없이 아래로 툭 떨어졌다. 어쩐지 너무 쉽게 올라오더라니. 낭패였다.

다시 원점으로 돌아갔다. 갈고리를 내려 봉제 인형을 잡아 올리는 데까지는 무리가 없었다. 처음보다 더 신중하고 침착하게 갈고리를 들어 올렸다. 갈고리 끝에 걸린 봉제 인형은 떨어질 듯 말 듯 아슬아슬하게 딸려 올라왔다. 숨소리마저 죽이고 기계를 조종했다. 하지만 마의 삼각지처럼 번번이 비슷한 자리에서 놓쳐버렸다. 덩치 큰 봉제 인형 하나 건져 올리기도 이렇게 힘이 든데 담배 같은 작은 물건들은 더 어려울 듯싶었다. 건져 올린 봉제 인형을 그에게 주었다.

"이거보다 더 좋은 거요."

그는 봉제 인형을 옆으로 획 던졌다. 원하는 게 이게 아닌가 보군. 동전을 투입구에 넣고 기계를 작동시켰다. 슈퍼에 물건을 사러 오는 사람들이 힐끔거리며 쳐다봤다. 어떤 사람은 바싹 붙어 서서 구경을 했다. "조금만 조금만 더" 하고 열을 내는 이도 있었다. 실패를 하면 유리면을 손바닥으로 치며 나보다 더 아쉬워했다. 그럴수록 내 의지는 불타올랐다. 이번에 선택한 물건은 장난감 자동차다. 플라스틱 자동차는 각이 지고 단단해서 봉제 인형보다 어려웠

다. 다섯 번의 실패 끝에 가까스로 끌어올리긴 했지만 그의 마음에
안 들기는 마찬가지였다.

"더 좋은 게 많은데."

그는 못마땅한 표정으로 중얼거렸다. "도대체 어떤 게 좋은 거
냐?"고 따지고 싶었지만 꾹 참았다. 그는 나의 고객이었다. 고객은
왕이다. 식상하고 흔해 빠진 표어지만 어느 땐 그런 게 가장 절실
하게 다가왔다. 지금 내 상황이 바로 그랬다. 더 좋은 게 뭘까. 유
리에 얼굴을 박고 안을 살폈다. 담배? 술? 그는 술 담배를 썩 잘할
것 같아 보이진 않았다. 화장품은 어떨까. 아내나 연인에게 화장품
을 선물하는 것도 괜찮을 것 같았다. 화장품은 구석에 박혀 있어서
앞에 있는 것보다 난이도가 높았다. 더 좋은 것을 원한다는데. 이
것저것 가릴 계제가 아니었다. 갈고리를 움직여 구석에 있는 화장
품을 가운데로 끌어내는 일도 쉽지 않았다. 기계가 마음처럼 움직
여주지 않았다. 그럴수록 조바심이 났다. 유리벽을 깨고 손을 집어
넣어 빼내고 싶을 지경이었다.

운전을 잠시 중단하고 담배를 피워 물었다. 사람들이 연신 슈퍼
를 드나들었다. 그는 잠시도 쉴 틈이 없어 보였다. 무엇 때문에 아
버지에게 이런 일을 시킬까. 담배 연기가 사방으로 흩어졌다. 저
중에서 가장 좋은 게 뭘까. 아내 또래의 여자가 미용실로 들어갔
다. 지나가는 버스 안에 있는 사람들이 모두 나를 쳐다보는 것 같
았다. 모자를 더 힘껏 눌러썼다. 목이 탔다. 슈퍼 안으로 들어갔다.

"물 한 잔만 마실 수 있을까요?"

그가 생수 한 병을 꺼내주었다. 병째 대고 들이켰다.

"이왕이면 보물을 낚아주십시오."

“보물이요?”

“네. 좋은 놈으로.”

그가 천연덕스럽게 웃었다.

“당신이 보기에 저 중에 보물이 있는 것 같소? 기껏해야 인형 나부랭이나 싸구려 양주가 전부인데 무슨 수로 저 속에서 보물을 찾는단 말입니까?”

“그러니까. 꼭 그게 값비싼 보물을 말하는 게 아니라. 음…… 암튼 보물이 있습니다.”

그렇겠지. 값비싼 거는 아니겠지. 그 정도야 상식이다. 마침 슈퍼 안으로 손님이 들어왔다. 마시던 물을 놓고 밖으로 나왔다. 저 속에 바라는 게 있긴 있는 모양이었다. 그럼 자기가 하지 그걸 왜 아버지한테 건져 올리라고 하는 건지. 기계 안을 다시 들여다보았다. 그가 원하는 보물이라는 게 도대체 무엇인지 알 수 없었다. 한참을 씨름한 끝에 두 개의 물건을 낚아 올렸다. 조잡한 시계와 좀 작은 봉제 인형이었다. 역시 그는 만족하는 눈치가 아니다.

“그런데 왜 하필이면 아버지에게 저 짓을 시키는 거요?”

그는 대답 대신 진열대에서 빵 하나를 집어주었다. 그렇지 않아도 속이 출출하던 참이었다. 빵을 받아든 나는 정신없이 먹어치웠다. 그는 옆에서 그런 내 모습을 물끄러미 지켜보다가 간간이 물을 챙겨주었다. 빵을 먹는 동안 아무 생각도 나지 않았다. 오로지 빵하고 나하고 단 둘이 있는 기분이었다.

“좋은 놈으로 낚아주십시오.”

“내가 보기에 좋은데 당신이 보기에 안 좋으면?”

“당연히 좋은 놈이 아니지요.”

"아무리 봐도 저기 좋은 놈은 하나도 없소. 나야 뭐 돈 받고 하는 일이니까 한다지만."

이해할 수 없었다. 아버지를 빌리는 사람들의 공통점이었다. 하도 만성이 되어서 이제 그러려니 하지만 이번 경우는 더 심했다. 그들의 아버지를 모두 다 이해할 수 없는 것처럼 그 아들들 역시 이해 불능이었다. 반란일까 모독일까. 아니면 반성일까. 마지막 빵 조각이 명치끝에 걸렸다. 내가 할 일은 저기서 괜찮은 놈을 건져 올리는 것뿐이었다. 물을 들이켜도 명치끝이 뚫리지 않았다. 좋은 놈, 괜찮은 놈. 보물일까.

문제는 갈고리였다. 내가 움직이려는 방향과 갈고리의 진행 방향이 일치하지 않았다. 애초부터 그렇게 설계되어 있는 듯했다. 아무리 애를 써도 마음대로 되지 않았다. 조종 바를 움켜 쥔 손바닥이 얼얼했다. 다리가 뻐근하고 엉덩이가 점점 뒤로 빠졌다. 그동안 카센터에는 두 대의 자동차가 수리를 하고 나갔고 미용실에 들어갔던 아내 또래의 여자도 머리를 자르고 갔다. 수십 대의 차들이 도로를 달렸고 수십 개의 눈들이 게임에 몰두한 내 뒷모습을 스쳐 갔다. 그는 건져 올리는 것마다 고개를 흔들었다. 차츰 약이 오르기 시작했다. 그럼 네가 할 것이지. 집어치우고 싶었다. 도무지 원하는 게 무엇인지 알 수 없었다. 담배와 술까지 다 낚아 올렸다. 역시 그의 마음에 안 들기는 마찬가지였다.

"더 이상 못하겠어!"

마침내 화가 치밀었다. 장사를 하고 있다는 사실을 까마득히 잊고 말았다.

"똥개 훈련시키는 것도 아니고. 아니면 원하는 것을 분명히 알려주든가.”

“그걸 저도 모릅니다.”

그가 담배를 꺼내 물었다. 담배 한 개비가 다 타들어가도록 말이 없었다. 그의 시선은 담배 연기를 따라 허공으로 흩어졌다. 이윽고 담배를 눌러 끈 그가 입을 열었다.

“일찌감치 정년퇴직한 아버지는 하루 종일 저기 매달려 있었습니다. 처음에는 심심풀이로 하는가 보다 했습니다. 그 다음은 재미를 붙였구나, 했습니다. 그래도 다행이구나 싶었지요. 저거라도 하고 있으니. 그런데 그게 아니었습니다. 게임기를 조작하는 아버지의 손은 혈기에 넘쳤고 표정은 어느 때보다 진지했습니다. 중독일까. 아버지를 말렸습니다. 그도 아니었습니다. 어느 날 아주 진지하고 심각하게 말씀하시더군요. ‘보물을 낚는다’ 라고.”

그가 먼 하늘을 올려다보았다.

“아버지가 저곳에서 낚아 올리려 했던 보물이 무엇인지 알고 싶었습니다. 당신이 ‘아버지’ 라면 알 수 있지 않을까 생각했고요. 어리석은 판단이었을까요?”

생수병에 남아 있던 물을 마저 들이켰다. 차들은 벌써 전조등을 켜고 달리고 있었다. 미용실과 베이커리에도 어느새 불이 환하게 들어와 있었다. 그가 자리를 비운 사이 그곳을 빠져나왔다. 세상을 지탱하고 있는 것들 중에 분명한 건 없었다. 불확실하고 불안전한 것들뿐이었다. 분노도 모독도 반성도 아니었다. 혓바닥이 슬그머니 입안의 구멍으로 향했다. 뜨끈한 설렁탕이 먹고 싶었다.

설렁탕 한 그릇을 다 비우고 일어섰다. 오래간만에 배가 불렀다. 밤바람이 찼다. 호주머니에 손을 집어넣은 채로 집으로 향했다. 하루 종일 게임기에서 건져 올린 물건들을 헤아렸다. 봉제 인형, 장난감 자동차, 화장품, 담배, 껌, 시계, 값싼 양주……. 다 쓸모없고 조잡한 물건들이다. 그 속에 햇반이나 된장, 라면 같은 건 없었다. 간만에 맛있게 먹은 설렁탕 한 그릇이 나한테는 보물이었다. 그러니까 나는 보물을 낚은 셈이다.

"나는 보물을 낚았다!"

고개를 젖히고 큰 소리로 웃었다. 밤하늘에 반짝이는 별이 보였다. 요즘에도 별이 있구나. 밤하늘에 별이 존재한다는 사실을 까마득히 잊고 살았다. 발걸음을 멈추고 좀 더 오래 별을 바라보았다. 별은 볼수록 새록새록 생겨났다. 처음에 언뜻 봤을 땐 한두 개만 보였는데 오래 보고 있으니까 여기저기서 다투어 반짝거렸다. 그중에 유난히 반짝이는 별이 있었다. 아내도 밤하늘의 별을 올려다보며 살고 있을까. 저 별을 아내도 올려다볼까. 다시 걷기 시작했다. 멀리 보이는 아파트 불빛이 별을 삼켜버렸다.

불 꺼진 집은 오래된 고분 같았다. 그 고분 속으로 기어들어갔다. 불을 켜면 부장품들이 모습을 드러내리라. 그 초라한 몰골을 확인하고 싶지 않았다. 거실 창으로 희미한 달빛이 들어왔다. 어두운 길을 더듬어 방까지 갔다. 옷도 벗지 않은 채 그대로 침대 위로 쓰러졌다. 아직도 설렁탕의 뜨끈한 기운이 뱃속에 남아 있었다. 그 기운이 가시기 전에 잠을 청했다. 이 땅의 아버지들의 보물은 김이 설설 나는 푸짐한 설렁탕 한 그릇이 아닐까. 그의 아버지도 알고 있으려나. 무서운 적막이 눈꺼풀을 내리눌렀다.

불구의 시대

많은 남성들이 발기불능으로 마음고생을 하고 있습니다. 한 연구에 따르면 매년 발기불능으로 병원이나 상담소를 찾는 남성이 급격하게 증가하고 있다고 합니다. 고민이 고민인 만큼 드러내놓지도 못하고 혼자서 전전긍긍하는 남성까지 합하면 그 숫자는 훨씬 많으리라 예상됩니다. 문제는 그 원인을 알 수 없는 환자들이 대다수를 차지한다는 점입니다. 예전에는 중년 남성들에게서나 나타나던 증상들이 젊은 층에서도 쉽게 발견되고 있다는 점도 문제입니다. 환경오염이나 인스턴트 위주의 식생활이 그 주요 원인일 수도 있다는 주장이 제기되고 있지만 가장 무서운 적은 스트레스입니다. 스트레스는 당신이 가지고 있는 모든 것을 단번에 날려버릴 수도 있습니다. 만약 당신의 남성이 발기불능이라면 당신의 스트레스가 어디에서 오는지부터 점검해야 할 필요가 있습니다.

텔레비전 속의 여자 앵커는 힘을 주어 또박또박 이야기했다. 마치 자신의 말을 잘 들으면 발기불능으로부터 해방될 수 있다는 듯 들렸다. 그건 그랬다. 뭔가 스트레스를 받는 일이 있으면 뜻대로 잘되지 않았다. 그런데 그런 일이 어디 그뿐이랴.

특별한 질병도 없고 스트레스도 없는데 발기가 되지 않는다는 남성분들도 많습니다. 그런 경우 좀 더 정확하고 정밀한 검사가 요구됩니다.

여자 앵커는 자신이 의사라도 되는 양 단호하게 말했다. 발기불능도 정밀 검사도 구미가 당기지 않았다. 발기가 되든 안 되든 어차피 그게 그거였다. 그 기분을 네가 뭘 알아? 앵커의 표독스런 말투가 어쩐지 거슬렸다. 텔레비전을 껐다. 아버지나 팔아야지. 사이트에 접속했다. 아까 그 여자 앵커가 강조하던 '당신'이 거기 있었다. 그는 발기불능의 남자였다. 하필이면.

―저기, 거시기가…….
―거시기요?
―그러니까 그게 말이지……. 이런 얘기해도 되나 모르겠는데. 그
　게 도통 안 서요.

그는 결혼한 지 이십 년이 다 되어오는 남자다. 그는 아내를 끔찍이 사랑했다. 아내 또한 그에 대한 사랑이 넘쳐났다. 경제적으로도 비교적 안정적인 생활을 꾸리고 있었다. 별 탈 없이 잘 살고 있

던 부부에게 위기가 찾아왔다. 밤일이 제대로 되지 않는다는 것이다. 번번이 실패를 거듭하다가 이제는 아내가 아예 가까이 오려고도 하지 않는다고 했다. 건강에 무슨 문제가 있는지 병원에도 가보았지만 아무런 이상이 없었다. 직장이나 동료 사이에서 크게 스트레스를 받거나 하는 일도 없었다. 워낙 낙천적인 성격이어서 스트레스를 쌓아둘 여지가 없었다. 결국 아내 몰래 성기능 장애 클리닉도 찾아보았지만 뾰족한 답을 얻지 못했다. 발기는 여전히 되지 않았다. 아내는 아내대로 그는 그대로 불만만 쌓여갔다.

—뭐. 좋은 방법이 없을까요.
—글쎄요. 제가 전문가가 아니어서. 그러지 마시고 아내와 함께 상담을 받아보시는 게 어떨까요. 여긴 그런 곳이 아니라…….

아무래도 번지수를 잘못 찾아온 것 같았다. 하지만 남자는 막무가내였다.

—별의별 방법을 다 써봤지만 소용이 없더군요. 아내는 겉으로는 괜찮다고, 오히려 내 걱정을 합니다. 그런데 그게 아닙니다. 괜찮은 게 아니거든요.
—아내와 충분한 대화를 나누어보세요.
—그게 아니라니까. 참네. 거 남의 얘기라고 그렇게 함부로 말하지 마십시오.
—아, 죄송합니다. 조금이라도 도움이 될까 해서.

남자의 한마디에 금방 의기소침해졌다. 뭔가 주객이 전도된 것 같았다. 기분이 찜찜했다.

— 제가 뭘 도와드리면 될까요.

남자 스스로 사이트에 잘못 들어온 것을 자각하고 어서 사라져 주기를 바라는 마음으로 당당하게 물었다. '아버지를 빌려드립니다'에서 남자에게 해줄 수 있는 일은 없었다.

— 그래서 말인데 아내를 만족시켜주시오.
— 그게 무슨 말이지요?
— 말 그대로요.
— 설마 당신 아내와 잠을 자라고?
— 왜? 안 돼?

순간 머릿속이 암전되었다. 미친놈. 빌릴 게 없어서 별 걸 다 빌려달라는군. 욕이 목구멍까지 치미는 걸 가까스로 참았다.

— 미쳤군!

내 내신 누고가기 선수를 쳤다.

— 내가 대신하면 안 될까. 님도 보고 뽕도 따고.

어느 놈은 침부터 흘렸다.

그럼에도 불구하고 남자의 호소는 정중하고 간절했다. 나 또한 정중하게 거절했다. 그런 위험한 거래는 하고 싶지 않았다. 몰래 저희들끼리 좋아서 만나는 불륜도 아니고. 단지 남의 여자를 만족시켜주기 위해 돈을 받고 그 짓을 한다는 건 용납할 수 없었다. 개를 흘레붙이는 것도 아니고. 세상에는 개만도 못한 인간들이 넘쳐났다.

그는 집요했다. 몇 날 며칠을 졸라댔다. 슬슬 호기심이 동하기 시작했다. 그냥 확 잔다고 해버릴까. 정말로 아내를 사랑하기 때문일까. 아니면 독특한 정신세계의 소유자? 그의 본심이 궁금했다. 그렇다면 그런 남자의 아내는? 남편이 허락한다고 다른 남자와 잠을 잔다? 스와핑이니 뭐니 그런 게 있다는데. 종일 일이 손에 잡히지 않았다. 그 절묘한 타이밍에 맞춰 남자는 결정타를 날렸다.

그게 뭐 그리 중요하다고. 결국 그의 파티 초대에 응하고 말았다. 그는 나를 거래처 사장으로 소개했다. 그의 아내는 쌀쌀한 날씨에도 불구하고 와인빛 민소매 원피스를 입고 있었다. 또래에 비해 젊고 세련되었다. 겉으로 보기에 둘은 행복해 보였다. 아무런 문제가 없는 금슬 좋은 부부처럼 보였다. 또 다른 한 쌍의 부부와 함께 늦게까지 술자리가 이어졌다. 만취한 한 쌍의 부부는 일찌감치 일어났다. 그의 아내도 적당히 술기운이 올랐다. 그는 내게 사인을 보내고 슬며시 자리를 떴다. 뭘 어떻게 해야 할지 몰라 술잔을 입으로 가져갔다. 밤기운이 몹시 찼다. 몸이 저절로 움츠러들었다.

"추워요?"

그의 아내가 내 곁으로 옮겨 앉았다. 나는 반사적으로 엉덩이를 영점 오 센티미터 옆으로 옮겼다. 혹시나 그녀가 영점 오 센티미터의 움직임을 눈치라도 챘다면. 설마 영점 오인데. 나는 그 시각 내가 왜 낯선 여자 앞에서 엉덩이를 영점 오 센티미터씩 옮기고 있어야 하는지 본분을 망각한 채 그녀의 일거수일투족에 신경을 곤두세웠다. 그리고 영점 영일 초 만에 내 우려가 괜한 짓이 아니었음을 확인했다. 여자는 몸 어딘가에 자동센서를 부착하고 있는 것처럼 내 일거수일투족에 즉각적으로 반응했다. 그녀의 엉덩이도 나를 따라 영점 오 센티미터 전진한 것이다. 그 속도가 너무 빨라 마치 내 엉덩이와 그녀의 엉덩이가 오랏줄로 단단하게 연결되어 있는 듯했다.

"들어가요."

겨드랑이 사이로 그녀의 희고 긴 팔이 서슴없이 들어왔다. 그리고 또 서슴없이 내 팔뚝을 사정없이 휘감더니 나를 일으켜 세웠다. 이건 얘기가 틀리잖아. 그러면서도 나는 의식을 놓은 사람처럼 거의 반자동으로 움직였다. 방 안으로 들어서자마 그녀는 내 목을 끌어안고 키스 세례를 퍼부었다. 바비큐 냄새와 술 냄새가 섞여 야릇한 향을 풍겼다. 그녀의 혀가 입속으로 들어왔다. 나는 뒤로 손을 뻗어 문의 잠금장치를 눌렀다. 그녀와의 섹스는 그동안 내가 해본 그것 중에 제일 격렬했다. 내 위에 올라탄 그녀는 목숨을 걸고 방아질을 해댔다. 금방이라도 숨이 꼴깍 넘어갈 듯 위태위태했지만 그녀의 방아질은 쉽게 멈추지 않았다. 방 어딘가에 카메라라도 설치되어 있는 것은 아닌지. 그녀의 남편이 이 모든 상황을 지켜보고 있는 것은 아닌지. 둘이 한패가 되어 나를 이용해 먹는 것은 아닌지. 불법 복제한 요상한 동영상이 인터넷을 떠도는 것은 아닌지. 아랫도리에 점점 힘이 빠졌다. 실눈을 뜨고 그녀를 살폈다. 희멀건 살덩이가 눈앞에서 흔들거렸다. 인터넷은 세계 어디든 뻗어 있지 않은가. 그러다가 미국에 있는 아내와 아들이 보게 된다면. 아, 아 이건 아닌데. 방아질 속도가 점점 느려지면서 그녀의 긴 신음소리 가 이어졌다.

탈출

　　창으로 들이치는 아침 햇살이 잠을 깨웠다. 벌써
열두시를 향해 가고 있었다. 목이 말랐다. 물을 마시기 위해 거실
로 나왔다. 거실 공기가 이상했다. 썰렁한 게 어디 한 곳이 터진 느
낌이 들었다. 주위를 둘러보았다. 현관문이 살짝 열려 있었다. 엊
저녁 들어올 때 제대로 닫지 않은 모양이었다. 열려진 틈새로 밤새
바람이 들어온 것이다. 얼른 현관문을 닫아걸었다. 주방에서 물을
마시고 거실로 나왔다. 그제야 어젯밤 일들이 생생히 떠올랐다. 몰
골을 살폈다. 풀어진 셔츠 자락이 간밤에 한 일을 말해주는 듯했
다. 누가 보고 있기라도 하듯 얼른 셔츠자락을 여몄다. 눈을 감자
바로 코앞에서 흔들리던 여자의 희멀건 유방 잔상이 떠올랐다. 퍼
뜩 눈을 떴다. 태연히, 그러나 간신히 걸음을 옮겨 소파에 겨우 앉
았다. 지금 당장 아내한테 전화라도 오면. "당신 어제 뭐 했어?" 하
고 물어오기라도 하면 "난 단지 장사를 했을 뿐이야. 당신도 알다

시피 난 그렇게 무지막지하게 큰 젖가슴은 별로 좋아하지 않아. 말했잖아. 그냥 거래를 했을 뿐이야"라고 이실직고할 작정이었다. 다행히 전화벨은 울리지 않았다. 소파에 다소곳이 앉아 참회 아닌 참회를 했다. 아무도 모르지만 이놈만은 비껴가지 못할 것 같아서였다. 어제보다 조금 더 자란 집이 맹렬하게 나를 노려보고 있었다. 나는 아주 잠깐 동안, 이 모든 것을 다 알고 있는 것 같이 구는, 집을 살해할 궁리를 했다. 감쪽같이 죽여버리거나 매장해버리는 방법. 그러나 곧 마음을 고쳐먹는 수밖에 없었다. 그렇게 하면 간밤의 일들을 발설하거나 인정하는 게 돼버리기 때문이었다. 장사가 아닌 정사가 돼버린다. 거래가 아닌 가래침 맞을 일이 돼버리고 말 것이다. 시치미를 떼고 한참을 앉아 있었다. 여전히 이상한 기운이 느껴졌다. 분명히 현관문을 닫았는데. 다시 주위를 둘러보았다. 사이프러스의 울창한 가지 사이로 바람이 새들어왔다.

리모컨을 들어 막 텔레비전을 켜려는 순간 야릇한 예감이 스쳤다. 꼬박 하루 동안 먹이를 주지 않았는데. 후다닥 이구아나 있는 곳으로 달려갔다. 사육장 문이 열렸다. 이구아나 대신 낯선 물체가 보였다. 얇은 비닐처럼 투명하고 흐물흐물한 그것에는 이구아나 형체가 그대로 들어 있었다. 짧은 다리와 두툼한 몸통, 그리고 길고 날렵하게 뻗은 꼬리까지. 누군가 이구아나를 그리기 위해 밑그림을 그려놓은 듯했다. 거기다가 채색만 입히면 완벽한 이구아나 모습이 재현될 것만 같았다. 허물이었다. 밤새 허물을 벗고 이구아나는 사라졌다.

사육장 주변을 살폈다. 가끔 허술하게 닫혀 있는 문을 열고 탈출을 감행하는 경우가 있었다. 그래 봤자 컴퓨터 모니터 뒤에 붙어서 자고 있거나 침대 밑이나 냉장고 위에 올라가 장식품처럼 붙어 있었다. 일단은 따뜻한 곳부터 수색했다. 녀석은 날씨가 추워지면 따뜻한 곳을 찾아다녔다. 텔레비전 수상기 뒤에도 컴퓨터 본체에도 냉장고 밑에도 밥통 위에도 녀석의 흔적은 없었다. 혹시 아내 화장대 위에? 가끔 아내가 화장을 할 때 화장대 위에다가 올려놓았다. 이를 기억하는지 녀석은 아내가 없는데도 화장대 위에 천연덕스럽게 엎드려 있곤 했다. 화장대 위에는 녀석의 발톱 스친 자국도 없었다.

"야, 어디 있어? 빨리 나와!"

가늘고 긴 막대로 장롱 밑을 쑤셔댔다. 침대 밑에도 장식장 밑에도 소파 밑에도 이구아나는 없었다. 다시 사육장으로 돌아왔다. 허물은 비닐처럼 투명했다. 아무리 살펴도 푸른빛이라고는 눈곱만치도 없었다. 허물을 벗은 녀석의 몸통은 더 짙은 푸른빛으로 빛나리라. 밤새 저걸 벗어 던지고 어디로 갔단 말인가. 멀리는 못 갔겠지. 집구석 어디에 박혀 있다가 배가 고프면 나오겠지. 아내가 있을 때도 종종 그런 일이 있었다. 하루 종일 어딘가에 처박혀 있다가 배가 고파지면 슬슬 기어 나오곤 했다. 집 곳곳을 한바탕 쑤시고 다녔더니 피곤이 몰려왔다. 소파에 누워 잠깐 눈을 붙였다.

이구아나가 거리를 활보하고 있었다. 아파트 광장을 건너 편의점을 지나 포장마차를 거쳐 정 과장과 술을 마셨던 '오 해피데이'를 지나 '꼬꼬마 치킨'을 거쳐 엊그제 그 슈퍼 앞을 유유히 기어가고 있었다. 탈피를 한 이구아나는 악어처럼 커져 있었다. 횡단보도 앞에서 신호 대기를 기다리는 사람들 무리 속으로 슬쩍 모습을 감추었다. 사람들 틈으로 푸른빛이 언뜻 보였다. 그 누구도 악어만큼 큰 이구아나를 피해 소리를 지르고 도망가거나 하지는 않았다. 그 길고 징그러운 꼬리가 정강이에 닿았는데도 짧은 스커트를 입은 여자 표정은 마냥 행복해 보였다. 그녀는 한 손에 팝콘을 들고 있었다. 팝콘 부스러기가 떨어졌다. 이구아나는 그 긴 혓바닥을 내밀어 떨어지는 팝콘을 받아먹었다. 마치 하늘에서 떨어지는 눈송이를 받아먹듯이. 녹색불이 켜지고 사람들이 길을 건넜다. 이구아나도 길을 건넜다. 길을 건넌 이구아나는 사람들 무리 속으로 사라졌다. 빨간 불이 들어오고 차들이 움직였다. 멀리 부지런히 오가는 사람들 사이로 언뜻언뜻 푸른빛이 비쳤다.

　깜짝 놀라 눈을 떴다. 꿈이었다. 열려 있던 현관문이 떠올랐다. 현관문을 박차고 밖으로 나갔다. 복도와 계단을 샅샅이 훑었다. 마침 쓰레기봉투를 들고 나오던 1502호 여자와 마주쳤다. 여자가 입가에 미소를 띠었다.
　"뭘 찾으세요?"
　"아, 아뇨."
　여자는 고개를 갸웃거리며 엘리베이터에 올랐다.
　"안 타세요?"
　"아, 네. 집에다가 뭘 두고 나와서요."
　"그럼 얼른 들어갔다가 오세요. 누르고 있을게요."
　"아닙니다. 먼저 가십시오."
　엘리베이터 문이 닫혔다. 십오층부터 계단을 하나하나 짚어 내려갔다. 계단참에 있는 창문까지 일일이 살폈다. 이구아나가 엘리베이터를 타고 내려갔을 리는 없었다. 아래까지 다 훑고 내려왔는데 이구아나의 흔적은 보이지 않았다. 건물 밖으로 빠져나간 게 분명했다. 아파트 광장까지 내달렸다. 광장에서는 일찍부터 농산물 직거래 장터가 열리고 있었다. 김장철을 맞아 배추니 무 따위를 산더미처럼 쌓아놓고 팔고 있었다. 낯익은 얼굴들이 배추를 꼼꼼히 살피며 흥정을 했다. 그중에 방금 엘리베이터를 타고 내려간 1502호 여자도 있었다. 혹시 저 배추 더미 속에 들어가 엎드려 있는 건 아닌가. 당장이라도 배추 더미를 헤쳐보고 싶었다. 배추를 싣고 온 트럭 밑에 숨어 있을지도 모른다. 그렇다고 대놓고 트럭 밑을 살필 수도 없는 노릇이다. 이구아나를 찾는다면 믿어줄까. 먼발치에서 트럭만 노려보고 서 있었다.

배추를 실은 트럭은 떠날 줄을 몰랐다. 한 시간이 지나고 두 시간이 다 되도록 꼼짝도 안 했다. 팔아야 할 배추가 아직 많이 남았다. 저 배추 더미 속에도 없는 걸까. 꿈속에서처럼 이구아나는 편의점을 지나치고 있을지도 모른다. '오 해피데이'와 '꼬꼬마 치킨' 앞을 벌써 지나갔을지도 모른다. 그렇게 길거리를 활보하고 있을지도. 발길을 돌렸다. 조금 전 훑고 내려갔던 계단을 다시 거슬러 터벅터벅 올라갔다. 오층까지 올라가자 다리가 후들거렸다. 엘리베이터 버튼을 꾹 눌렀다. 텅 빈 집은 그새 더 자랐다. 사이프러스는 죽지 않고 살아 있었다. 그 생장점을 지그시 발끝으로 누르고 싶었다.

이구아나는 돌아오지 않았다. 배추 트럭을 타고 떠났든 거리를 활보하고 다니든 이구아나는 사육장으로 돌아오지 않았다. 이구아나가 없는 집은 한층 더 썰렁했다. 냉장고에는 이구아나에게 줄 싱싱한 야채가 가득 들어 있었다. 야채가 시들기 전에 녀석이 돌아왔으면 좋겠는데. 담배를 피워 물었다. 당장 아내에게 뭐라 말해야 할지 난감했다. 사실대로 말하는 수밖에 도리가 없었지만 아내가 받을 충격을 생각하니 용기가 나지 않았다. 사실대로 말한다 해도 믿으려 하지 않을 것이다. 그도 그렇고 당장에 할 일이 없어졌다. 그나마 먹이를 주고 배설물을 치워주는 일들이 하루 일과 중 하나였는데 이제 그마저도 일거리가 없어졌다. 이럴 줄 알았으면 좀 더 잘해줄 것을. 좀 더 자주 씻겨줄 것을. 칼슘제도 넉넉히 먹이고 달걀도 자주 삶아 먹일 것을. 담배 한 대를 다 피워도 갑갑한 속이 비워지지 않았다.

드디어 올 것이 오고야 말았다. 아내에게 전화가 왔다.

"인석이가 교내 웅변대회에서 우승을 했어."

잔뜩 상기된 아내 목소리가 웅웅 울렸다.

"그래? 그 녀석한테 그런 재주도 있었나?"

인석이는 인창이에 비해 내성적이고 수줍음도 더 탔다. 그런 애가 한국말도 아닌 영어로 웅변을 해서 상을 탔다는 게 믿어지지 않았다.

"당신 믿어지지 않지?"

"응. 인창이라면 몰라도. 언제부터 그렇게 성격이 바뀌었지?"

"성격이 바뀐 게 아니라 적응을 잘하는 거지. 뭐. 예뻐 죽겠어. 이 기회에 용돈이라도 좀 두둑이 줘서 점수 좀 따라고."

결론은 또 돈이다.

"그래야지. 당연히 줘야지. 그 녀석 기특하네."

"형 하는 거 보고 얘도 생각이 많이 바뀐 것 같아. 이 정도는 기대도 안 했는데. 그래도 고생한 보람이 있어. 당신도 그렇게 생각하지?"

"인석이 지금 옆에 있어?"

"응. 바꿔줄게."

잠시 후 인석이 목소리가 흘러나왔다.

"아빠."

"그래. 아픈 데 없고?"

"네."

"수고했다. 잘했어."

잠시 침묵이 흘렀다. 저편에서도 이편에서도 말이 없었다. 오랜만에 통화를 하는 아들에게 해줄 말은 별로 없었다. 아들 입장에서도 마찬가지인 듯했다. 아내가 다시 수화기를 넘겨받았다.

"무슨 아빠가 그래? 오랜만에 아들 목소리 들어서 감격했나? 어휴, 싱겁기는. 그렇게 할 말이 없어?"

"돈 보낼 테니 애 용돈 좀 줘."

"역시 아빠가 최고네."

이구아나 이야기를 해야 되나 마나.

"근데 라몬은 잘 있지? 많이 컸겠다. 아직 탈피 안 했어? 할 때가 된 것 같은데."

"으응. 아직. 살 있어. 많이 컸이. 잘 먹고. 꼬리가 장난이 아니야. 한 번 휘두르면 무서워. 악어 같아. 칼슘제를 섞어 먹였더니 녀석이 아주 튼튼해졌어."

나는 묻지도 않은 말들을 늘어놓았다. 새로 사온 칼슘제는 몇 번

주지도 않았다. 아, 솔직하게 녀석이 사라졌다고 말하려고 했는데. 이미 기회를 놓쳐버렸다.

"그래? 요즘처럼 쌀쌀해지면 먹는 것도 까탈 부릴 텐데. 다행이네. 사육장 문 잘 잠그고. 힘이 세져서 무슨 일을 벌일지도 모르잖아."

가슴이 철렁했다.

"알았어. 내가 다 알아서 할 테니 걱정하지 말고 애들이나 신경써."

예상에도 없는 말들이 줄줄 새나왔다. 아내는 기분이 좋은 듯 흥겹게 말을 이어갔다.

"당신 조금만 더 참아. 이왕 이렇게 된 거 우리가 조금만 더 고생하자. 응?"

"알았어. 밥 잘 챙겨 먹고. 전화세 많이 나오겠어. 그만 끊어."

"여보, 사랑해."

"나도."

전화가 끊겼다. 아내가 무슨 말을 했는지 내가 아내에게 무슨 말을 지껄였는지 손에 땀이 홍건했다. 밤새도록 이구아나 꿈을 꾸었다. 이구아나를 쫓아 거리를 활보하고 다녔다. 녀석은 가끔 지친 나를 향해 제 등을 기꺼이 제공했다. 녀석 등에 올라탔다. 녀석이 천천히 움직였다. 도심 속으로 빌딩 숲으로 녀석의 질주는 거침이 없었다. 그 누구도 우리를 피하거나 경계하지 않았다. 우리의 행보는 텔레비전에 나오는 CF의 한 장면처럼 환상적이었다.

그리움에 대하여

당신은 참으로 잔인한 일을 하고 있군요. 당신으로 인해 돌이키기도 싫은 기억들이 순식간에 재생되고 있습니다. 당신은 참으로 위험한 일을 하고 있습니다. 당신으로 인해 저 속에 묻어두었던 살인의 충동이 되살아나고 있습니다. 당신은 참으로 위대한 일을 하고 있습니다. 당신으로 인해 예전에는 몰랐던 그리움에 대하여 알게 되었습니다.

이건 또 무슨 소리인가. 잔인한 일, 위험한 일, 위대한 일. 모두가 내가 하는 일과는 거리가 멀어 보였다. 단지 나는 허접한 장사를 하고 있을 뿐이다. 그날 치괴에서 턱이 빠지지 않았다면, 노란 안전모를 쓴 인부가 공사장에서 일순간 사라져버리지 않았다면 나는 정말 잔인하고 위험한 일을 벌이고 있을지도 모른다. 아버지를 파는 일은 그렇게 잔인하거나 위험한, 게다가 위대하기까지 한 일이 절대 아니라고 그에게 말해주고 싶었다.

내 기억 속에서 아버지를 끄집어낸 것은 당신의 사이트 '아버지를 빌려드립니다'였습니다. '아버지를 빌려드립니다' 그 순간 내 무의식 속에 잠들어 있던 아버지가 송장처럼 벌떡 일어났습니다. 그리고 그림자처럼 나를 따라다녔습니다. 출근할 때도 운전석 옆 조수석에 아버지가 앉아 있었습니다. 기획회의를 할 때도 아버지는 김 과장과 나 사이 빈 자리에 떡하니 앉아 있었습니다. 퇴근 후 모처럼 어울린 회식 자리에서도 아버지는 내 잔의 넘치는 술을 당신 입으로 가져갔습니다. 집으로 돌아와 아내와 차 한 잔을 마시고 잠자리에 들었습니다. 물론 아내가 내온 차도 아버지가 다 마셔버렸습니다. 아내가 자꾸 옆구리를 더듬었습니다. 하마터면 "아버지 때문에 오늘은 안 돼"라고 말할 뻔했습니다. 하는 수 없이 아내를 안았습니다. 눈을 감으면 아버지가 안 보이겠거니. 눈을 질끈 감고 열심히 그 짓을 했습니다. 그래도 아버지가 보였습니다. 아내가 한참 몰두해 있을 때 하필이면 그만두어야 했습니다. "왜 그래?" 아내는 속옷을 주워 입으며 눈을 흘겼습니다. 나는 창가에 버티고 서서 이 모든 것을 내려다보고 있는 아버지를 가리키고 싶었지만 차마 그럴 수는 없었습니다. 아내가 어서 옷 입기만을 기다렸습니다. 아버지가 아내의 그곳을 빤히 쳐다보고 있었으니까요. 아버지를 죽이고 싶었습니다.

도대체 그는 무슨 이야기를 하고 싶은 걸까. 아버지를 빌리긴 빌릴까. 속이 허전했다. 밥통이 비었다. 햇반도 다 떨어졌다. 냉장고 문을 열었다. 아내가 해놓고 간 밑반찬들도 텅텅 빈 지 오래다. 빈 반찬통에 아직까지 노란 포스트잇이 붙어 있었다. 콩자반. 빈 반찬통을 꺼냈다. 콩자반이 세 알 남았다. 빈 반찬통을 개수대 물에 담갔다. 포스트잇이 물에 젖었다. 라면을 끓이기 위해 물을 올렸다.

아버지는 거리의 사람이었습니다. 평생을 그렇게 살았습니다. 단지 나를 낳았다는 이유로 '아버지'였으니까요. 아버지를 거리로 내몬 것은 아버지 자신이었습니다. 아버지는 나태하고 게을렀습니다. 삶에 대한 의욕도 만족도 없어 보였습니다. 사회에서 도태된 아버지는 스스로 가정에서 퇴화해 거리로 나앉았습니다. 가족 중 누구도 아버지를 말리지 않았습니다. 다들 너무 지쳐 있었습니다. 아버지가 지겨웠습니다. 거리로 나간 아버지는 자유로워 보였습니다. 얼굴빛도 밝아졌습니다. 그건 아들인 나만이 느낄 수 있는 것이었습니다. 모르지요. 어머니도 그렇게 느꼈는지도. 우리는 그것을 빌미삼아 아버지를 외면했습니다. 우리 사이에서 아버지는 차츰 지워지는 듯했습니다. 남아 있는 가족들 중 어느 누구도 '아버지'를 입에 올리지 않았습니다. 그렇게 아버지는 금기가 되었습니다.

라면이 다 끓었다. 식탁에 앉아 라면을 먹는다. 혼자 먹는 라면은 맛이 없었다. 반도 못 먹고 젓가락을 놓았다. 아무리 그래도 그렇지. 아버지가 거리로 나앉게 내버려두다니. 오죽 지겨웠으면 그랬겠어. 아니야. 그래도 아버지인데. 퉁퉁 불은 라면 가닥을 젓가락으로 휘저었다. 내 속에 두 사람이 들어 있는 듯했다. 그를 이해할 수 있을 것 같다가도 그의 아버지를 이해할 수 있을 것 같기도 했다. 그와 그의 아버지 사이에서 갈팡질팡했다.

아버지의 생일날 우린 처음으로 금기를 깨뜨렸습니다. 아버지를 찾기로 한 것입니다. 그래도 아버지인데. 미역국이라도 먹이자, 뭐 그런 동정에서였습니다. 아버지는 노숙자들 틈에 끼어 술을 마시고 있었습니다. 비둘기를 구워 먹는 아버지를 차마 부를 수가 없었습니다. 이미 딴 세상 사람이 되어 있었습니다. 아버지는 비둘기 고기를 정말 맛있게 먹었습니다. 내가 다가갔다면 "너도 먹어볼래?" 하며 날갯죽지 하나를 쭉 찢어주었을 겁니다. 때가 꼬질꼬질한 소매로 가끔 입을 훔쳤습니다. 그리고 하늘을 보며 경쾌하게 웃었습니다. 그렇게 큰 소리로 경쾌하게 웃는 아버지 모습은 본 적이 없었습니다. 집에 남아 있는 우리들보다 아버지가 더 행복해 보였습니다. 대단한 반전이었습니다. 예기치 못한 배신이었습니다. 결국 아버지가 비둘기 고기를 다 먹을 때까지 지켜보다가 돌아섰습니다. 그날 끓인 미역국은 다음 날까지 두고 두고 먹었습니다. 아버지를 죽이고 싶었습니다.

라면을 먹고 담배를 피우러 베란다로 갔다. 텅 빈 이구아나 사육장이 눈에 들어왔다. 녀석은 어디로 갔을까. 어디를 배회하고 있을까. 무사히 돌아와야 할 텐데. 그의 아버지는 과연 행복했을까. 반전이었을까. 배신이었을까. 수많은 물음들이 머릿속을 채웠다.

아버지는 다시 금기가 되었습니다. 그 이듬해 아버지 생일이 또 돌아왔습니다. 가족 중 그 누구도 아버지를 입에 올리지 않았습니다. 금기가 철저히 지켜지는 듯 보였습니다. 간혹 눈물을 흘리는 형제가 있었습니다. 모른 척 자리를 떴습니다. 다들 남모르는 곳에서 눈물을 닦고 왔을지도 모릅니다. 아비 없는 자식들은 그럭저럭 자신들의 슬픔을

견뎠습니다. 슬프긴 슬펐냐고요? 글쎄요. 슬프긴 슬펐던 것 같습니다. 서글픔이었을지도 모릅니다. 아버지에 대한 기억이 모두 사라졌다고 믿을 즈음 아버지는 어느 낯선 병원에 누워 있었습니다. 우리가 달려갔을 때 아버지는 이미 차갑게 식어 있었습니다. 아버지 품에서 낡은 지갑이 나왔습니다. 거기서 다 닳아 헤진 사진 한 장이 나왔습니다. 그 속에서 철없이 웃고 있는 나를 본 순간 아버지를 죽이고 싶었습니다. 하지만 아버지는 이미 죽었습니다.

그래서 나더러 뭘 어쩌라는 건지. 그의 사연에 귀를 기울일 만큼 마음이 여유롭지 못했다. 밥을 먹는 둥 마는 둥 잠을 자는 둥 마는 둥 내 머릿속은 온통 사라진 이구아나로 가득 찼다. 이구아나가 사라진 지 일주일이 다 돼오고 있었다. 무슨 수를 써서라도 이구아나를 찾아야 했다. 그 사실을 알면서도 뭘 어찌해야 하는지 시간만 보내고 있었다. 처음 한 이틀은 무작정 기다렸다. 잠깐 외출을 한 게지. 녀석이라고 왜 일이 없겠어. 사육장 안에 틀어박혀서 주는 밥만 받아먹으라는 법은 없으니까. 돌아다니며 세상 구경도 하고 그동안 못 만난 친구도 만나고 콧구멍에 바람도 쏘이고 그러다가 지겨우면 돌아오겠지. 삼 일째 되는 날, 길을 잃은 게지. 서울 지리가 오죽 복잡해. 베란다 창으로 줄곧 밖을 응시했다. 이럴 줄 알았으면 그놈 목에 연락처를 새겨 넣은 은목걸이라도 걸어줄 것을. 어린 아들을 잃어버린 이미의 마음으로 전화기 앞을 서성였다. 그러다가 다시 컴퓨터 앞에 앉았다. 이구아나의 안부가 그렇듯 그의 아버지가 궁금했다. 그리고 이구아나가 그리워지기 시작했다. 가끔씩 하늘을 올려다보았다. 명치끝이 아렸다.

얼마 전 딸아이가 초경을 했습니다. 부끄러워서 어쩔 줄 몰라 하는 딸아이를 보면서 문득 아버지가 떠올랐습니다. 아버지가 서 있던 그 자리에 내가 서 있었습니다. 괴로웠습니다. 그리고 '아버지를 빌려드립니다'를 만나면서 그 괴로움이 증폭되었습니다. 돌이킬 수 없는 상처를 새겨놓고 아버지는 웃으며 갔습니다. 아마도 아버지가 살아 있었다면 당장 멱살이라도 부여잡고 왜 그랬냐고 추궁할지도 모릅니다. 그런데, 그런데, 그것이 그리움의 발로임을 이곳을 통해 알았습니다. 아버지 대신 그리움을 빌릴 수 있을까요?

그리움을 빌린다? 그는 재미있는 사람인가 모자라는 사람인가. 당신 그리움도 모자라 남의 그리움까지 빌리시겠다? 이제 와서 아버지를 위해 삼보일배라도 하겠다는 뜻인가. 아버지는 그렇다고 해도 형체도 무게도 얼굴도 없는 그리움을 무슨 수로 빌리고 빌려준다는 말인지. 할 수만 있다면 내 고통을, 그리움을 모조리 퍼주고 싶었다.

— 그리움을 어떻게 빌려드리면 될까요.
— 당신은 이미 그것을 대여해주었습니다.
— 무슨 말씀인지.
— 내 무의식 속에서 송장처럼 벌떡 몸을 일으킨 아버지, 죽이고 싶도록 지겨운 아버지를 딱 한 번만이라도 보았으면 좋겠습니다. 예전에는 그리움이 아름답고 고귀하고 사랑스러운 감정인 줄로만 알았습니다. 그 속에 애증과 원한과 살의가 숨어 있을 줄은 몰랐습니다. 그것이 그리움인 줄은 몰랐습니다. 그렇게 지겹고 미

운 아버지가 그립습니다. '아버지를 빌려드립니다'가 그것을 일깨워주었으니 그리움을 빌려주고 있는 게 아니고 무엇입니까.

그리움을 대여하고 있다니. 난 단지 철 지난 딸기 같은 '아버지'를 팔고 있을 뿐인데. 사람들은 자기 생각에 사로잡혀 제멋대로 해석을 했다. 그런 그가 조금은 이해되기도 했다. 오죽했으면. 그가 말하는 그리움은 말하자면 내가 팔고 있는 '아버지'의 '가공품'이었다. 철 지난 딸기를, 한물간 딸기를 팔아치우는 방법은 딸기 잼이니 딸기 주스, 딸기 케익 같은 가공품을 만들어 파는 것이다. 그러니 '그리움'은 '아버지'를 이용한 가공품에 지나지 않았다. 이 간단명료하면서도 불가해한 논의를 그에게 강요하는 것은 아무래도 무리인 듯싶었다. 아버지를 명품 청바지나 명품 가방처럼 포장하는 일이 애초부터 무리였듯이. 내가 파는 아버지는 그냥 구멍가게에서 파는 불량 식품에 불과했다. 편의점에서 파는 오백 원짜리 일회용 티슈처럼 부담 없이 사서 쓰고 버리는 생활용품 정도에 그쳤다. 가끔 그 같은 사람을 보면 정신 차리라고 등을 한 대 쳐주고 싶었다. 당신은 지금 짝퉁 아버지에 속고 있소.

냉장고 야채 박스를 열었다. 물러 터진 오이에 곰팡이가 피기 직전이다. 당분간 야채 박스가 텅 빌 것이다. 더불어 머릿속도 비어갔다. 멍하니 앉아 있는 시간이 늘었다. 이구아나는 어디로 갔을까. 몰래 사라져비린 이구아나가 원망스러웠다. 돌아오기만 해봐라. 힘껏 내동댕이치고 싶었다. 망할 놈의 라몬. 살의까진 아니더라도 애증과 원한이 묻어났다. 집 안 곳곳에 밤새도록 불을 훤히 밝혀두었다. 어쨌든 일단 돌아오기만 하라고. 창밖 아파트 광장에

새벽이 오고 있었다. 그 너머 어딘가에서 잔뜩 굶주린 이구아나가
비척비척 깨어났다. 그 푸른빛이 그리웠다.

추락하는 것에
경의를 표하다

정 과장의 가게 '꼬꼬마 치킨'은 결국 문을 닫았다. 무엇이 문제였는지 미리 튀겨둔 닭들은 배배 말라갔다. 정 과장은 아내와 식은 치킨 다리를 하나씩 뜯어 먹었다. 하루 종일 팔려나가는 닭보다 말라가는 닭들이 더 늘어났다. 닭들은 앞을 다투어 열심히 추락했다. 앞치마를 먼저 벗어 던진 건 정 과장이었다. 만취가 된 그를 만났다.

"이제 더 이상 버틸 수가 없습니다. 몇 푼 안 되는 퇴직금 다 쓸어 넣었는데……. 은행 이자는 눈덩이처럼 불어나지."

정 과장은 말할 기력도 없어 보였다. 그는 말없이 줄담배를 피워가며 술을 마셨다. 그런 그에게 뭐라 할 말이 없기는 나도 마찬가지였다. 묵묵히 그의 잔에 술을 따랐다. 우리는 말이 필요 없었다. 술에 원한이 맺힌 사람처럼 죽기 살기로 술을 마셔댔다. 푸념도 낙심도 원망도 술잔에 처넣었다. 그렇게 마시고 나면 모든 일이 다

해결될 듯이 지극 정성을 다해 퍼부었다.

"힘내. 길이 있을 거야."

이윽고 내가 입을 열었다. 나 같은 사람도 있는데. 그 정도는 아무것도 아니야. 뭐 이런 말들을 지껄일 참이었다. 내가 무슨 일을 하고 있는지 알면 용기를 얻을 것 같았다. 정 과장 곁에는 가족이 있었다. 그것이 나와 다른, 정 과장만이 가지고 있는 자산이자 힘이다.

"그래도 가족이 곁에 있잖아. 날 보라고. 난 혼자야."

"그래서 더 힘이 듭니다."

뜻밖의 소리였다.

"무슨 소리야?"

"전 형님이 부럽습니다."

"이 사람이 큰일 날 소리하지도 마. 부러워할 게 없어서 나 같은 놈을 부러워해? 에잇, 이 못난 사람 같으니라고."

정 과장의 잔에 술을 채웠다. 술이 넘쳐흘렀다. 정 과장은 술을 마실 생각도 않고 넘쳐흐르는 술을 멀거니 바라보았다.

"많이 취했어. 이제 그만 마셔!"

정 과장 앞에 놓인 술잔을 집어 내 입속에 털어 넣었다. '꼬꼬마 치킨'이 잘되기를 바랐는데. 무궁한 발전이 있기를 진심으로 바랐는데. 마음이 안 좋았다. 인사불성이 된 정 과장을 택시에 태워 보냈다. 집으로 돌아오는 발길이 무거웠다.

습관처럼 소주병을 끼고 들어와 마셨다. 이구아나도 없는 집. 아무도 살고 있지 않는 집. 날이 새도록 빈집과 대작을 했다. 너하고 나하고 단 둘이 남았어. 그래, 누가 이기나 어디 해보자고. 이구

아나를 내몬 건 빈집 바로 너야. 아니야. 네 책임이야. 네가 이구아
나를 밖으로 내몰았어. 암흑에 잠긴 거실이 나를 노려봤다. 아무도
살고 있지 않는 집은 더 이상 집이 아니었다. 진화를 꿈꾸었다. 귀
가 생기고 눈이 생기고 마침내 입도 생겼다. 나는 아버지 파는 일
을 대놓고 발설하기를 꺼렸고 팬티 속에 손을 넣어 고인 욕정을 발
산하지도 못했다. 집은 나를 감시하는 괴물이었다. 그것을 피해 나
는 자꾸 작아졌다. 입속에 난 작은 구멍 속으로 숨어버리고 싶을
지경이었다.

정 과장이 죽은 건 그로부터 며칠 후였다. 아내와 아이들이 꿈나
라를 헤매고 있을 때 그는 옥상으로 향했다. 십이층 건물 옥상까지
계단을 하나하나 밟아 올라가면서 그는 무슨 생각을 했을까. 그는
새가 되는 꿈을 꿨을까. 멋지고 커다란 새가 되어 하늘을 비상하는
꿈. 왜 인간들은 툭하면 새가 되는 꿈을 꾸는지. 초원을 질주하는
야생마나 땅속을 기어 다니는 두더지 같은 건 왜 그 속에 끼어들지
못하는지. 그놈의 날개 때문이다. 빌어먹을 놈의 날개. 그는 마침
내 옥상 난간에 섰다. 멀리 희부연 동이 터오고 있었다. 숨을 크게
들이마시고 마지막 날갯짓을 퍼덕였다. 한순간 비상하는가 싶더
니 기우뚱 한 치의 망설임도 없이 아래로 추락하기 시작했다. 안타
깝게도 그의 날개는 오래전 이미 꺾여 있었다. 본래부터 그런 날개
였는지 아니었는지는 아무도 모른다. 팔리지 않는 닭들이 고분처
럼 쌓여 있는 가게 앞으로 그의 날개는 꺾여 떨어졌다. 추락한 것
은 그뿐만이 아니었다. 가게는 문을 닫았고 그의 아내와 아이들은
말을 잃었다. 아내와 아이들의 사소한 말까지도 그를 따라 까마득

한 아래로 떨어졌다. 이런 빌어먹을 놈의 날개 같으니라고.

영정 사진 속의 정 과장은 웃고 있었다. 왜 영정 사진들은 하나같이 저 모양인지. 고개를 돌려 정 과장의 미소를 외면했다. 그의 아내와 아이들은 털이 다 뽑힌 닭처럼 처량해 보였다. 말과 눈물이 말라버린 어린아이들의 표정에는 오지로 여행을 떠나는 사람처럼 두려움과 미묘한 설렘 같은 게 섞여 있었다. 절망 속에 새로 펼쳐질 세계에 대한 막연한 호기심 같은 게 고여 있었다. 아버지가 없는 세상에 대한 기대감. 그래. 그건 기대였다. 아이들의 손을 잡았다. 따뜻했다.

휴대폰에서 정 과장의 전화번호를 삭제했다. 잠이 오지 않았다. 오늘따라 이구아나가 더 생각났다. 녀석은 어디를 헤매고 있는지. 빈 이구아나 사육장을 들여다보았다. 녀석이 벗어놓고 간 허물이 달빛에 반짝였다. 베란다로 나갔다. 찬바람이 옷깃을 파고들었다. 난간에 서서 아래를 굽어보았다. 까마득히 아래 작은 불빛들이 빛났다. 이쯤에서 날아볼까. 두 팔을 힘차게 펴면 날 수 있을지도 몰라. 이곳에 설 때마다 수도 없이 일어난 충동이었다. 어디에 그런 용기가 숨어 있었어. 자네가 부럽군. 차들의 불빛이 어지럽게 흩어졌다. 타타타타. 누군가 오토바이를 타고 어둠 속을 질주했다.

십 프로의 비애

    정 과장이 죽었지만 나는 아침이면 일어나 밥을 먹었다. 고작 냉동실에 있는 햇반을 데워 먹는 게 전부였지만 가끔 평소에 안 하던 요리까지 해먹었다. 파를 송송 썰어 넣고 계란말이나 계란찜 따위를 했다. 무작정 계란 익히기에만 몰두한 나머지 맛소금 첨가를 잊는다거나 불 세기 조절하는 것을 염두에 두지 않아 늘 누렇게 탄 단백질 덩어리(그것은 계란이라고 말하기에 너무 텁텁하고 야릇한 맛이었다)를 먹어야 했다. 냄비 바닥에 누렇게 달라붙은 찌꺼기를 숟가락으로 벅벅 긁어 먹으며 아내가 해주던 계란찜에는 이게 왜 없었을까, 생각했다. 그것이 불의 세기와 계란과 물의 적당한 비율 때문임을 깨달았을 때, 드디어 노랗고 야들야들한 계란찜이 완성되던 날 찔끔 눈물이 날 뻔했다. 숟가락으로 크게 한 입 떠 넣고 맛을 음미하려던 참이었다. 그런데 하필이면 그때, 빌어먹을, 죽은 정 과장이 끼어들었다. 맛이고 뭐고 간에 입안에 있는 이물질을 그냥 꿀꺽 삼켜버렸다. 다시는 이런 쓸데없는 짓을 하지 말아야지. 몽글몽글하고 야들야들한 그것은 말 그대로 이, 물, 질, 이었다. 마치 소나 돼지의 머릿속 어딘가에서 갓 흘러나온 부속물 같은. 십이층 허공에서 곤두박질친 정 과장의 갈라진 두개골에서 흘러나온 것 같은.

쓸데없는 짓을 그만두자 자연스레 쓸데 있는 짓을 기웃거리게 되었다. 컴퓨터를 켰다. 중년 부인이 나를 기다리고 있었다. 딸의 결혼식에 자신의 옆자리를 채워주고 사진 몇 장만 찍어주면 된다는 것이다. 과연 쓸데 있는 짓일까. 평소와 다르게 진중하게 망설였다. 그리고 곧 여자가 보내온 정보를 출력했다. 그렇지 않으면 정 과장이 또 끼어들 것 같아서였다.

나이 54세. 이름 박성호. 재혼한 지 일 년 팔 개월 된 것으로 알려져 있음. 감색 양복에 푸른빛 계통의 넥타이, 검은색 구두 착용. 중소기업 간부로 근무하다가 얼마 전 퇴직해서 현재 집에서 충전을 하고 있는 것으로 알려져 있음. 자식은 딸 하나. 나이는 25세. 이름은 강주은. 전 남편의 자식으로 현재 S대에서 물리학 석사과정을 밟고 있음. 신랑 나이는 32세. 일남 이녀 중 장남. 현재 대기업 근무. 10시까지 예식장 후문으로 오세요. 참, 우리 부부는 딸애를 결혼시키고 동남아로 이주하여 노후를 보내기로 계획하고 있다는 점 잊지 마세요.

출력한 정보를 들여다보았다. 크게 신경 쓰이는 건 없는데 나이가 문제다. 내 나이보다 열 살이나 많다. 얼른 거울 앞에 가서 섰다. 상대 여자도 최소한 오십은 넘었을 텐데. 여자가 보낸 정보에 정작 여자 자신의 나이는 빠져 있었다. 거기까지 미처 생각하지 못한 모양이다.

옷장 문을 열어 젖혔다. 몇 벌 안 되는 양복 중에 다행히 감색이 있었다. 결혼 십주년 기념으로 아내가 해준 것이다. 오랫동안 입지 않고 묵혀둔 양복은 어딘지 모르게 맵시가 나지 않았다. 요즘 것에 비해 칼라도 넓고 단추 달린 위치도 구식이었다. 한마디로 촌티가 풍겼다. 푸른빛의 넥타이는 세 개다. 그중에 하나를 집어 들었다. 자주색이 간간이 섞인 체크무늬다. 넥타이를 매고 양복을 갖추어 입고 거울 앞에 섰다. 그런대로 괜찮은 오십 대 같았다. 양복이 구식 티가 나긴 했지만 넥타이와 조화를 이루니 그다지 촌스러워 보이지 않았다. 이 정도면 박성호가 되어도 손색이 없겠지. 머리를 정성스레 빗어 넘겼다.

결혼식장으로 향하는 길 횡단보도에서 정 과장과 처음으로 맞닥뜨렸다. 별 생각 없이 신호를 기다리고 있었다. 신호가 바뀌고 사람들이 일시에 움직였다. 나도 발을 떼었다. 횡단보도 삼분의 일쯤 되는 곳에 왔을 때 무심코 고개를 들었다. 맞은편에서 건너오고 있는 사람들 중에 낯익은 얼굴이 섞여 있었다. 누구였더라. 뇌의 인식 센서를 빛의 속도로 가동시켰다. 횡단보도 중간 지점에서 그가 옷깃을 스치고 지나갔다. 순간 나는 획하고 뒤를 돌아보았다. 정 과장이었다. 죽은 정 과장이 어떻게. 신호가 바뀌는 것도 모르고 그 자리에 멍하니 서 있었다. 여기저기시 경적이 울리고 차들이 움직였다.

정 과장을 만났음에도 불구하고 약속 시간보다 삼십 분 일찍 도착했다. 오늘 결혼식 일정이 적혀 있는 안내판을 유심히 살폈다.

박성호, 김윤자의 녀 강주은. 식은 열두시로 잡혀 있었다. 앞서 진행되는 예식으로 주위는 시끌벅적했다. 건물 끝에 있는 화장실로 들어갔다. 주변을 흘깃거리며 거울 앞에 섰다. 얼룩진 거울은 지저분했다. 지금부터 나는 김金이 아니라 박朴이야. 박성호, 나이 54세, 퇴직 후 쉬고 있음. 아니 재충전하고 있음. 주머니에서 쪽지를 꺼냈다. 여자가 알려준 인적사항을 확인 점검했다. 고개를 들어 거울에 전신을 비춰보았다. 얼룩 사이로 박성호가 보였다.

김윤자, 그러니까 박성호의 아내는 기대 이상으로 젊어 보였다. 화장실에서 나와 문 옆에 서서 밖을 내다보았다. 치렁치렁한 드레스를 두 손으로 잔뜩 감아 올려 쥔 신부가 부축을 받으며 바삐 지나갔다. 혹시 저 애가 강주은일지도 모른다고 생각하며 드레스 아래로 드러난 흰 종아리를 힐끔거렸다. 그때 어디선가 은은한 향기가 풍겨왔다.

"혹시 아버지 빌려주는?"

연한 핑크빛 한복을 곱게 차려 입은 여자가 작은 소리로 말을 걸어왔다. 김윤자였다.

"아, 네. 맞습니다. 처음 뵙겠습니다."

얼른 자세를 바로 하고 정중하게 목례를 올렸다.

"반갑습니다. 주은이 엄마 되는 사람입니다. 자리를 좀 옮겨서……."

여자를 따라 이층으로 올라갔다. 여자는 구석에 있는 작은 방으로 나를 데리고 갔다. 내 차림새를 아래위로 꼼꼼히 살피던 여자가 테이블 밑에서 종이 가방을 꺼냈다.

"아무래도 이게 낫겠어요. 번거로우시겠지만 저기 커튼 뒤에 가

서서 갈아입으세요."

여자가 건네주는 종이 가방을 받아 들었다. 양복과 셔츠, 넥타이가 가지런히 들어 있었다. 양복을 들고 여자가 가리키는 커튼 뒤로 갔다. 준비해올 거면서 뭐 하러 입고 오라고 해. 투덜거리며 양복을 꺼내들었다. 내가 입고 있는 것보다 조금 옅은 감색의 양복은 새것처럼 빛이 났다. 칼라도 넓지 않았으며 단추도 요즘 유행하는 위치에 달렸다. 내 것에 비해 월등히 세련되고 품위가 있었다. 셔츠와 넥타이도 훨씬 고급스러웠다. 재빨리 양복저고리와 바지를 벗어 던졌다. 여자가 건네준 새 셔츠에 새 넥타이를 매고 새 양복을 걸쳤다.

"다행히 치수가 맞네요. 어쩜 맞춘 것 같네."

여자가 내 모습을 앞뒤로 살피며 흡족한 미소를 띠었다. 나는 비로소 제대로 된 박성호가 된 듯했다.

"이제 무얼 어떻게 하면 되지요?"

"별로 할 일도 없어요. 이따가 식 시작하면 제 옆에 그냥 앉아 계시면 돼요."

여자는 별 대수롭지 않다는 듯 말을 이었다.

"옆의 빈자리가 거슬려서요. 의자를 치워볼까도 생각해봤는데 그러면 저쪽하고 맞지가 않잖아요. 제가 좀 성격이 유별나서요. 뭔가 짝이 안 맞거나 줄이 삐뚤어진 꼴을 못 보거든요. 이런 말해도 되나 모르겠네."

여자는 잠시 말을 멈추고 주춤거렸다.

"남편하고도 그래서 헤어졌어요. 화장실 수납장에 수건이 열두 장 있었어요. 저는 그것을 항상 짝수로 맞추어놓아야 직성이 풀렸거든요. 그런데 남편은 수건을 한 번에 세 장씩 쓰는 거예요. 두 장이나 네 장도 아니고 꼭 세 장씩이요. 남편이 좀 뚱뚱했거든요. 그래도 그렇지 왜 꼭 세 장이냐고요. 처음에는 참았어요. 아니 십 년을 참고 살았어요. 그래도 남편 습관은 고쳐지지 않는 거예요. 결국에는 헤어졌지만요."

나는 "다른 이유 때문이 아니었나요? 아무렴 수건 때문에 헤어졌겠어요"라고 물어보려다가 말았다. 거침없이 자신의 속사정을 쏟아내는 여자 심리를 알 수 없었다. 오히려 듣고 있기가 거북스러웠다. 여자의 뚱뚱한 남편 모습이 떠올랐다. 수건 세 장으로도 다 가려지지 않는 거구의 몸이 왠지 측은하고 불쌍했다.

"남편이랑 헤어지고 나서 처음에는 못 견디겠더라고요. 화장실 수납장에 수건이 짝짝이로 들어차 있는 것보다 더 견디기 힘든 거예요. 밤이면 아이 방에 있는 커다란 인형을 옆자리에 앉혀놨어요. 그렇다고 딸아이 결혼식장에 인형을 앉혀놓을 수는 없잖아요."

여자의 남편이 이번에는 비대한 인형 형상으로 떠올랐다. 아마도 그 인형은 우스꽝스러운 생김새를 하고 있으리라. 우스꽝스럽게 생긴 거대한 인형이 눈을 멀뚱멀뚱 뜨고 여자가 자는 모습을 밤새도록 바라보고 앉아 있는. 언젠가 비오는 날 길거리 초록색 분리수거함 위에 비를 맞고 앉아 있던, 누군가가 내다버린 곰 인형처럼.

"꼭 그렇게까지 해야 되냐고 정색하던 딸아이도 나중에는 자기는 아무래도 상관없으니 엄마 좋을 대로 하라고 그러더군요. 별 대수롭지 않은 모양이에요. 다른 거 신경 쓸 거 없어요. 그냥 편하게 앉아 계시면 돼요."

여자가 오히려 나를 걱정했다. 여자가 알아채지 못하게 심호흡을 했다.

"몇 가지 입을 맞춰야 하는데. 실은 친지들 사이에 재혼한 거로 알려졌거든요. 아니 했었어요. 보름도 못 가 다시 갈라섰지만요. 자세한 내막을 까발리기도 뭐하고. 어쨌든 지금은 아니에요. 그냥 우린 재혼한 지 일 년 팔 개월 된 거예요. 아셨죠? 딸애가 결혼한다는 데 옆 빈자리가 가장 먼저 떠오르더군요. 필요성을 별로 못 느꼈는데. 좀 아쉬웠어요. 남편이 옆에 있었으면 싶더군요."

여자는 그녀의 남편으로서 내가 알고 있어야 될 기본 지식들을 몇 가지 주입시켰다. 그중에 구체적으로 거론된 사항은 재충전과 동남아 이주 문제였다. 둘 다 "글쎄요. 아직 구상 중입니다. 충분히 검토한 후에 신중하게 결정을 해야 될 것 같아서요"가 모범 답안으로 주어졌다. 그 두 가지 문제에 관해 만약에 누군가가 물어올 경우 그렇게 대답을 하라는 것이다.

예식 전까지는 아직 시간이 남아 있었다. 여자가 신랑과 그 부모에게 나를 인사시켰다. 특별한 멘트를 하지 않았는데도 그들은 다 알아들은 눈치였다. 신부 측 하객은 별로 눈에 띄지 않았다. 대부분 신랑 측 하객이었다. 나를 이상하게 보면 어쩌나 걱정했는데 그런 일은 일어나지 않았다. 누구든 반가운 얼굴로 내 손을 맞잡거나 허리를 굽혀 정중하게 인사를 했다. 다들 여자의 남편이 누군지 아랑곳하지 않았다. 원래 그러러니 해서 그런지 아니면 애초부터 관심이 없는 건지 좀 심하다 싶을 정도로 무덤덤했다. 간혹 미심쩍은 눈빛으로 힐끗거리는 사람이 있긴 했지만 그도 오래가진 못했다. 저희들끼리 귓속말로 몇 번 주고받고는 이내 다른 곳으로 관심을 돌렸다.

앞에 따로 마련된 자리에 여자와 나란히 앉았다. 식이 시작되었다. 사회자 지시에 맞추어 여자가 일어나 앞으로 나갔다. 신랑 측 부모와 나란히 인사를 한 후 초에 불을 밝혔다. 하객을 향해 허리를 굽히자 장내에 박수가 터져 나왔다. 여자가 공손히 들어와 옆에 앉았다. 식이 진행되는 동안 여자는 좀 전과 다르게 잔뜩 상기된 표정이었다. 가끔 깊고 낮은 한숨을 내쉬었다. 그럴 적마다 여자의 손을 가만히 잡아주고 싶었다. 신랑 신부가 함께 입장을 했다. 사실 아버지를 빌릴 필요도 없는 자리였다. 여자 말대로 단지 빈자리를 때우기 위한 거였다. 그 이상도 그 이하도 아니었다. 누구 하나 신부 아버지를 궁금해 하지 않았다. 나는 아버지도 남편도 아닌 인형, 딱 그 꼴이었다. 그래도 최대한의 서비스를 하려고 노력했다. 신부의 아버지인 척 여자의 남편인 척 적당히 기쁘고 적당히 슬픈 표정을 지으려 애를 썼다. 그러나 아무도 아버지를, 남편을 주시하는 이는 없었다.

사람들은 길게 이어지는 주례사가 못마땅한 듯 여기저기서 하품을 해댔다. 피로연장에서도 신부 아버지에게 말을 걸어오는 사람은 없었다. 다들 자기들 몫의 음식을 소비하느라고 바쁠 따름이었다. 미리 준비한 모범 답안을 한 번도 써보지 못하고 접시 위의 마지막 초밥 한 점을 입안으로 꾸역꾸역 밀어 넣으려던 순간이었다. 대각선으로 보이는 자리에 식사를 끝내고 막 일어서는 정 과장이 보였다. 아, 정 과장. 이보게나.

"자연산인가 보네. 좀 드셔보세요."

옆에 앉은 여자가 전복죽을 후르륵거리며 친절하게 말을 걸어왔다.

"아, 네."

초밥을 접시 위에 내려놓고 자리에서 일어났다. 전복죽이 어디 있더라. 사방을 살폈다. 그새 정 과장은 사라지고 없었다.

여자가 준 봉투에는 빳빳한 신권이 들어 있었다. 내가 제시한 가격보다 십 프로 더 들었다. 의외였다. 무엇이 여자의 마음을 십 프로 더 움직였는지. 알 수 없었다. 기분이 이상했다. 돌아오는 길 포장마차에 들러 소주를 마셨다. 소주 한 병에 주꾸미 한 접시를 다 먹고 잔치 국수까지 한 그릇 비웠는데도 십 프로를 다 쓰지 못했다. 포장마차에서 나와 호프집으로 갔다. 과일 안주를 시켜놓고 맥주를 실컷 마셨다. 옆 자리에 정 과장이 잠깐 다녀간 것 같기도 했고 화장실에서 이구아나와 마주친 것 같기도 했다. 이 정도면 십 프로가 넘었겠지. 계산을 마치고 남은 돈을 헤아렸다. 그래도 남았다. 남은 돈으로 커다란 인형을 하나 사고 싶었지만 나는 너무 취해 있었다.

무엇을
찾으세요

이구아나는 돌아오지 않았다. 어디에도 집 나간 이구아나가 다시 돌아왔다는 기록은 없었다. 녀석이 벗어놓고 간 허물은 바싹 말라 그 형체도 알아보기 어렵다. 언제 그 속에 눈부신 푸른빛을 간직했었는지. 지금은 지저분한 쓰레기에 불과하다. 언젠가 녀석은 도시 한복판 빽빽한 빌딩 숲 사이에 이보다 크고 거대한 허물을 벗어놓고 사라질지도 모른다. 막 탈피를 마친 녀석은 육중한 꼬리를 질질 끌고 사람들이 모두 잠든 틈을 타 또 다른 도시를 향해 힘겹게 아스팔트 위를 기어갈지도 모를 일이다. 도시 어디에도 녀석이 살 만한 곳은 없다. 화려한 네온사인 불빛 아래 녀석의 몸통에 서서히 균열이 생기기 시작할 것이다. 마침내 메마른 꼬리는 쩍쩍 갈라지리라. 녀석은 휘황찬란한 네온사인과 시끄러운 자동차 경적을 피해 어둡고 냄새나는 하수도로 숨어들지도 모른다.

그곳에서 덩치를 키운 녀석은 영화에 나오는 괴물처럼 어느 평온한 봄날 편의점 한가운데를 뚫고 밖으로 나올지도 모른다. 이왕이면 편의점보다는 마트가 나을 텐데. 편의점에는 녀석이 먹을 만한 야채가 없다. 녀석은 그걸 알고 있을까. 혹시 화장실 하수관에 녀석이 숨어 있는 건 아닌가. 그곳에서 잠을 자고 있는 것은 아닐까.

당장 아내에게 뭐라 해야 하는지 난감하다. 아내가 나올 때까지는 시간을 벌 수 있으니 그나마 다행이다. 요즘 아내의 전화가 부쩍 늘었다. 날씨가 쌀쌀해지자 온도에 민감한 이구아나가 걱정이 되는 모양이다. 그럴 때마다 나는 태연하게 거짓말을 했다. 잘 돌보고 있으니 걱정하지 말라고. 아내는 내 말을 믿었다. 녀석이 허물을 벗어놓고 사라진 것을 알면 아내는 더 이상 전화를 하지 않을지도 모른다. 아내에게 나는 이구아나를 키우는 남자에 불과한지도 모른다. 그 사실을 부인하거나 부정하고 싶지 않았다. 그렇다 한들 결국 나는 아무것도 아니었다. 그럴 바에야 그 편이 훨씬 나았다. 이구아나를 키우는 일과 아버지를 대여하는 일 중 하나만을 하기에는 왠지 그랬다. 종일 이구아나만 돌보는 것도, 그렇다고 아버지 파는 일만 하는 것도 어쩐지 찜찜했다. 나는 아직도 드러내놓고 로망을 즐기는 데 서툴렀다. 나의 처음이자 마지막인 로망을 위해 기꺼이 이구아나 먹이 정도는 살뜰히 챙겨줄 용의가 있었다. 허나 이제 그도 저도 아니다. 녀석은 돌아오지 않을지도 모른다.

허물은 한 줌도 되지 않았다. 쓰레기와 함께 종량제 봉투 속에 처넣었다. 빈 사육장은 썰렁했다. 사육장을 베란다 구석으로 치웠다. 한동안 베란다 근처에 얼씬도 하지 않았다. 빈 사육장을 보면

이구아나가 떠올랐다. 그리고 아내가 덩달아 따라왔다. 이구아나
가 사라진 내 일상은 바퀴가 빠진 자동차처럼 맥을 못 췄다. 밥 세
끼를 다 찾아 먹었는데도 속이 허전했고 잠을 푹 잤는데도 피곤이
몰려왔다. 열심히 아버지를 팔고 여러 부류의 아버지가 되었다가
돌아와 통장에 잔고가 늘어나도 뭔가 허전하고 씁쓸했다. 그럴수
록 더 열심히 열과 성의를 다해 아버지를 팔았다. 하지만 그 공허
감은 점점 더 커져만 갔다.
　쌀이 다 떨어지고 라면도 남아 있는 게 없었다. 집에 먹을 거라
곤 생수 두 병과 유기농 오곡 시리얼 반 봉지가 전부였다. 냉장고
에서 야채가 사라진 지는 이미 오래다. 만사가 다 귀찮았다. 손가
락 하나 까닥하기 싫었다. 집에는 먼지가 쌓였고 주방에는 라면 봉
지가 굴러다녔다. 식탁에는 시리얼 부스러기가 흩어졌고 화장실
에서는 퀴퀴한 냄새가 진동했다. 밤이면 엄지손가락만 한 바퀴벌
레가 약속이나 한 듯 여기저기서 스멀스멀 기어 나왔다. 텅 빈 냉
장고는 한밤중에 더 요란한 소리를 냈다. 단지 이구아나가 사라졌
을 뿐인데. 나는 너무 오랫동안 편의점에 가지 않았다.
　편의점 앞의 산타는 여전히 그 투실한 엉덩이를 씰룩대고 있었
다. 사람들은 더 이상 산타에게 관심을 보이지 않았다. 다가가 엉
덩이를 한 번씩 툭툭 치지도 않았고 그 앞에서 산타를 따라 우스꽝
스럽게 몸을 흔들어대지도 않았다. 크리스마스까지는 아직 보름
도 더 남았는데. 산타의 레퍼토리는 벌써 바닥을 치고 있었다. 그
새 편의점 아르바이트생이 또 바뀌었다. 단발머리의 여자 아이는
학생 같았다. 기껏해야 인창이보다 한두 살 많아 보였다. 그 애는
초록색 모자를 눌러쓰고 있었다.

"어서 오세요."

지나치게 맑은 목소리 때문에 다른 편의점에 잘못 들어온 줄 알았다. 어리둥절해서 주위를 둘러보았다.

"손님, 무엇을 찾으세요?"

아르바이트생이 생긋 웃었다. 한쪽 볼에 보조개가 패었다. 그 순간 내가 무엇을 사러 왔는지 떠오르지 않았다. 쌀? 햇반? 라면? 시리얼? 면도날? 김치? 된장? 팬티? 수많은 물건들이 머릿속을 스치고 지나갔지만 그중에 딱히 무엇을 사러 왔는지 헷갈렸다.

"호박."

나도 모르게 호박이라고 말해버렸다.

"호박이요? 손님, 편의점에서 호박은 취급하지 않습니다. 죄송합니다."

아르바이트생 볼에 또 보조개가 들어갔다.

"아, 아니. 김밥이요."

"아, 삼각 김밥 말씀이십니까? 이쪽 냉장고에 있습니다. 오늘 들어와서 신선합니다."

아르바이트생이 가리키는 곳으로 갔다. 여러 종류의 삼각 김밥이 있었다. 그중에 손에 잡히는 대로 두 개를 집어 들었다. 그리고 운 좋게 치약과 라면과 김치를 기억해냈다. 게다가 면도날이 떨어진 것까지. 아르바이트생이 담아준 봉지를 들고 편의점을 나왔다.

"안녕히 가십시오."

등 뒤에서 맑은 목소리가 쏟아졌다. 젊은 남자 하나가 편의점으로 들어갔다. 아르바이트생의 명랑한 목소리가 또다시 귓전을 울렸다. 무엇을 찾으세요. 정작 크리스마스가 되면 산타는 어떤 기분일까. 이구아나는 호박을 제일 좋아했다. 저녁때 처음으로 숯불고기 맛 삼각 김밥을 두 개나 먹었다. 나는 무엇을 찾고 있을까. 우리는 무엇을 찾고 있는 건가. 삼각 김밥은 그런 대로 맛이 괜찮았다. 편의점에서 모든 걸 다 해결한다면. 식생활과 생활용품은 물론 이구아나까지. 편의점 구석에서 녀석의 꼬리 끝을 본 것 같기도 했는데. 한동안 편의점에 가지 않게 될 것 같은 불길한 예감이 들었다. 아르바이트생의 지나친 친절 때문인지 보조개 때문인지 녀석의 꼬리 때문인지 춤추는 산타 때문인지. 소주를 빠뜨리고 왔음을 깨달았을 때는 이미 어둠이 집 안을 잠식한 후였다.

푸른 이구아나를
찾습니다

마침내 용기를 내기로 했다. 이구아나를 찾아 나
서기로 한 것이다. 그냥 이대로 물러나 있기에는 그 빈자리가 너무
공허했다. 그것이 그리움인지 혹은 사랑인지 또는 습관인지는 알
수 없었다. 일단 주위 사람들을 상대로 탐문 수사를 시작했다. 가
장 유력한 목격자는 1502호 여자다. 마침 엘리베이터 안에서 여자
를 만났다.

"혹시 이구아나 못 보셨어요?"

"이구아나요?"

"네. 푸른빛이 도는."

"아니요."

여자는 생각만 해도 징그럽다는 듯 찌푸린 얼굴을 절레절레 흔
들더니 일층에서 서둘러 내렸다. 여자는 뒤도 안돌아보고 아파트
광장을 가로질러갔다. 나는 천천히 걸어 경비실 앞에 섰다. 경비는

한 손으로 턱을 받친 채 졸고 있었다. 구석에서 텔레비전이 혼자 떠들고 있었다. 손등으로 유리문을 가볍게 두어 번 두드렸다. 경비가 화들짝 눈을 떴다.

"죄송하지만 혹시 요만한 이구아나 못 보셨습니까?"

"뭐요?"

경비가 눈을 비비며 물었다.

"이구아나라고. 왜 도마뱀처럼 생긴 놈 있지 않습니까?"

"아, 그거 말입니까. 난 또 뭐라고."

경비가 머리를 긁적거리며 배시시 웃었다. 그건 정말 누가 봐도 강한 긍정이었다. 귀가 솔깃했다.

"어디로 갔나요?"

"난들 모르지요. 가끔 텔레비전에서나 봤지, 실물은 한 번도 본 적이 없는걸요. 근데 그걸 잃어버렸나요?"

경비는 기지개를 켜며 천연덕스럽게 말했다. 이런 또 헛물이군. 어쩐지 너무 쉽게 끝나는 것 같더라. 다시 발걸음을 옮기기 시작했다. 낙엽이 다 진 앙상한 가지들이 바람에 흔들렸다. 날씨가 더 추워지기 전에 놈을 찾아야 할 텐데. 발걸음이 점점 빨라졌다. 편의점에는 아무도 없었다. 아르바이트생만이 계산대에서 뭔가를 들여다보고 있었다. 들어갈까 말까 망설이다가 유리문을 밀고 안으로 들어섰다.

"어서 오세요."

아르바이트생이 하던 일을 멈추고 상냥한 목소리를 냈다. 주춤주춤 아르바이트생에게 다가갔다.

"저기 혹시 이구아나 못 봤나요?"

"네?"

"크기는 이 정도고 등에 푸른빛이 돌아요. 얼마 전에 없어졌는데 혹시 이 앞으로 지나가지 않았나 해서……."

"손님, 이구아나는 못 봤는데요."

아르바이트생은 웃는 얼굴로 친절하게 말했다. 도움이 되지 못해서 유감이라는 듯 문 앞까지 따라 나왔다.

"만약 보게 되면 손님께 연락을 드릴까요?"

메모지에 내 연락처를 적어주고 나왔다. 그 다음은 어디로 가야 할까. 거리에서 지나가는 사람들을 붙잡고 일일이 물어볼 수도 없는 노릇이었다. 산타는 여전히 춤을 추고 있었다. 어쩌면 이 앞을 지나쳤을지도 모른다. 산타는 모든 것을 다 알고 있을지도 모른다. 산타는 말이 없었다. 산타를 지나쳐 한참을 걸었다. 내 발길은 어느새 포장마차로 향했다. 아직 이른 시간이라 포장마차 안은 한산했다.

"혹시 이구아나를 보신 적이 있습니까?"

파를 썰고 있던 늙은 여자가 고개를 들어 힐끗 나를 쳐다봤다.

"그게 뭐교? 새로 나온 안주인교? 아나고하고 같은 종류인교? 맛이 좋은교?"

늙은 여자는 대수롭지 않게 받아 넘기고 파 써는 일에 열중했다. 이런. 이구아나가 아나고로 둔갑하다니. 술을 들이켰다. 무더기 손님이 몰려드는 바람에 다행히 이구아나를 회 뜨거나 초고추장에 팍팍 무쳐대는 일은 일어나지 않았다. 적당히 오른 술기운이 나를 거리로 잡아끌었다. 어둠이 내린 거리는 쏟아져 나온 사람들로 붐볐다. 여기저기서 캐롤송이 들려왔다. 상점마다 화려하게 장식한 트리에 불이 반짝였다. 마음이 조급해졌다. 거리 한가운데서 멈추어 섰다. 저편에서 여자 하나가 걸어왔다. 여자 앞을 막아섰다.

"혹시 이구아나를 못 보셨나요?"

여자가 나를 피해 갔다. 이번에는 젊은 남자에게 다가갔다.

"저기 혹시 이구아나 보신 적 없으세요?"

젊은 남자는 나를 무시하고 걸어갔다. 나는 또 다른 사람에게 다가갔다. 결과는 마찬가지였다. 나는 이리 밀리고 저리 밀렸다. 누구 하나 내 말에 귀를 기울이지 않았다. 시끄러운 차 소음과 캐롤송 때문에 사람들의 귀는 그 기능이 퇴화된 듯 보였다. 이구아나는커녕 그 어떤 사실도 그들과 공유하거나 소통할 수 없어 보였다. 나는 밤늦도록 편의점 앞의 산타처럼 바닥난 레퍼토리를 우리고 또 우렸다.

"혹시 푸른 이구아나를 본 적이 없나요?"

— 미친놈, 아직도 아버지를 팔고 있네. 야, 이놈아. 그래 아버지를 판 기분이 어떠냐? 왜 마누라 거시기도 팔지 그래?

— 말세야, 말세. 아버지를 팔다니.

— 아버지가 빵이냐? 내다 팔게.

— 제일 비싼 아버지는 얼마냐? 하나 사게.

— 도매로 좀 싸게는 안 될까.

— 야, 넌 아비도 없냐? 썩을 놈.

— 아버지 다 팔고 나면 그 다음에는 또 뭘 팔 건데?

— 이런 변태 같은 새끼!

사이트에 입에 담을 수도 없는 욕설들이 난무했다. 아버지를 찾는 사람들이 느는 만큼 안티도 늘었다. 사람들은 끊임없이 아버지를 필요로 했다. 시장 모퉁이에서 생선을 파는 것보다는 잘한 일임에는 분명했다. 덕분에 아내와 아이들이 편안히 지낼 수 있었다. 그런데 그 많은 아버지들은 도대체 어디로 갔단 말인지. 아버지 자리는 많은데 정작 그 자리를 지켜야 할 아버지는 없었다. 이 많은 아버지를 빌려서 다 무엇에 쓰게. 아버지는 쉰 만두야. 사람들을 향해 외치고 싶었다. 아버지를 파는 일이 점점 무료하게 느껴졌다. 솔직히 말하면 자신이 없어졌다. 나는 아버지도 그 무엇도 아니었다. 이구아나를 기르는 한 남자에 지나지 않았다. 이구아나가 사라졌으니 그마저 명분이 없어졌다. 저들에게 언제까지 사기를 칠 수는 없었다. 아버지를 빌리느니 차라리 이구아나를 기르라고 말해주고 싶었다.

이제라도 아내에게 모든 걸 솔직하게 고백하고 작은 만두 가게라도 하는 게 낫지 않을까. 아버지를 파는 일보다는 만두를 빚는 일이 훨씬 더 나을지도 모른다. '아버지' 보다는 '만두' 가 한결 낭만적일지도. 그래도 로망인데. 애써 마음을 달랬다. 아내는 흔들리지 않았다.

"조금만 더 참자. 나도 힘든 건 마찬가지야."

"더 이상은 못 견딜 것 같아."

하마터면 "아버지를 더는 못 팔겠어"라고 말할 뻔했다.

"당신 힘든 거 알아. 그렇다고 지금 와서 중단할 수는 없잖아. 애들은 이제야 자리를 잡았는데. 애들이 적응을 못한다면 또 모르지만. 안 그래?"

아내 말도 틀린 건 아니다. 할 말이 없었다. 이런 식으로 아내를 설득하는 건 불가능하다. 내 꼴만 점점 더 우스워질 게 뻔했다. 생떼를 쓰고 있는 건 아내인데. 서로 다른 언어로 지껄이듯 소통불능이었다.

"이번 겨울방학에 나 혼자라도 꼭 나갈게."

"아니. 그럴 거 없어. 내가 생각이 짧았어. 나보다 당신이 더 고생일 텐데."

역시 이구아나 이야기는 꺼내지도 못하고 전화를 끊었다. 아버지는 쉰 만두야, 아내를 향해 소리 지르고 싶었다.

이구아나가 사라진 뒤로 늘어난 것은 바퀴벌레와 먼지뿐만이 아니었다. 시도 때도 없이 잠을 잤다. 자다가 눈을 떠보면 밤이었고 또 자다가 깨보면 대낮이었다. 사이트 관리는 물론 식사도 제때 하지 않았다. 나는 내가 아버지를 팔고 있다는 사실조차도 까맣게 잊고 있었다. 꿈에서 나는 수많은 아버지가 되었다. 놀이 공원에 가서 롤러코스터와 바이킹 중 어느 것을 탈 건지 고민했고 골방에 갇혀 몇 날 며칠을 짬뽕만 먹기도 했다. 위험한 아버지와 그리운 아버지 사이에서 갈팡질팡했고 마침내 농담이 되기도 했다. 꿈에서 깨어났을 때 온몸은 땀으로 범벅이 되어 있었다.

수많은 아버지들을 외면한 채 여러 날을 보냈다. 이제 무슨 일을 해야 하나. 냉장고를 뒤졌다. 빈 반찬통들에 붙어 있는 노란 포스트잇이 희미하게 바랬다. 장조림. 뚜껑을 열었다. 오래된 장조림 조각에 허옇게 곰팡이가 피었다. 밥통에 있는 밥을 퍼 먹었다. 밥알이 구멍 속에 들어가 끼었다. 혓바닥으로 구멍에 끼인 밥알을 빼

냈다. 입안에 구멍이 왜 생겼을까. 이를 해 넣어야겠군. 문득 구멍
이 낯설게 느껴졌다. 왜 이런 걸 이제껏 방치했을까. 당장 내일이
라도 치과에 가봐야겠는걸. 구멍에 두 번째 밥알이 끼었을 때 불행
하게도 그때의 악몽이 되살아났다. 턱이 빠졌었지. 그래서 아버지
를 팔아야겠다고 생각했지. 만약에 또 턱이 빠진다면. 두 번째 긴
밥알은 잘 빠지지 않았다. 혓바닥 끝으로 아무리 쑤셔도 나올 생각
을 안 했다. 만약에 또 추락하는 공사장 인부를 본다면. 그럼 또다
시 아버지를 팔까. 치과에 가야겠다는 마음이 싹 달아났다. 차라리
입안에 구멍을 간직한 채 사는 편이 나을 듯했다. 힘겹게 밥알이
빠졌다. 턱이 있는 사람이라면 누구든지 조심하라고 말해주고 싶
었다. 아버지를 팔 수밖에 없는 날이 언제 닥칠지 모른다고. 치과
에 가기 전에 다시 한 번 심사숙고하라고. 턱은 언제라도 누구든지
빠질 수 있는 거라고.

　아버지를 팔지 않으니 할 일이 없었다. 하루 종일 먹고 자고 싸
고. 집 안에 살아 있는 것은 텔레비전밖에 없었다. 잠들어 있는 동
안에도 텔레비전 소리는 그칠 줄 몰랐다. 텔레비전이 켜 있구나,
각성이 들 때마다 채널을 한 번씩 돌렸다. 그래봤자 종일 다섯 번
도 안 되었다. 잊고 있던 이구아나가 떠오른 건 홈쇼핑 때문이었
다. A$^+$급 정자를 제공받았다는 그 여자, 동물원에서 병아리를 찾
던 그 아이 엄마다.

　"오늘 상품은 좀 득이힙니다. 그만큼 시청자 여러분께도 특별한
기회가 될 것 같네요. 이 좋은 기회를 놓치면 아마도 후회하게 되
실 겁니다."

　그녀가 애교 섞인 목소리로 말문을 열었다.

"오늘 상품은 살아 있는 겁니다!"

스튜디오 가득 이구아나가 득실댔다. 유리로 투명하게 장식한 사육장마다 가지각색의 이구아나가 들었다. 손가락처럼 작은 것에서부터 도마뱀만큼 큰 것까지 크기도 다양했다. 색깔도 저마다 틀렸다. 눈이 번쩍 뜨였다. 혹시 저 속에 라몬이 있을지도 몰라. 텔레비전 앞으로 바싹 다가갔다.

"요즘 가정에서 애완견을 많이 키우시는데 애로사항이 많지 않습니까? 어떻습니까? 사장님."

"그렇습니다. 털도 많이 날리고 소리도 그렇고요. 특히 아파트에서는 마음껏 풀어놓고 키울 수도 없지요. 여기 보이는 이구아나 같은 경우는 다르죠."

어느새 그녀 손등에 초록색 작은 이구아나가 올라앉았다. 그녀와 업체 사장은 열심히 이구아나의 장점에 대해 설명했다. 쉼 없이 돌아가는 카메라가 이구아나를 하나하나 비추었다. 스튜디오는 파충류 박람회장을 연상시켰다.

"이제 곧 크리스마스가 다가오지 않습니까? 아이들에게 매번 무슨 선물을 할까 고민들 하시는데 올해는 좀 새롭고 색다른 선물을 준비해보시는 게 어떨까요? 이구아나. 아이들에게 최고의 선물이 되고도 남을 겁니다."

카메라가 새로운 이구아나를 비출 때마다 나는 눈을 부릅떴다. 초록색, 황금색, 갈색, 붉은색. 그러나 푸른빛의 이구아나는 어디에도 없었다. 주문 전화가 폭주한다는 둥 뜨거운 반응에 감사한다는 둥 그녀의 목소리는 자꾸 높아졌다. 틀림없이 어딘가에 푸른 이구아나가 있을 것만 같았다.

자리에서 일어나 점퍼를 걸치고 베란다에서 빈 사육장을 꺼냈다. 아니야. 그새 탈피를 또 했을지도 몰라. 이런 건 이제 쓸모가 없을 거야. 사육장을 다시 내려놓았다. 그 대신 신발장 수납장에서 아이들이 쓰던 줄넘기를 호주머니에 챙겨 넣었다. 녀석을 끌고 오려면 이 정도 줄은 필요할거야. 심호흡을 하고 현관문을 열었다.

"이구아나를 분양 받으시는 분들은 내년 운수대통하실 겁니다."

닫히는 현관문 사이로 그녀의 목소리가 흘러나왔다.

쇠락소설(衰落小說),
렌탈 라이프 시대의 존재증명

조영아의 장편《푸른 이구아나를 찾습니다》는 이른바 렌탈 라이프(rental life) 시대의 주체들이 처할 수밖에 없는 역설적 존재증명 과정을 그리고 있는 작품이다. 이 소설 속에 등장하는 거의 모든 인물들은 '자기'의 고유한 존재상황과 사회적 관계로부터 고립된 인물이지만, 그것을 일종의 '역할극'의 형태로나마 복원하기를 간절히 꿈꾸는 존재들이다. 그럼에도 불구하고 이 소설 속에 등장하는 거의 모든 인물들은 고유한 '자기'의 존재증명에 실패할 것을 시작부터 이미 알고 있는 존재라는 점에서, 비관적인 삶의 궁지에 불가피하게 봉착하고 있다.

생각해보면, 이 소설의 주동 인물뿐만 아니라, 사내와 동거 생활을 하고 있는 애완동물인 '푸른 이구아나' 자체가 이러한 비관적 상황의 상징일 수 있다. 사실 이구아나가 거처해야 할 곳은 '야생'이겠지만, 소설 속의 이구아나는 파충류의 야성(野性)을 거세당한 채 엉뚱하게도 대도시 아파트의 베란다에 온순하게 격리되어 있다. 그런데 생각해보면, 이렇게 야성을 거세당한 채 '애완동물'로 전락한 이구아나의 처지는 오히려 그를 예민하게 돌보고 있는 중년 사내의 침식되는 삶에 대한 비유적 알레고리로 기능하는 것으로 보인다. 그렇게 본다면, 이 소설에서 이구아나는 사내의 또 다른 자아(alter ego)임에 분명하다.

이구아나가 '야성'이 거세된 대신, 삭막한 도시의 아파트에서 '온순하게' 관리되고 있는 것과 마찬가지로 이 사내 역시 삶의 근본적인 열망이 상실된 채로 자본주의의 일상성에 온순하게 체념하고 있다. 성숙한 중년의 사내가 품음 직한 삶에 대한 고유한 '열망'은 쇠락한 대신, 기러기처럼 태평양 너머로 건너간 가족들에게 '생활비'를 송금하는 '기능'만이 온전히 이 사내의 오늘을 증거하고 있다. "아내와 나를 이어주는 것은 잔고가 얼마 남지 않은 통장"이라는 진술에서 사물화된 사내의 가족관계가 잘 나타난다.

동시에 그는 사회적 관계로부터도 '추방'되어 있다. 소설 속의 사내는 과거 기업의 중간 간부로 일했으나 의도하지 않은 '명예퇴직' 이후 실직자들이 흔히 보여주는 무력한 삶의 조건에 그야말로 내던져져 있다. 그와 엇비슷한 삶의 행로를 보여주는 부하 직원 정 과장 역시 명예퇴직 이후 치킨 가게를 개업하는 등의 몸부림을 치지만, 삶은 지속적으로 부하 직원의 희망을 배반해 결국 자살에 이른다. 이런 정황을 두루 고려하지면 이 소설의 도입부에 제시된 사내의 신체적 이상 징후, 즉 '어금니'가 빠지고 더불어 턱이 빠져 다물어지지 않는다는 다소 희극적 상황 설정은, 그렇게 삶의 근원적 토대로부터 뿌리 뽑힌 가련한 중년에 대한 작가의 애도가 개입

한 상징적 장면일 것이다. 동시에 비관적 뉘앙스를 작가 자신이 의
도적으로 지워내고 있지만, 치과 치료를 받고 있는 병원의 건너편
공사장에서 자살을 감행하는 공사장 인부에 대한 동정 어린 묘사
는, 그것을 막연히 바라보는 이 사내의 삶 역시 그렇게 추락하거나
전락하는 일에 불과하다는 암시처럼 느껴진다.

그런 사내에게 '집'이 존재론적 거처일 수 없음도 당연한 일이
다. 가족이 없는 '집' 안에서 사내는 오직 이구아나와 동거 생활을
할 뿐 고립되어 있지만, 그가 거주하고 있는 장소로부터 그는 오히
려 '이물감'을 넘어 커다란 압박감을 느끼고 있다. 그런 점에서 보
면, 그는 사회적 관계로부터도 추방되고, 스스로에 대한 고유한 존
재증명도 포기한 채, 골방이라는 상황 안에서 유폐되거나 떠돌고
있는 존재인 것이다. 그렇게 자기의 존재가 희미해지면 질수록, 그
를 둘러싸고 있는 세계의 은유로서의 '집'은 오히려 압도적인 위
압감으로 그를 짓누르는 것으로 인식된다.

텔레비전을 껐다. 냄비를 기울여 남은 라면 국물을 다 마셨다. 냄
비를 바닥에 내려놓는 그 순간 집이 살짝 팽창하는 것을 느꼈다. 지
구상에서 가장 크다는 페르시아 거목 사이프러스가 떠올랐다. 키가
삼십미터나 되고 그늘 지름이 이십 미터에 이른다는 사이프러스.
그 속에 들어앉아 있으면 이런 느낌이 나지 않을까. 살아 있는데 숨
쉬고 있지 않은 것 같은, 혹은 죽어 있는데 숨 쉬고 있는 것 같은, 집
이 두려워지기 시작했다. 사이프러스처럼 집에도 생장점이 있는 게
아닐까. 문제는 그 생장점이 어디에 자리하고 있느냐는 것이다. 생
장점만 도려내면, 그것만 없애면 집은 더 이상 자라지 않을 텐데. 빈

냄비를 들고 주춤주춤 일어나 느리게 거실을 돌아다녔다. 오랫동안 변하지 않은 가구와 먼지 낀 액자와 그 속에서 웃고 있는 아내와 아이들. 냄비를 든 채로 한참동안 그것들을 들여다봤다. 가구도 액자도 사진 속의 아내와 아이들도 자란 흔적은 보이지 않았다. 자라기는커녕 머물러 있었다. 생장점은 도대체 어디에 있단 말인가. 돌아서서 주방으로 향했다. 바로 그때 거대한 사이프러스의 가느다란 가지 끝이 미세하게 흔들렸다. 재빨리 홱 뒤를 돌아보았다. 꺼진 텔레비전과 라면을 먹던 자리가 흐트러진 채 그대로 있었다. 집이 무서웠다. (p. 26~27)

위의 인용문에서 "집이 무서웠다"고 사내는 말하고 있다. 거목 사이프러스처럼 생장점을 통제할 수 없을 정도로 집이 확장하고 있는 것에 반해, 사내를 둘러싼 삶 모두는 왜소해진다. 집의 확대와 삶의 축소가 항진한다면, 비례하여 사내의 삶은 점점 희미해질 것이다. 아니 이미 희미해져 있으므로, 이 사내는 사실상 '겨우 존재하는 인간'인 것이다.

그런 사내가 이 소설 속에서 기묘한 방식으로 스스로의 존재를 증명하는 방식은 아이러니컬하게도 타자의 기억에 따라 극단적으로 자기를 지워내는 것이다. 일종의 '역할극' 또는 인간관계상의 '가장무도회'를 방불케 하는 인터넷을 통한 렌탈 라이프(rental life)로서의 아버지 역할 팔기 사업은 자기의 고유한 존재증명이 불가능한 시대에, 부조리한 방식으로나마 스스로를 증명하고자 하는 사내의 안간힘과 그에 비례해 점증하는 절망을 여과 없이 보여준다. 그러나 이 부조리한 존재증명 행위를 통해서 비로소 사내는 유폐된 집 바깥으로의 '외출'이 간신히 가능해진다는 데 이 소설의 아이러니가 존재한다.

가족은 물론 사회적 관계 모두에서 배제된 존재인 사내가 부조리한 '렌탈 라이프'의 형식으로나마 사회적 장 안으로 들어가겠다는 의지를 보여주는 것은 그 형식이야 어쨌든 골방의 내향적인 유폐보다는 다소 나은 선택처럼 보일 수 있다. 실제로 사내 자신은 이러한 자신의 선택이야말로, 아내와 자식에게 돈을 송금하는 일로 기능화 되어 있는 자신의 삶에 대한 전면적인 부정이자 참다운 자기를 찾아가는 '로망'의 소산이라고 밝히고 있다.

> 나는 로망을 꿈꾸고 있었다. 아내와 아이들을 위해서가 아니라 나 자신을 위한 로망을 꿈꾸고 있었다. 마지막 남은 로망. 그것 말고는 할 수 있는 게 없었다. 실은 그게 내가 로망을 꿈꾸는 진짜 이유였다. 불행하게도 나는 아버지였다. (p. 18)

그러나 정작 더욱 불행한 것은 '골방의 아버지'가 '시장의 아버지'가 된다고 해서, 그것이 참된 자기를 찾는 동력으로 작동할 수는 없다는 점에 있다. 그의 '로망'이 부조리하다고 말할 수 있는 것은 스스로에게 거대한 족쇄가 되어버린 '아버지'의 위치로부터 이탈하자마자, 그는 더욱 촘촘한 '아버지'에 대한 다소 분열적인 사회적 요구에 직면하게 되기 때문이다. 타자들이 사내에게서 기대하는 '아버지' 역할이란, 실상 현실적으로 부재하는 아버지의 역할 모델에 대한 반동에서 비롯된 병적 욕망에 불과하다.

그 욕망의 아버지 모델은 다채롭다. "우리 아버진 내가 뭐가 되고 싶은지 따위는 관심 없다"고 말하는 고등학교 2학년 학생은 사내에게 뻔한 학부모의 역할을 의뢰한다. 정자은행을 통하여 인공 출산을 했던 한 쇼핑호스트는 한 번도 자신의 아버지를 본 적이 없는 아이에게 놀이 기구를 만드는 기술자 아버지 역할을 해달라고 의뢰해온다. 암스트롱을 좋아한다는 한 청년은 일주일 동안 사내를 빌라 지하에 감금시킨 후 짬뽕을 강요하는데, 그러면서 하는 말이 "난 이 세상의 불온한 아버지들에게 감자를 먹이고 싶다"고 절규하면서 가부장의 폭력성을 규탄한다. 그런가 하면 '아버지 같은 연인'을 원한다는 기묘한 제안도 들어온다. 그녀는 사내와 상투적인 내용의 영화를 보고, 많은 연인들이 그러는 것처럼 사내와 동침을 한다. 사내가 영화가 상투적이지 않느냐고 묻자, 상투적인 게 리얼리티가 팍팍 느껴진다는 감상평을 피력한다.

사내의 입장에서는 '아버지를 판다'는 로망이 자신의 삶을 근원적으로 '반전'시킬 것이라는 희망에서 출발했겠지만, 그에게 아버지 역할을 의뢰해오는 모든 사람들이 요구하는 '아버지'란 실상 대중적인 현실 속에서 다채롭게 표출되는 상투적인 기대가 혼란스럽게 갈무리된 것들이다. 그가 상투적인 결혼 예식에서 가장의 역할을 수행하거나, 깊은 침묵 속에 빠져버린 무력한 아버지의 말벗이 되거나, 또는 결혼을 앞둔 한 남성의 아버지 역할을 수행하며, 먹기 싫은 음식을 꾸역꾸역 넘기는 일에 골몰하고, 아버지를 튜닝하고 싶다는 한 여성의 엉뚱한 요구대로 가사 노동에 전념하는 아버지 역할을 수행하는가 하면, 극단적으로는 발기부전에 빠진 남편 대신 성관계를 하는 데까지 나아간 결과 깨닫게 되는 것은 무엇일까.

가족은 부재해도 가족이데올로기는 남는다. 이런 식의 깨달음이었다면 굳이 이 소설이 이렇게 길게 전개될 필요는 없었을 것이다. 오히려 사내의 깨달음은 '불가지론'에 가깝다. "세상을 지탱하고 있는 것들 중에 분명한 건 없었다. 불확실하고 불안전한 것들뿐이다." 이런 진술 속에는 자기의 '존재증명'을 악무한적으로 추구하고자 하는 로망 끝에 만나게 되는 역설적인 자기 부재의 현실에 대한 비애가 농축되어 있다. 사실 불확실한 것은 다름 아닌 사내 자신이다. 애초에 '아버지 팔기'라는 부조리에 가까운 로망의 근거란 '은행 잔고'로 축소된 가족, 그 기묘한 일방 희생의 계약적 이해관계를 벗어나 참된 자기를 추구하겠다는 희망에서 비롯된 것이다.

사내가 꿈꾼 것은 가족 단위 안에서조차 철저하게 관철되는 이 계약적 이해관계 '바깥'에서 참 자기를 발견할 수 있는 가능성이었다. 그러나 이것이 사내의 꿈이었다면, 그가 이 절박한 로망을 실현해 나가는 전략은 일종의 '자가당착'에 해당한다. 그는 위선적 가족주의의 계약적 이해관계에서 벗어나야 하건만, 오히려 더욱 극단화되고 노골화된 계약적 이해관계의 세계로 달려 나간 셈이 된다. 아버지를 사고판다는 사업 목표의 설정 자체가 가족을 둘러싼 정념의 영역까지도 서비스 상품화된 메커니즘으로 전락시키는 더 큰 규모의 시장메커니즘과 조우하고, 이러한 와중에 사내의 자아는 갈수록 희미한 것이 되어져 결국은 내가 누구인지 나 자신도 모르겠다는 존재의 암전 상태로 전락하게 되는 것이 사태의 최종 국면이기 때문이다.

그런데 분석의 줌 렌즈를 확대시켜 보면, 사실 사내가 직면하고 있는 존재의 암전 상태는 소설적 픽션에 해당하기보다는, 완연하게 오늘의 극단화된 자본주의적 관계 안에서 살아가는 인간들 자신의 일반적 존재 형식이 되었음을 우리는 지적할 필요가 있다. 사실 오늘날의 인간 조건은 '참된 자기'에 대한 근원적인 질문을 근본적으로 봉쇄함으로써, 생존 그 자체가 유지될 수 있는 기묘한 병적 메커니즘이 일반화된 세계이다. 물론 이를 촉진한 것은 인간의 노동뿐만 아니라 정념에 이르기까지 촘촘하게 '교환가치'로 전락시킨 시장메커니즘일 것이다.

이 소설 속에서 중년의 우울한 사내가 벌이는 '아버지 팔기'라는 사업이, 가령 의뢰인이기도 했던 쇼핑호스트가 직업인 여성의 상품 판매 행위와 어떤 질적 차이를 갖고 있는가 질문을 던져보면 그 답은 명료해 보인다. 이 소설 속에서 유독 사내가 이 쇼핑호스트에 대해 이례적인 애착을 피력하고 있는 것은 쇼핑호스트와 자신이 처해 있는 상황의 유사성에 대해 그가 분석적으로는 아니지만 감각적으로 이해하고 있다는 것을 암시한다. 동시에 쇼핑 채널을 보는 사내가 브라운관 바깥의 우울한 현실보다는, 화사한 웃음으로 상품을 파는 조작된 여자의 현실이 더 진짜처럼 보인다고 중얼거리는 것은 참된 자기의 존재증명 자체가 완전히 봉쇄된 결과, 오직 부조리한 형태로만 스스로를 존재증명할 수밖에 없게 된 상황의 아이러니에 대한 인식을 담고 있는 것으로 보인다.

그런 사내에게 친밀성의 뿌리 깊은 존재근기로 인식되어야 할 '집'이 한없이 커지고 커져서, 결국 이에 반비례해 자기의 존재가 극단적으로 왜소해지고 있다는 환각이 자주 동반되는 것은 서사의 전개상 일견 필연적인 결과라고 볼 수 있다. 존재의 '어금니'가 빠져버린 어두운 구멍과도 같은 삶이 사내의 일상이다. 이것은 동시에 이 소설의 유력한 상징을 이루는 푸른 이구아나가 도시의 어두운 아파트에서 유폐되어 온순하게 우리 안에 갇혀 있는 상황 설정 자체가 사실은 사내 그 자신의 현재적 삶의 유비적 표현이라는 것을 우리로 하여금 생각하게 만든다.

그런 점에서 소설의 후반부에서 사내가 꾼 꿈속의 이구아나가 비좁은 아파트를 벗어나 세상을 향해 걸어 나가는 상황에 대한 다음과 같은 묘사야말로 참된 자기를 찾아 나서고 싶다는 사내의 강렬한 욕망을 잘 보여주는 장면이라고 할 수 있다.

이구아나가 거리를 활보하고 있었다. 아파트 광장을 건너 편의점을 지나 포장마차를 거쳐 정 과장과 술을 마셨던 '오 해피데이'를 지나 '꼬꼬마 치킨'을 거쳐 엊그제 그 슈퍼 앞을 유유히 기어가고 있었다. 탈피를 한 이구아나는 악어처럼 커져 있었다. 횡단보도 앞에서 신호대기를 기다리는 사람들 무리 속으로 슬쩍 모습을 감추었다. 사람들 틈으로 푸른빛이 언뜻 보였다. 그 누구도 악어만큼 큰 이구아나를 피해 소리를 지르고 도망가거나 하지는 않았다. 그 길고 징그러운 꼬리가 정강이에 닿았는데도 짧은 스커트를 입은 여자 표정은 마냥 행복해 보였다. 그녀는 한 손에 팝콘을 들고 있었다. 팝콘 부스러기가 떨어졌다. 이구아나는 그 긴 혓바닥을 내밀어 떨어지는 팝콘을 받아먹었다. 마치 하늘에서 떨어지는 눈송이를 받아먹듯이. 녹색불이 켜지고 사람들이 길을 건넜다. 이구아나도 길을 건넜다. 길을 건넌 이구아나는 사람들 무리 속으로 사라졌다. 빨간 불이 들어오고 차들이 움직였다. 멀리 부지런히 오가는 사람들 사이로 푸

른빛이 언뜻언뜻 비쳤다. (p. 261~262)

"나를 감시하는 괴물"로 사내에게 인식되는 집을 이구아나가 떠나 유유히 거리를 활보하고 있는 장면은 일견 자기를 증명하기 위해서 나서는 모험의 풍경처럼 도도하게 보일 수 있다. 실제로 인용문에서 묘사되고 "탈피한 이구아나"의 유유한 발걸음은 그것을 상기시키는 듯 보인다. 하지만 좀 더 면밀하게 생각해보면, 집 나간 이구아나가 참된 자기의 서식처인 야생의 삶을 발견할 수 있는 가능성은 사실 제로에 가깝다. 좀 더 냉정하게 말하면 이미 '애완동물'로 길들여진 이구아나가 비정한 도시에서 생존할 가능성은 제로에 가깝다.

이 소설의 끝에서 '이구아나'가 마지막으로 등장하는 장면은 소핑호스트에 의해 "살아 있는 상품"으로 설명되는 쇼핑 채널이다. 서술자는 이 장면을 "스튜디오 가득 이구아나가 득실됐다. 유리로 투명하게 장식한 사육장마다 가지각색의 이구아나가 들었다"고 말하고 있다. 물론 화면 속의 이구아나가 사내의 이구아나일리는 없다. 중요한 것은 이러한 장면의 묘사를 통해 작가가 독자에게 던지고 있는 전언이다. 소설 속의 사내뿐만 아니라, 어쩌면 이 소설을 읽고 있는 우리 모두는 그렇게 체제에 의해 길들여지고, 더 정확히 말하면 사육되고 있는 것인지 모른다. 이 사육장의 '바깥'을 꿈꾸는 일은 가능한 일이지만, 가족이나 집이리는 작은 사육장을 뛰어넘는다고 해도, 거기에는 더 큰 사육장이 비정하게 펼쳐져 있다.

그런 세계에서 참다운 자기를 찾겠다는 희망은 오직 그것이 실현불가능하다는 한계상황으로부터 비롯되는 절망을 통해서만 확인 가능하다. 우리가 참된 자기, 삶, 욕망이라고 간주하는 모든 것들은 실제로는 체제에 의해 길들여지거나 부추겨진 것들에 우리가 순치된 결과 생성된 것이며, 그것은 내밀한 친밀성의 공간인 가족으로부터 더 큰 사회적 통로를 이루는 세계 전체에 걸쳐 존재를 끝없이 희미하게 지워내고 있는 것이다. 우리가 행복한 삶이라고 간주하는 일상 속에서의 끈질긴 욕망이라고 하는 것 역시, 사실은 누군가의 삶을 모방하거나 베낀 것에 불과하다. 이런 세계 안에서 '참된 자기'를 찾고자 하는 로망은 성취되기보다는 좌절되며, 오직 그러한 기대의 전복 또는 배반을 통해서만 간신히 의식의 지평 위로 환기될 수 있을 뿐이다.

그런 점에서 보면, 이 소설에서의 참 주인공은 사내도 혹은 푸른색의 껍데기를 탈피한 이구아나도 아니다. 인간 그 자신의 '정념'까지도 시장에서 매매하는 것을 당연시하게 만든 자본제 메커니즘이 비정하게 진화한 결과 나타난 '불모의 신세계', 즉 렌탈 라이프의 현실 상황이 참된 주인공이 아닐까. 어차피 자기는 희미하게 지워질 뿐이므로, 이런 세계 안에서의 자기의 존재증명은 필연적으로 실패하게 되어 있다. 존재증명조차도 '역할극'을 통해 간신히 환기될 정도로 자아가 왜소화되고, 체제에 의해 온건하게 '야성'이 거세된 인간들에게 남는 유일한 삶의 처세 방식은 그래서 스노비즘이다. 그런 스노비즘의 전면화는 사람들 사이의 내면적·사회적 교류나 친밀성의 기대지평을 압도적으로 붕괴시키고 있다. 이런 비극적 조건이 촘촘하게 구조화된 세계에서는 근대적인 '성장소설'에서 빈번하게 출현했던 인간들의 성숙한 모험과 세계에 대한 열망과 비전이 애초에 봉쇄될 수밖에 없다.

《푸른 이구아나를 찾습니다》의 끝 부분에서 자살을 감행하는 사내의 부하 직원 정 과장은 단순히 치킨집의 파산 때문에 죽음을 선택한 것은 아니다. '돈'이 없어도 인간은 죽지만, '의미 찾기'에 실패한 순간 잠식되는 영혼이 죽음을 호출한다. 살아 있어도 이미 존재가 희미해진 이 소설에 등장하는 여러 인물들은 자신들의 일상을 일종의 가사상태(假死狀態)로 인식한다. 살아 있어도 이미 죽은 삶이므로. 소설의 주인공인 사내의 무기력증과 왜소화, 사회적 관계의 단절과 가짜 역할들로 점철된 희비극적인 반복 속에서 그 의미가 오히려 누적되는 것은 차라리 무의미라는 아이러니다.

이 소설은 이렇게 존재증명에의 의욕이 가중되면 될수록 이에 상응하여 확대되는 무의미에 봉착하는 인물들의 불가항력적인 쇠락의 풍경들을 묘사하고 있다. 《푸른 이구아나를 찾습니다》는 근대소설의 유력한 서사유형을 이루었던 '성장소설'의 반대편에 배치될 성격의 작품이다. 그래서 나는 조영아의 이번 소설을 '쇠락소설(衰落小說)'이라는 새로운 유형의 소설로 명명하는 것이 필요하다고 생각한다. 오늘의 자본주의는 물론이고 인간 자신이 황혼기에 이르러 쇠락하고 있다는 예감이 지배적인 시대에는 이런 유형의 소설이 탄생할 수밖에 없다.

이명원(문학평론가)

작가의 말

얼마 전 베란다 청소를 하다가 비닐봉지에 뒹구는 고구마 두 개를 발견했다. 두어 달 전에 먹다가 먹다가(맛이 별로 없었다) 남은 것인데 까맣게 잊고 있었다. 당연히 썩었겠지, 치워버리려고 고구마를 꺼냈다. 그런데 썩기는커녕 바싹 말라 시들해진 고구마 옆구리에 연필심 만하게 도드라진 자주색 줄기가 보였다. 그걸 보는 순간 고구마에게 얼마나 미안하고 숙연하든지. 맛이 없다고 버려두었는데. 아무도 관심 갖지 않는 그 오랜 시간을 공기도 안 통하는 비닐봉지 안에서 바싹 마른 몸을 뚫고 싹을 틔우느라 애썼을 고구마를 생각하니 마음이 짠했다. 얼른 유리컵에 물을 받아 고구마를 담가두었다. 그 이튿날 아침 깨어보니 연필심 만하던 줄기에서 깨알 같은 연초록 잎사귀가 벌어졌다.

책을 출간하는 일은 설레면서도 두려운 일이다. 소설을 쓰는 일

자체가 그렇다. 매번 설레는 가슴을 안고 시작해서 종내는 두려운 마음으로 그 끝을 맺곤 한다. 그 설렘과 두려움 사이에서 헤아릴 수 없을 만큼 많은, 또 다른 설렘과 두려움을 끊임없이 반복한다. 그 짓을, 그 피 말리는 짓을 왜 하고 있을까.

소설 같지 않은 소설을 쓰고 싶었다. 누구에게는 일기 같고 누구에게는 명상록 같고 누구에게는 신문 기사 같고 누구에게는 동화 같고 누구에게는 코미디 같기도 한, 그런데 마침내 다 읽고 보면 소설 같은, 그런 작품을 쓰고 싶었다.

혼자서 밤길을 걷고 또 걸었다. 얼마를 헤매고 다녔을까. 저만치 나를 향해 떼를 지어 몰려오는 무리가 있었으니. 이 시대의 수많은 아버지들이여. 누구든 어디에서 자신의 아버지를 만날 수 있지 않을까 하는 소박한 믿음에서 출발했다. 그 다음은 온전히 독자의 몫이다.

얼싸안고 볼을 비벼대든지 욕을 하고 주먹질을 하든지 다정하게 사진 한 장 박든지 못 본 척 지나치든지.

아, 아버지구나.

그거면 된다.

일기 같지도 명상록 같지도 신문 기사 같지도 동화 같지도 코미디 같지도 않은데 마침내 다 읽고 보니 소설 같지도 않아서 황망하고 부끄럽다. 그런들 어찌하랴. 이미 많은 아버지들이 내 등을 조근조근 밟고 사라졌거늘. 고구마가 메마른 비닐봉지 안에서도 싹을 틔우듯 내 속에 출렁이는 그 무엇이 충만하니 넘치지 않고서야 어찌 잠잠해지리오.

이 시대를 살아가는 아버지라는 역할 모델을 통해 우리가 무심코 지나쳤던 아주 사소한 것들을 한 번쯤 돌아볼 수 있기를. 그 사소한 것들 사이에 아버지가 있음을 알아차릴 수 있다면. 그리고 아련하게나마 아버지를 떠올린다면. 그것이 설령 상처이거나 굴욕일지라도 당신이 아들딸이거나 아내이거나 혹은 아버지라면.

물을 만난 고구마 줄기는 벽에 걸린 시계를 칭칭 감고 어느새 천장까지 닿았다. 그동안 저 왕성한 생명력을 어떻게 다스리고 있었는지 볼 때마다 미안함과 섬뜩함이 동시에 든다. 종일 집에 혼자 있다 보면 가끔 무료한 순간이 있다. 혼자라는 어감이 주는 지루함이랄까. 그럴 때 막 뻗어나는 고구마 줄기와 마주치면 단박에 그 느낌이 사라진다. 혼자 있어도 혼자가 아니다. 누군가가 내 곁에서 나를 지켜보고 있는 그 기분. 고구마는 펄펄 살아 있다. 고구마가 무섭다.

내 속에도 무언가가 펄펄 살아 있다. 다행일까 불행일까. 피를 말리며 이 짓을 하게 만드는 그 무엇. 그래도 다행일까. 다행이다. 아직은 그렇게 믿고 싶다. 이제 겨우 두 번째 걸음마다. 설익고 부

족하지만 새로운 단계를 향한 힘찬 발돋움이라 생각하고, 또 새로
운 만남을 위해 주저 없이 낯선 밤길을 나서려 한다.

언제나 고마운 사람들이 있어 낯선 밤길이 외롭지만은 않다. 부
족한 원고를 선뜻 보듬어주신 한겨레출판 식구들, 부실한 텍스트
탓에 애 많이 쓰셨을 이명원 선생님, 항상 격려와 박수를 아끼지
않는 가족들과 벗들에게 깊은 감사의 말을 전한다.

2008년 10월

조영아

푸른 이구아나를 찾습니다

초판 1쇄 발행 2008년 10월 31일
초판 2쇄 발행 2009년 3월 6일

지은이 조영아
펴낸이 이기섭
편집주간 김수영
기획편집 박상준, 김윤정
마케팅 조재성, 성기준, 김미란, 한아름

펴낸곳 한겨레출판(주)
등록 2006년 1월 4일
주소 121-750 서울시 마포구 공덕동 116-25 한겨레신문사 4층
전화 마케팅 02-6383~1602~3 기획편집 02-6383-1607~9
팩스 02-6383-1610
홈페이지 www.hanibook.co.kr
이메일 book@hanibook.co.kr

*값은 표지에 있습니다.
*파본이나 잘못된 책은 서점에서 교환하여 드립니다.

ISBN 978-89-8431-289-0 03810